北岳·中国文学年选

《名作欣赏》杂志鼎力推荐
权威遴选
深度点评
中国最好年选

汪洪 ◎ 主编

2018 年

网络文学选粹

Selected
Network Literature

山西出版传媒集团 北岳文艺出版社
BEIYUE LITERATURE & ART PUBLISHING HOUSE

·太原·

图书在版编目(CIP)数据

2018年网络文学选粹/汪洪主编.—太原：北岳
文艺出版社，2019.1
ISBN 978-7-5378-5840-3

Ⅰ.①2… Ⅱ.①汪… Ⅲ.①网络文学－小说集－中
国－当代 Ⅳ.①I247

中国版本图书馆CIP数据核字(2019)第007158号

书名： 2018年网络文学选粹	主　编：汪　洪 策　划：王朝军 项目统筹：庞咏平	责任编辑：王朝军 书籍设计：张永文 印装监制：巩　璠

出版发行　山西出版传媒集团·北岳文艺出版社
地　　址　山西省太原市并州南路57号
邮　　编　030012
电　　话　0351-5628696(发行部)
　　　　　0351-5628688(总编室)
传　　真　0351-5628680
网　　址　http://www.bywy.com
E－mail　bywycbs@163.com
经 销 商　新华书店
印刷装订　山西人民印刷有限责任公司

开　　本　787mm×1092mm　1/16
字　　数　274千字
印　　张　17.25
版　　次　2019年1月第1版
印　　次　2019年1月山西第1次印刷
书　　号　ISBN 978-7-5378-5840-3
定　　价　58.00元

序

/ 艾德鹏

自1997年起至今,中国网络文学已走过二十余个年头,悄然改变着中国人的读书习惯。

作为一种新鲜的阅读方式,在落地最初稍显稚嫩,在成长的过程里,无论是作者还是读者都有着认知水平上的差异。作者们的创作能力不一,造成了作品的良莠不齐。而读者期待也是各有不同,其中难免鱼目混珠,出现有失偏颇的导向。

但经过二十年的洗礼,网络文学在一步步自省中去其糟粕,这有赖内部因素的作用,创作者和读者都能以积极的进取的价值观来选择创作和阅读的作品。这一完善也同样与外部助力不无关系,网络文学领域的创业者紧跟时代脉搏,正是对严肃活泼的精准把控,才有了高水平呈现。同时这更离不开国家相关部门的大力扶持和悉心引导,引领网络文学行业蓬勃发展。

网络文学经过一段时间的沉淀之后已经有了自己独特的无可取代的魅力,以其高娱乐性、高受众性和高传播性等特点备受追捧。甚至与美国好莱坞大片、日本动漫、韩剧并称为"世界四大文化奇观"。由此足以看到它前所未有的影响力和普及度。

中国一直是文化输出的大国,以自身悠久的文化影响着他国,古有诗词歌赋,如今这一使命,网络文学也在责无旁贷地肩负着。它已经不只是中国全民性的阅读习惯,中国网络文学同样在国外有一众追随的读者,为他们进一步了解中国文化、古代历史、当今社会等起到不可忽视的桥梁作用。

正因如此,网络文学的进步与发展更有其必要性,这不仅是提高国民阅读的途径,也是弘扬中国传统文化的渠道之一。

2018年,对于网络文学界而言是收获颇丰的一年,无论是屡创新高的订阅作品,还是备受瞩目的热门IP改编,都意味着网络文学已经在中国文坛有了一席之地。

读者是最具市场判断力的群体,通过阅读量和订阅成绩可以直接反映出一部作品的受欢迎程度。当下社会,无论是升学压力还是工作压力,都让人们感到疲惫,那么闲暇时间对于放松心情的活动选择上就更倾向于娱乐性较强的方式。传统文学的严肃让很多人望而却步,网络文学刚好弥补了这一空白。

网络文学文笔流畅,没有繁文缛节,往往深入浅出地通过讲述一个喜闻乐见的故事来反映其内核。尤其是近年来网络文学作品在思想上越来越积极向上,这一方面是创作者的觉悟在党的领导下有了质的飞跃,另一方面也得益于网络文学平台方的培养导向。让网络文学不媚俗,不涉暴,为广大读者营造一个良好健康的阅读环境,是从业者的职业操守。在大家的努力下,我们做到了。

网络文学的受众从最初的年轻读者,已然扩大到各个年龄层,十几岁的学生有之,二三十岁的都市白领有之,五六十岁的退休年长者亦有之。能有这样的接受度,网络文学包罗万象的特点是有功之臣。网络文学对于创作者而言门槛相对较低,只要有想创作的欲望,符合正确价值观,在平台网站就可以发表文章。从而形成百花齐放、各有千秋的局面。全民创作不仅丰富了作品的题材以及文体,更提高了广大群众对于写作这件事的热情,是中国在文化普及上的新突破。

而在多版权衍生方面,网络文学相较于传统文学而言,也表现出更强大的生命力。IP这个词被反复提及,是因为它已经在文化产业里成为一股不可忽视的力量。文娱领域,无论是影视剧还是动漫、游戏,文学作品都是故事源头。《道德经》曾有言:"道生一,一生二,二生三,三生万物。"文学便是这个版权链中的道,唯有有了好的故事,才会有好的呈现。好比影视业,几年前一度以流量明星为制作导向,认为有超人气的偶像加盟,就会赢得高收视率和高票房。但经过一次次失败后,在2018年这一风向有了明显转向,业内人士终于意识到IP,即好故事,才是重中之重。

网络文学从产生到发展,其最具特点的一项便是迎合大众的喜好。这使得由网络文学改编的作品容易取得认同。比如蝴蝶蓝所创作的《全职高手》,让国产漫画有了前所未有的关注度。而影视市场表现得更是强劲，无论是《三生三世十里桃花》还是《如懿传》等，都是高口碑之作。

有了此前的成果，创作者们的写作方向也有了新的进展，不单单是为了订阅成绩而设置剧情。在主题立意和人物设定上更多元化且紧跟时下潮流，融入话题度和热门职业等元素，作品一改此前的"玛丽苏"*等模式，也跳脱出纯粹的言情小说的框架，更有广度和深度，也更具有社会影响力。

由此，网络文学成为版权链中的食材库，取之不尽用之不竭，以备烹制出各色的饕餮盛宴。从某种程度来讲，网络文学的繁荣，影响着文化产业的兴衰，它的角色已经越来越重要，是不容小觑的力量。

为了让网络文学得到更广泛的传播，也为了让更好的作品脱颖而出，各方摩拳擦掌。政府一马当先成为网络文学宣传落地的强大后盾，由北京市新闻出版广电局举办的"网络文学+"大会就是一次网络文学界的盛会。有了国家的支持，这次大会更加圆满而意义非凡。它让影视动漫等版权方与网络文学行业联系更为紧密，从而为其创造更多的合作机会，孜孜不倦地输送着新鲜的血液。各大平台方也尽力在作品源头进行甄别，吾里文化所举办的"大神之路创作大赛"，就是为了选拔出更优质的作品并给予优秀的创作者以鼓励。

可以说，网络文学在2018年发展势头正猛，持续走高，大有让人刮目相看之势。网络文学的读者，已经有庞大的基数，他们利用碎片化的时间重拾阅读这一好的习惯，用阅读来代替观影，对于文字的情感也更加浓厚。网络文学的创作者，来自各行各业，他们奋战在各自的岗位上，利用业余时间进行文学创作，不忘初心，坚持梦想。网络文学的从业者，以坚定不移的信念和与时俱进的理念在引导着行业走向更远的路，不放弃决心，不畏惧挫败。正是有这三股力量汇聚在一起，才有了今天网络文学的呈现。有人说网络文学是一个新兴产业，其实不尽然，网络文学是大众产业，真正地取之于民用之于民，是我们平凡人的一种灵魂寄托。

这一本书是我们网络文学这一年来的成绩单，等你来检验。网络文学从不会止步不前，无论是逆水行舟的坚持，还是更上一层楼的雄心，都是它奔向明天的基石。

---

*玛丽苏：一种写作模式，原指女性作者往往出于满足自我欲望虚构出一个完美的女性主角。现意义有所泛化。

目 录

现代篇

民国篇

古代篇

现代篇

挚　野

/丁墨

1

他转过头，目光扫过贝斯手、吉他手、鼓手、键盘手，一一彼此点头示意，最后落在许寻笙脸上。她目光清浅笃定地望着他，却见他忽然对她一笑。聚光灯下，千人环绕，肃静无声，他却笑得像坐在她家的烤火炉前，懒散、孤独、温暖。

他转过头去，许寻笙低下头，手拂琴沿。真不想承认，她居然也被这小子的笑容感染，想要赢，想要放手一搏。血脉中隐隐有某种疯狂的东西，仿佛正在被唤醒。

她抬起一只手，轻抚心口，心道：这样不好，不好。

岑野也举起一只手，然后缓缓放下。吉他和贝斯同时响起，伴随着沉稳的鼓点，键盘流出一段精妙流畅的旋律。整段前奏就很有节奏感，很燃，一下子抓住了台下所有观众的注意力。

这又是个与"黑格悖论"乐队全然不同的开场。

就在这时，许寻笙的古琴加入了。她同样轻弹一段旋律，附和着他们。于是你就可以看到观众神色的变化，因为在那完美的旋律中，忽然就有了古意，有了某种悠扬隽永的味道。

若说观众总是为何种音乐倾倒，只有一种音乐。

那就是动听，且动心。

几个评委也露出赞赏表情，当然也有人想看清这新琴手——还是个女人的脸。只可惜许寻笙面目始终低垂，他们只能瞧见一抹红唇和白皙似玉的下巴。

岑野拿起麦克风，你甚至听不出他的气息从何而生，那样一种如同月光照在水中岩上的嗓音，那一种清澈却不单薄、温柔却不肤浅的声音，就这么融入了乐曲中。

        他们说这个城市曾经有过古兽，
        踏破城墙，饮尽江水，
        古兽孤独守望远方。

        他们说这个城市曾经燃起战火，
        满城尽毁，众生流离，
        说战便战，血满湘江。

那旋律太动听，小野谱的曲太动听，只简单几句愁肠，便叫全场观众彻底安静，甚至大多数人屏住呼吸，生怕错过一句佳音。

这时许寻笙的古琴声渐亮，张天遥的吉他紧紧附和，一道古朴，一道清亮，交相呼应，而键盘伴奏着一段淡淡的旋律，仿佛也能叫你看到千百年前这城市晨雾笼罩、传奇仍在的盛景。

        我背着一把吉他，
        就来到这里。
        看到高架一段段升起，
        楼房一座座矗立。

        白日万物穿梭，
        众生灯火夜行。
        疲惫的蝼蚁抬头，

楼顶的贵人点灯，
同见岳麓山常青，
湘江温柔水如玉。

我从不想求什么天降奇迹，
不想要荣华美人身边绕。
千古岁月琴中过，
我只要弹好这一首歌，
让你看到花依旧开在满山上，
酒依然暖在玉壶里，
我依然热爱一切拥抱，一切梦想，一切不曾潦倒。

　　最后一句，旋律加快，而岑野的嗓音，虽然清亮，却在这时丝毫不失力量。辉子的鼓声逐渐加重，仿佛要伴随着歌声将所有人的心引入一片浓厚如同灯火繁世的温暖、明亮的世界里。

　　许寻笙眉角微微一敛，手已起势。就在鼓声中，岑野歌喉的余韵中，一段快如灵鹿、繁复似锦的古琴声响起，这一段几乎是她的Solo*，除了鼓声，就只有张天遥的吉他拨出几个唱和的音。而她坐在千人面前，坐在灯光明暗的舞台上，也如同一人独坐旷野，身姿挺立，眉目低垂，双手越拨越快。台下响起惊呼声和喝彩声，那是被她的精妙琴艺和不可思议的诡巧旋律所折服。而以许寻笙的古琴声为引，键盘声渐起，贝斯、吉他声渐起，旋律越来越重。就在这时，一直在前方主唱的岑野突然转过身抓起吉他，面朝许寻笙，他的面目清冷流光，他的眼神放肆孤旷，他的嘴角有不可一世的笑。他竟也随着她的琴音开始弹奏。

　　台下响起一阵爆炸般的欢呼和尖叫，然后某种强烈的情绪，仿佛无形的火花，迅速在观众的头顶点燃、蔓延。伴随着音乐，所有人竟然都站了起来，开始摇摆，开始鼓掌，开始欢呼。

　　可是许寻笙的眼里空无一物，只有手下被她激烈拨弄的琴弦。岑野的

---

*Solo：源于意大利语，这里指单独演奏。

5

眼里也近乎空无一物，只有眼前的许寻笙。他看到了她眼中的放肆，也看到了她满脸的无情与满身即将被唤醒的多情。她整个人都已经在音乐里——他的音乐里。岑野忽然感觉到一种更热烈、更悸动、更加义无反顾的情绪将自己包裹住。他的眼眶竟隐隐发热。那感觉是陌生的，可竟也是他期待了小半生的。他几乎来不及捕捉那是什么，整个人已被淹没，被这一曲，被这个舞台淹没。

一个是琴音，一个是吉他音，越来越清亮，越来越激昂，渐渐超越了所有声音，相互追逐，相互放纵，缠绕在一起。岑野看着许寻笙。许寻笙没有看他，只看着琴，可这毫不妨碍他们俩的琴声如同两只飞鸟交颈飞翔在剧院上空。

人群再次爆发出激烈的欢呼。几个评委甚至都一副听傻了的模样。

这和他们排练时不太一样，那时这两个人的音乐还没有这样水乳交融，锋芒尽显。张天遥一愣，下意识看向舞台上的两人，手上竟弹错了一个音，他心底一惊，好在没人发现。辉子、赵潭、张海也有些意外，但大家表演经验都很丰富，也排练过无数次，只坚持自己的演奏不变，竟也算配合得天衣无缝。

在某个瞬间，岑野丢下吉他，一把抓起话筒，闭上双眼。他的表情是幸福的，他的表情是痛苦的，在许寻笙忘乎所以的琴声中，在所有兄弟的齐心演奏中，那是自他肺腑中发出的最热烈的嘶吼——

> 我就是困在这城市里的兽，
> 上古繁华于我梦中，
> 血与火铭刻在我骨上。
> 每一天都是战场，
> 贫穷、病痛、饥饿、孤独，
> 都不能令我回头。
>
> 我就是让你害怕让你热爱的兽，
> 城市听到我的怒吼，
> 未来会听到我的怒吼。

没人可以回头，

看到我踏破千山穿越万水，

看到我的名字终于铭刻在荣耀碑上。

……

灯光亮起。

掌声雷动。

满场欢呼，久久不息。

2

"这是什么曲子？"

许寻笙都不知道他是什么时候醒了，站在自己背后，吓得她后背一凉，然后就要把曲谱本往桌上按。岑野眼明手快，一把抓住，笑了："你藏什么？你之前写的哪首曲子老子没看过！"

这倒是实话，他翻过她的曲谱本，她也默许了。显然她的音乐风格太过柔和平缓，他之前并没有表现出太大的兴趣。

许寻笙便任由他看了，泰然自若地说："最近写的歌，你可以看看，想不想唱？"

岑野却把本子一放。他人本就站在她身侧，低下头来，便忽然离得很近，气息喷在她的脸颊上："我不看，你弹唱给我听。"

许寻笙没吭声。

"不唱老子就——"他声音一顿，"老子会干什么，自己也不知道。"

也不知是因为他使坏的低沉的嗓音就在耳边，扰得人心烦意乱，还是因为这首歌本就是因他而起的，令许寻笙鲜少地带上了几分赌气。她不看他，拿起歌谱本，走到乐器旁拿起把吉他。岑野惊讶地吹了声口哨。

许寻笙盯着曲谱，眼神渐渐沉静下来，同时瞥见岑野拉了把椅子在自己对面坐下。这时他简直像个皇帝，双腿张开，背靠着椅子，双臂搭在扶手上，一只手的两根指头撑住脸颊。很细小的动作，却也很帅气

然而许寻笙对待音乐是认真严肃的，也不去管他的直视，低头调了几个音，就开始弹奏。

是一段颇为悠扬古朴的旋律，即使用吉他弹奏更显轻灵，却依然隽永。

岑野只听前奏，眉头就轻轻舒展。许寻笙此刻若是抬头，就会看到他脸上那一点点难得的恬静的笑。

她轻启朱唇：

草长莺飞惶惶又一春，
你依然是少年模样。
天高地厚寒夜最难眠，
孤茶当酒，谁与我伴？
啊——
问斜阳，
斜阳不语独照青苔泛。
想——
赴难关，
难关有人为我挡风寒。

她轻弹吉他，同时抬头望了岑野一眼。此刻他看起来却特别安静，没有笑，一动不动，眼睛直视着她。那眼神叫许寻笙心头一颤，偏头避开，自顾自继续弹唱。

而这首歌曲，已渐渐奔赴高潮，却又偏偏带上了古曲中的嘈切急促之意：

深深，切切，疯疯，淡淡。
他想见你多回头，
回头望断江海如思，思念覆我万重贪念。
天天，眼眼，慢慢，远远。
他想翻过这座山，
山下有人不怨不悔，予我所求一马平川。

唱完这一段，许寻笙的心仿佛也随之缠绵深寂，歌声和吉他声也更加舒展。当她抬起头，看到岑野还是那样子坐在那里一动不动，眼里却依稀有了水光。许寻笙心头一惊，他却已抬起手挡住自己的眼睛。可那双眼，漆黑的固执的眼，依旧透过指缝看着她。许寻笙突然就无法再转过头去看他一分一毫了。她抬头看着前方空空如也的地方继续弹唱。她的曲子到了高潮，旋律激昂，可依然是清新柔美悠扬的，歌声亦是。

　　春风，抬头看——
　　看我孑然一身，彷彷徨徨，却等梨花开。

而后曲调又上了一个婉转无比也细致无比的高音：

　　流年，慢回转——
　　等我一人一马，一草一春，再从深夜来。

　　许寻笙唱完，亦弹毕，放下手。音乐于一个乐者而言，最大的意义在于直抒胸臆。所以此刻她心中虽然还有惆怅，可更多的感觉是满足和温柔。她解下吉他，也不去管岑野此刻是什么面目，也不去问他的评价。她刚想回桌边坐下，便瞥见那道黑影站起来，一下子到了她身边。许寻笙抬起头，看到的是一张陌生的脸。小野的表情从未如此紧绷过，也从未如此似笑非笑，似哭非哭。他的眼眶微微发红，手却用力得很，一把抓住她的手，用颤抖的、干涸的嗓音问：“你喜欢着谁？你偷偷喜欢的人……歌里那个人……是不是……”

　　许寻笙心里轰的一声醍醐灌顶般了悟。他明白了，他听明白了，可连她自己写这首歌时都不是那么明白的。但是他明白了。难怪他刚才突然……许寻笙忽然就急了，慌了，急得眼眶也阵阵发热，而他的目光太迫人，带着某种让她心慌让她想求却又不敢就这样突然奋不顾身的东西。她下意识地想甩开他的手跑掉，可岑野竟似早有预谋，那只手抓得好紧，见她挣扎，反而一把将她抱进怀里，紧紧抱着，令她动弹不得。

　　许寻笙不动了，他也不动。两人就这么心跳如雷地抱着。然后许寻笙就感觉到他慢慢低下头，下巴压在她肩上，依旧是微哑的嗓音：“是不是

——我?"

许寻笙说不出任何话来,可是眼眶一下子就湿了。她不吭声,脸被他紧紧压在肩膀上。他的动作真的是笨拙又粗鲁,可是许寻笙却觉得,没有比此刻更加美好,更加让人心悸了。她慢慢呼吸着,呼吸着他身上那熟悉的味道。她想他们还从未这样肆无忌惮地拥抱过。想着她又快要笑了,快快乐乐地笑出来了。

他还保持着那个姿势不动,手紧紧抱着她的背,她的腰。

"我……"许寻笙刚说了一个字,只觉得心跳快得像乱阵,每个字都是滚烫的煎熬。哪知他忽然笑了一声,然后将她稍稍松开,仿佛自言自语般飞快说了句:"你别说话。如果这一次还不是老子,老子真的只能上吊……"话音未落,柔软的、微凉的脸已紧紧压在许寻笙脸上,唇舌欺负过来。

一切于许寻笙耳里从此变得寂静无比。晨光中,微尘里,岑野单手搂着她的腰,另一只手扶着她的后脑,闭着双眼,用尽全力吻了下来。他的面容是英俊的,他面容是决绝的,隐隐带着焦躁的。所以他吻得很急,几乎是在她唇上吸吮了几下,就深深进入,纠缠着,凶狠地,快速地,带着某种强烈的欲念和渴求。

许寻笙一动不动,身子几乎是柔软服从的,任他抱着,亲着。她的双手轻轻抵在他的胸口,后背抵着张桌子。他这样近乎蹂躏地亲了一番之后,就垂眸避开她的目光,可还是将她紧紧抱在怀里。两人的呼吸都略急。他听她一直不说话,可也没有任何抗拒,心里又喜又悲。他低声又问了一次:"是我,对不对?"

许寻笙的眼泪溢了出来,把脸埋在他的一边肩膀上,轻轻点了下头:"是你。"

3

这一夜舞台上的灯光,是她见过的当中最璀璨精美的。每个人站在上面,都像个真正的明星。赵潭在,辉子在,张天遥也在。角落里还有个她认识的网站的键盘手老师顶替。今夜的他们,依然不会有任何软肋和纰漏。只是今夜过后,这支华美的乐队,这支承载过一些人梦想的乐队,也将不复存在。这会是他们的最后一次演出。

那个人，就站在舞台正中。

白色的无比纯洁、无比闪亮的西装，正衬着他意气风发、英俊无敌的样子。还不止如此，她终于见到了首席造型师为他所藏的撒手锏——那妖气冲天的模样。细致的眼线，乌黑的不羁的发，轻咬的薄唇，绝无半点娘气，反而冷漠又张狂，灿烂又蛊惑。他抱着吉他，开始忘我弹奏，眼中全是冷傲锋芒。舞台上所有人皆成背景，舞台下所有人已为他痴狂，为他颤抖。今夜，他就是即将加冕的王。

有没有对他说过？以前，有没有对他说过？

其实他在舞台上的样子，能令任何人看一眼就移不开目光，就像此刻这样。

也就是这一刻，满场观众欢呼。连许寻笙身边的食客都在鼓掌的这一刻，他对着镜头露出依然是平时那样可爱的讨人喜欢的笑容。许寻笙终于明白了，明白站在舞台上的那位明星真的已经离她而去了。

他也已决意离开她，朝前走，不再回头，像她一样。

泪水渐渐漫过许寻笙的眼眶，明明已经痊愈了一整天的泪腺仿佛又在此刻打开重来。而她只是静静忍着，静静站着。画面上那人的笑容几乎一笑而逝，而后他拿起麦克风说："最后一首歌——"他顿了顿，"写词的人，没有起名字。我想，就叫它《万重贪念》吧。"

许寻笙站着不动，耳朵里所有人所有声音仿佛都退去，江水退去，黑夜退去，只有那个万丈光芒的舞台，小野站在上面，万千星光凝聚一身。他落下手，身后所有乐器随着他起舞。在一段意外的古朴悠扬的旋律后，他靠近麦克风，轻启声线：

      草长莺飞惶惶又一春，
      你依然是少年模样。
      天高地厚寒夜最难眠，
      孤茶当酒，谁与我伴？

许寻笙用手捂住脸，哭了出来，可唇边却笑着。她知道，小野这首歌唱得非常非常好，声线柔和，情意漫漫，就像歌词中所写的春日莺飞花开，宛如天籁送入人的耳朵里。

啊——
问斜阳，
斜阳不语独照青苔泛。
想——
赴难关，
难关有人为我挡风寒。

最后那句，她原本是轻轻柔柔唱出的，可如今到了岑野口里，却略有些沙哑滞涩，原本清亮的情意，同样下沉，却更动人。

满场观众都安安静静听着，甚至连这湘江大码头上的人都停下了交谈吃喝，他们都在听，听这个不平凡的男孩到底哪里不平凡，于今春走至了全国之巅。

深深，切切，疯疯，淡淡。
他想见你多回头，
回头望断江海如思，思念覆我万重贪念。
天天，眼眼，慢慢，远远。
他想翻过这座山，
山下有人不怨不悔，予我所求一马平川。

唱这一段时，岑野一直没有抬头，可是摄像头始终追着他不放。于是包括许寻笙在内的所有人，都可以看到男孩的眼中浅浅盈盈泛起水光。这一段，他唱得很慢，仿佛一个字一个字从肺腑中吐出来。

许寻笙已是泪流满面。

他想见你多回头，

他想翻过这座山。

他依然是那个孑然一身的少年，
思念如江海，覆灭心中万重贪念。
可他还是想为你赴难关，
为你这一生挡风寒。

"春风，抬头看——"一个高亢的、清亮的、极致的声音，仿佛穿过整个舞台，穿过这金属躯壳，直破云霄，冲进每个人的耳朵里，"看我孑然一身，痴痴惘惘，却等梨花开。"

然后音律再上，再上，经他改动的词曲，原本清淡柔和的收尾，此刻在吉他、贝斯、键盘和鼓的齐声奏鸣下，分明呈现出无比华丽、无比璀璨的高潮。

流年，敢回转——
看我一人一马，踏破一城，今生为你来——

更高、更辽阔、更激昂的嗓音，仿佛瞬间贯穿、覆盖整个现场。画面中的男孩闭着双眼，握着话筒，用尽全部力气唱出这华美而悲恸至极的乐章，嗓音绵延之久，嗓音清越之美，超乎任何人想象。所有人都站起来忘我鼓掌。很多人都哭了，被他的悲怆之音唱哭了，每个人眼睛里看到的都是那颗最璀璨最动人最悲伤的星。哪里还有人看到什么竞争对手，看到亚军。只有他，今夜只有他，只有朝暮乐队……排山倒海，撼天动地，所向无敌。

只有许寻笙，站在距离液晶电视远远的没有任何人的暗暗的角落里，哭得已看不清画面。而不知什么时候，舞台下的观众静了，码头上的人声音也小了。麦克风重新到了那个天之骄子的手里。也不知主持人问了什么，他抬起头，双目空空，笑容安静，仿佛只是在说今天天气不错。他说："刚才这首歌，献给我爱的人。"

掌声雷动。

哭声很小，许寻笙拼命捂着自己的嘴。太疼了，她的心太疼了。她慢

13

慢蹲下来，一动不动。旁边有人经过，问她有没有事，她只是恍恍惚惚摇头，依然低着头，看泪水纷纷掉落在地面。

而屏幕里，终于有人将年度冠军奖杯交到了岑野手里。赵潭他们都站在他身后。他低头看了一会儿奖杯，然后举起，高高举起。全场观众欢呼，画面中也闪过评委们一张张欣慰的脸庞。然后岑野就把奖杯交给了赵潭……张天遥、辉子，他们都轮流拿起奖杯，个个欣喜不已。

不知什么时候，许寻笙恍恍惚惚听到旁边有人在惊呼："哎，岑野哭了。""那个冠军主唱哭了……"

许寻笙慢慢抬起头。

其实泪水模糊的视线里，也不太看得清了。她想，小野其实今天不该哭的，这样庄重的场合，哭便显得明星架子有些端不住了。

可镜头偏偏还追着他不放。画面中的新晋巨星，那个惊才绝艳的歌手，他的手捂住自己的脸，可泪水依然从他的指缝中急速淌下。他的嘴唇在轻轻颤抖，他在全国亿万观众面前哭红了那双眼睛。赵潭拍拍他的肩，这一路走来，从未在观众和粉丝面前展现任何脆弱，永远勇敢、永远牛气冲天的小野，终于毫无征兆地哭了。

此刻若有人看到那两个人，便是一个在舞台上，一个在码头无人知晓的角落；一个在北方，一个在南方；一个在金光云端，一个在泥泞人海。两个人，在一起，哭得不能自已。

……

年少的时候，我们总是太轻易就失去一个人。

明明当初那么好，那么热烈，那么渴望。可怎么一转头，彼此就已面目全非，渐行渐远。

然后你走向你的阳关大道，我走向我的寂静小桥。

于是今生，若再无一春可相逢，我心里那个洞便再也填不满了。渐渐地，随着年华轻逝，随着人生茫茫，我也会把它忘掉吧。

今生若无一春能再相逢，那么我这一生，也就这样灿如鲜花、静如死水般度过了。

4

岑野是在这天夜里十二点发出微博的。

文字内容很短：

"我所有的态度，交给音乐证明。谢谢你们。"

下面附的，居然是一首新的单曲！

歌曲名叫《霜与光》。

这一刻，野火*们还没点开歌曲听，很多人已经热泪盈眶。这就是他们的偶像，一直以来相信和坚守的那个人。受了这么大的委屈，好不容易沉冤得雪，却没有申辩，没有控诉，没有得意扬扬。他直接写了首歌发布，这是何等的才华与傲骨！

在同一瞬间，很多很多人点开歌聆听。可不光野火们，那些围观的人，那些无意经过的人，甚至骂过岑野的心有讪讪的人都点开听了。

很快，在网络的这头那头，我们彼此都不曾见过的那些角落里，很多人听着听着就怔住了。他们听入了迷，一时间竟忘了自己想要在这首歌里寻找的初衷是什么。他们只是听着，静静地把它听完，才察觉出这首歌竟像是写给自己听的。

是——写给我的歌吗？

写给每一个平凡而勇敢的我。为什么我居然觉得感同身受？

我们曾经怀疑过这个男人，甚至曾经把他踩在脚下，差一点就把他拉下娱乐圈之巅。我们以为他或许不过又是一个皮相与背景造就的娱乐圈流量昙花而已，可他却写了这首歌，告诉我，他是什么，而我，又是什么。

每一个曾经了解或者不了解他的人，在听了这首歌后，像是都明白了什么，明白岑野是谁。哪怕他的歌曲中没有一句为自己的申辩，可我却明

---

*野火:这里指岑野的拥护者,即粉丝。因其热情似火,故称。

白了，他真的不会做任何违背职业道德和比赛规则的事，他不屑，也不需要。

　　……

　　与此同时，朝暮乐队的所有人，哪怕此时都在不同的地方，却也听到了这首歌。

　　赵潭在自己湘城刚租的房子里，调大手机声音，坐在沙发一角，安安静静听。

　　辉子把女朋友丢在一旁，抱着手机，一个人待在阳台上听。

　　张天遥在家里，还是连接上了正屋的音响，自嘲地笑笑，可心头莫名发热，认真聆听。

　　还有许寻笙，她坐在那幢漆成蓝白相间色的小房子里，坐在靠椅里，对着一片宁静的花园——或者说菜地，神色幽幽地听着。

　　听着那清亮动人的旋律，听着那道宛如深山寒泉，又如同冬夜白雪皑皑、清风吹落古铃的声音，就这么穿过千万网络，来到你我的耳朵里——

　　　　你从青春中走来
　　　　带着一身霜与光
　　　　以为能和世界对抗
　　　　只要她还在身旁

　　　　你从来不懂退让
　　　　左手是梦右手伤
　　　　他们说彷徨啊彷徨
　　　　你却抬头看朝阳

　　　　度过平凡千日
　　　　走过万里孤独
　　　　流光碎金的名利梦
　　　　谁不曾渴望心慌慌

16

看过谁哭谁笑
都说我痴我惘
世界容不下我的梦
少年心事转身遗忘

可是我总看见天边的飞鸟
闻到梦中野草香
千万人中我独行
明明这个世界上没有人和我一样

可是我总听见夜里的惊涛
尝到雨水的芳香
我在大雨中奔跑
明明我和世界上任何人都不一样

我想要陪伴在你身旁
我想要去南方
我想要把所有恐惧都碾碎
原来我依然能展翅飞翔

天空万千星辉万千梦
照耀迷路的人
别轻易遗忘别不敢回头望
无悔的青春她就是这样……

……

笙笙啊，我想要我们那如同漫天雪花般飘落的爱情，永远没有冰雪消融、双目空空的那一天。

一见寻笙，便忘众生。

一见寻笙，愿付此生。

……

我只想陪你南北征战，不问方向。

只要你永远用这样的眼神看着我，你就永远是我的信仰。

……

我是张天遥，所有人叫我阿遥。一把吉他，永远燥翻全场。

能否容小的一问？现在到底什么状况？怎么好像是换小野在调戏许老师了？

原来你们——真的全瞎了啊！这样的亚军，我们朝暮根本不稀罕要！

我在想自己何德何能，走到了今天。

曾经和他是兄弟，我从来都没有后悔过。

哪怕今后音乐圈没有赵潭这个名字，我也想让所有人看到，让生下我来的那两个人也看到，我这样平凡的一个人，也曾经是全国冠军。

愿爱与梦想永不坠落。

愿爱与梦想永不坠落。

……

喂，我们做个约定吧。明年，这个音乐节，这里，你们，还有外面的所有人、音乐节所有人，将只看朝暮乐队，只看我。

因为朝朝暮暮，我只愿陪你共度。

节选自长篇小说《挚野》，百花洲文艺出版社2018年11月版

作者 —— 丁墨，人称"老墨""黑土"，以独特的甜宠悬爱风格自成一脉，所著作品被读者赞誉"又甜又刺激，又萌又感动"，"开创了全新的言情小说模式"。代表作《如果蜗牛有爱情》《他来了，请闭眼》《美人为馅》等。

提到丁墨，相信读者和观众必然不陌生，这个超人气的名字如今可谓是家喻户晓。丁墨的文字细腻，耐人寻味，文思巧妙大胆，其非常独特的甜宠悬爱风格自成一派，且被多家知名读者论坛票选为年度十佳言情小说冠军。她的作品多次横扫女性网络文学网站年度排行榜冠军、销售金榜冠军，如《他来了，请闭眼》《如果蜗牛有爱情》《美人为馅》等网络大热作品甫一出版上市，即雄踞各大图书排行榜，每本书的豆瓣评分都在7分以上，凭借巨大的可开发前景和不可估量的市场价值，吸引多家影视机构争购其作品影视改编权。

其中，《如果蜗牛有爱情》《美人为馅》播放量均首日破亿，平均全网播放量更是在20亿以上。丁墨之名，在众口难调的中国影视市场中，已经成为低风险、高质量和高收视的保障。

众所周知，丁墨的书自成一家，非常擅长悬疑小说，对经济、犯罪、科技等领域涉猎广泛，其专业性毫不输于从业人员。而今年，丁墨没有写她非常擅长的悬疑题材，而是选取青春题材，写了一本甜文，刻画热血和梦想的模样，让人眼前一亮，该书一经连载，读者反响热烈，百度搜索量已高达136万。

《挚野》是一个关于音乐与成长、现实与热血的故事，讲述了岑野和许寻笙为了实现音乐梦想，从一无所有到成为超级巨星，经历种种风波曲折、分分合合之后，最终得以相守的故事。这本书延续了丁墨细腻大气的文笔，却一改丁墨以往跌宕起伏、节奏紧张的悬疑风格，画风淡雅，将情深似海镌刻在字里行间，情绪和环境的渲染在说明剧情的同时又推动了剧情的发展，读之酣畅淋漓。

从叙事方式来看，小说采取情感线和事业线交叉并行的方式，表达对拼搏梦想的人的崇敬和对单纯美好的感情的赞美。岑野身在娱乐圈，却丝毫未被这个大染缸中形形色色的欲望侵染，具有积极努力向上的正能量。两个人即使是分开，也为对方保留着心里的空位，充分信任，完全放心将自己的背后交给对方。丁墨将感情和事业升华为一种执念，这样的执念能够让每一位读者触景生情，跳脱出小说，想到自己，具有很强的现实借鉴意义，这是丁墨作品的一大亮点。

作为兼具实力和流量的大神级作者，丁墨的作品一向具备强烈的画面感和十足的话题性。

从人设来看，丁墨笔下的人物也是讨喜和生动的，性格清冷如菊的女主 vs 深情的小狼狗男主的人设符合当下网络热门趋势，无论是单独拿来讨论还是看两人的互动，都具备很强的话题性。从拍摄难度来看，小说具有极强的画面感和渲染气氛的能力，读者在阅读时其画面已经在脑海中形成，甚至可以代入自己心仪的演员演绎出来。拍摄难度低、话题性强是丁墨作品的又一大亮点。

读完全书，你也一定会发出感慨，丁墨怎么什么领域都能驾驭，什么题材都能写得非常好看，你也一定会从心里油然生出一种满足之情，那是只有丁墨的文字才能织就的极大幸福感。（张琳）

七微克蔚蓝

/茹若

　　直到周六上午，叶祯心坐在前往军训基地的大巴上，仍然有点懵。

　　军训基地位于秀山市城区北边的群山之间，操场、篮球场、足球场、网球场等一应训练设备俱全，甚至还设有射击馆、突击队障碍训练场、警体综合训练馆等，隶属秀山市公安系统所有，除了射击馆以外，也面向其他执法部门开放，提供军训服务。

　　军训开班仪式上，全市环保监察系统一百多号监察队员在台下排成方队。按照机关单位的习惯，照例先是请市局领导上台讲话。

　　长篇累牍，才听了大概一半，叶祯心就觉得自己快被晒化了。

　　渴，想吃冰淇淋。

　　想起前几天跟若溪一起去秀山新开的一家日式冷饮店吃抹茶冰淇淋，浓浓的抹茶味、冰凉的口感，她忍不住舔了舔嘴唇。

　　那天，听说她要去军训，若溪乐得不行。

　　"你，去军训？"若溪满脸的幸灾乐祸，"哎，你还记得吗，在M大的时候，那个追你的橄榄球队队长，非拉着你去登山那次……"

　　叶祯心怎么可能忘记！那次她被"强行"拉去登本尼维斯山，在半山腰上哭着喊自己高原反应了要死了，结果被告知本尼维斯山海拔还不到1500米，这件事被当时同去的队友嘲笑了许久许久，至今想起来都觉得丢人。

"不过，那个叫郁青山的监察队长是不是会跟你一起去？好好把握机会哦！"若溪八卦着。

这件事已经传得连若溪都知道了，真是不得不佩服八卦的传播能力。

可是她要把握什么？一年之后她就要回英国了，郁青山？是很优秀，她也很欣赏，可是他们不可能。

若溪也就罢了，姐妹间开开玩笑而已，比若溪的打趣更让叶祯心头疼的是李阿姨。

昨天晚上，叶祯心正在天井里刷着牙呢，李阿姨就推门进来了，一脸喜滋滋："哎，祯心，我听说你跟我上次介绍的那个小伙子成了？原来你考上了那个什么环境监测站，你们两个是一个单位的呀！这挺好，多接触接触，感情自然就好了。"

叶祯心懒得搭理她，一边刷牙一边随便含糊地敷衍了两声。

"那小伙子真是特别优秀，当然你也不差。你们两个这叫门当户对！我看呐，到年底过年，你爸妈他们都回来，你们就可以把婚先订了……"

她默默翻了个白眼，漱口。

"哎，话说回来，咱们这老房子的学区是实验小学，秀山市最好的，你们小孩子上学一点都不用担心的……我不说了，你可得好好把握啊！我们家小凡还等着我给他做夜宵呢。"李阿姨说完，顺手掐了两根天井里祯心奶奶种的葱，走了。

叶祯心甚至觉得有些好笑，两个人别说恋爱了，连朋友都还算不上，只能算是同事。这老阿姨连他们的孩子上学都谋划好了，热情热心得让她不知道该如何应对。

这时候，老太太从房里探出头来："祯心，你真的跟你李阿姨介绍的那个小伙子好上了？"语气里竟然有一点点期盼。

叶祯心洗干净牙刷："奶奶，你别听她乱说。您不是说单身最好，自由自在吗？"

老太太靠在门上，双手揣在围裙后面，歪着头朝墙上看去。

墙上挂着祯心爷爷的遗照，虽然灯光昏暗，可依然看得出是个俊朗的老头。

叶祯心对爷爷的印象不深，只记得是个很幽默风趣的小老头。

半晌，老太太才回过神一般地说："自由自在是好啊，可心里有个牵挂也挺好。"

这句话让祯心一晚上翻来覆去睡不着，一大早就迷迷糊糊起来，这会儿又在大太阳底下晒了半个多小时，整个人都觉得快虚脱了。

在迷迷糊糊之间，支队长宣布完了军训纪律。

谢天谢地。

为了促进整个环保系统的交流——这是支队长的原话——这次军训在全市范围打乱重组分了八个班，一个班不到二十人，而叶祯心居然很巧地跟吴璐琳和郁青山分到了三班。

"哇，这真是好难得的缘分呀！"吴璐琳开心地说，"这样我都能和你分到一个班，祯心，我们好有缘！"

叶祯心坐在草地上，被太阳晒得脑壳痛："你想说的是你和男神有缘吧？"

吴璐琳一脸坦然："当然不是了。男神是你的了，我不会跟你抢的，嘿嘿。"

"我说过我跟他没关系。"

"就当没有吧。"

叶祯心实在没有力气再跟她解释。谣言止于智者，这家伙显然只长了一副好看的皮囊。

郁青山毕业于公安大学，又在特种部队服过役，理所当然被任命为三班的班长。

他站在队伍的前方，面对着众人训话。

"这次的军训一共安排了八天七夜。在这八天七夜的时间里，我们不是同事，你们也不是公务员，而是军人，我就是你们的班长。班长的话，就是命令，必须百分之百执行，没有商量的余地，明白吗？"

"明白！"众人齐声。

"哇，好帅，是不是。"吴璐琳朝叶祯心挤眉弄眼，小声地说。

叶祯心懒洋洋地眯着眼睛从帽檐底下看了一眼站在队列前方的郁青山，阳光刺眼，他也戴着帽子，只看得见他略显硬朗的下颌弧度。

看不太清楚他的样子，但叶祯心能想象得出来。

他不笑的时候一身正气，笑的时候有点痞气。

这时候的他大概就是征兵入伍的宣传海报里的模样。

"是不是？"吴璐琳不死心地追问。

叶祯心不愿意承认，又不想撒谎，干脆闭嘴不理她。

列队训练，站军姿。

6月初，虽然不是秀山市最热的季节，但在太阳底下一站就是一个多小时，叶祯心可受不了。

她觉得太难受了。

灼热的阳光从头顶上照射下来，把她露在外面的脸颊和脖子的后面晒得发疼，两只耳朵尖上也是火辣辣的。身上的军训服根本不透气，闷得她出了一身的汗，脑门上脸上也都是汗。可以想象此刻的自己有多狼狈。

估计得晒伤。

叶祯心很郁闷，俗话说，一白遮三丑，她一直很注重护肤，这一早上的太阳晒下去，一整瓶小灯泡都挽救不回来。

口干舌燥。

不远处就是围墙，围墙边上种着一排排梧桐树，正是梧桐枝繁叶茂的季节，在墙脚下落下一大片清凉的树荫。

她真想躲到树荫底下去休息一会儿，哪怕就几分钟。

郁青山背着手，如鹰般犀利的目光从一张张被太阳晒得发红的、布满汗水的脸上扫过。

这不是他第一年带队军训。受过训的人都知道，郁队私底下随和，但在工作中、训练时，算得上是魔鬼教官，没有半点情面可讲，没有人敢乱动。

除了——丝毫没有眼力见儿的叶祯心。

郁青山站在叶祯心面前。

叶祯心的眉毛鼻子都快皱到了一块，眯着眼睛迷迷糊糊瞪着郁青山。

白皙的脸晒得红扑扑的，一缕发丝从帽子底下窜出来，没有风，却好似在随着她的呼吸微微抚动。

郁青山盯着她的鼻尖："这是什么？"

叶祯心伸手摸了摸鼻子："报告，是防晒霜。"没抹匀。

郁青山挑眉。

"报告长官，太阳光里的紫外线照射会让皮肤产生大量自由基，导致细胞膜的过氧化反应，使黑色素细胞产生更多的黑色素，并往上分布到表皮角质层，造成黑色斑点，其中的UVA和UVB*会……"

周围发出低低的笑声。

郁青山扫了一眼，笑声戛然而止。

"行了。"郁青山说，"你这是什么站姿，嗯?"

叶祯心知道自己此刻站得跟只猴似的，在这大太阳底下站了一个多小时，还能坚持不晕过去，已经是她对这场军训最大的诚意。

她努力挺了一下背。

"不够。"

再挺直一点。

郁青山依然面无表情盯住她。

叶祯心受不了了："郁队，我是脑力劳动者。"

言外之意，她这次跟来军训纯粹是凑个热闹，她又不是他们监察队员。

郁青山听了颇以为然地点点头，扭过头去看了看其他几个在树荫底下休息的班级。

叶祯心心里一松，感觉曙光就在眼前。从这个角度看郁青山，迷彩色鸭舌帽下，鼻挺如峰，下颌收紧，钢筋般的直男气息，直得还挺好看。

下一秒。

"其他人休息十五分钟，脑力劳动者继续。"郁青山云淡风轻扔下这么一句话。

去你的钢铁直男。

吴璐琳蹲在树荫底下，有点忧愁地看着烈日下被罚站军姿的叶祯心："哎，郁队还真不知道怜香惜玉。祯心真可怜，她皮肤白，这会儿已经被晒得通红了。"

旁边的林森听见了，凑过来："怜香惜玉？在郁队的字典里，这个词

---

*UVA和UVB：两种不同的紫外线。

是不存在的。"他压低声音，朝着不远处一个女队员看了一眼，"瞧见没，云浮区大队副大队长，李婧。"

"怎么了？"

"暗恋我们郁队三年了！追了郁队好久了，去年第一次参加军训分在郁队的班，那叫一个明示……"林森啧啧摇头，"可惜……你被分到这个班，也是够惨的。"幸好，他分在了一班。

"可惜怎样？"

"惨不忍睹，不忍直视，不堪回首。"林森摇头晃脑，罕见地一连说出三个成语。

吴璐琳乐了，仔仔细细打量了李婧一番。嗯，确实挺漂亮的，瓜子脸，大眼睛，长发微卷，有点像Angelababy*。

"那她总该死心了吧？"

"没有，还试图找关系调到我们队来，想近水楼台先得月。可惜他们局长死活不肯放人，为了这个她都恨死他们局长了。"讲起八卦来，林森特别带劲，"哎，你看她在看你，我估计她得恨死你。"

"我？"

"你分在郁队这班了呀，你又漂亮，她肯定觉得你是竞争对手。"

吴璐琳不屑："就她？"

"她挺漂亮的。"林森有时候实诚得低情商。

"漂亮是漂亮，气质不行。"

林森哈哈一笑："你还挺自信。"

吴璐琳瞪他一眼："我不是说我自己！"她朝烈日底下的叶祯心瞄了一眼。

林森不信："郁队都说了，是误会。"

虽然两人"约会"的照片刚出来那会儿大家都信以为真，连局领导都以为秀山环保系统这枚头号大光棍的终身大事终于要解决了，整个芙城区大队欢欣鼓舞，因为郁队名草有主了之后，他们应该能多得到一些女性的关注了。

可这半个多月下来，虽然两人没有正面做出过回应，但眼看着什么交

---

*Angelababy：演员、模特杨颖的英文名。

26

集都没有，甚至连工作上也很少有机会接触，这绯闻的小苗苗来不及长大就已经枯死了。

可以说是很惨了。

并且也不觉得郁队对待叶祯心有什么不同，刚刚她出言顶撞，还不是罚她在太阳底下站军姿吗？如果一个男人喜欢一个女人，肯定舍不得她这样受苦。

最起码他不舍得。

他小心地瞄了一眼吴璐琳。

吴璐琳懒得跟他废话，蠢钝不堪，孺子不可教也。她拧开矿泉水瓶子，咕噜咕噜喝了一大口，目光悠悠然扫过不远处的郁青山。

郁青山坐在一棵梧桐底下，手里拿着一瓶矿泉水在喝，视线却一直在太阳底下那个娇小的身影上。

又过了一会儿，他抬手看了看手表。

"差不多了，原地解散，休息一会儿去食堂吃饭。"

林森蹲在地上看着郁青山远去的背影不服气："啊？这才几点啊！还有半个小时才到饭点呢。郁队，你们班第一个解散啊？郁队？"扭头看吴璐琳，一脸震惊，"这还是我们郁队吗？"

吴璐琳摇头叹息。

傻缺。

食堂飘着浓郁的饭菜香。

叶祯心觉得自己的胃里有一千只青蛙在咕咕叫。

站了大半个上午的军姿，晒了大半个上午的烈日，她居然没有中暑晕倒，简直是一个奇迹。

吴璐琳排在她的前面，端着餐盘踮着脚张望："祯心，有白斩鸡，我喜欢白斩鸡！还有红烧小排，哇，这伙食比单位食堂好多了！"

叶祯心没有力气搭理她。

年轻人的精力就是旺盛。

吴璐琳打好饭菜，扫视了一圈食堂，郁青山和其他几个同班队员已经坐在一张靠窗的桌子旁吃饭。

桌子是八人桌，还空了好些位置。她眼尖，一眼就看见李婧端着餐盘，双眼放光地朝着郁青山边上的位置走去。

糟糕，螳螂要捕蝉了。

吴璐琳不动声色走过去，"婧婧姐！"甜甜地喊了一声。

李婧被吓了一跳，看着这个不知道哪里冒出来的"妹妹"愣在原地。

"婧婧姐，我是支队新来的吴璐琳，你之前还跟我要过支队办公室的半年总结呢，你忘了？"吴璐琳甜甜地笑，"郁队边上那个位置有人了，你坐我这儿！"说着站起来，不由分说把对方拉过来，往离郁青山最远的角落位置坐下，又自然又亲热。

这话里透着话。

周边八卦的小耳朵刷刷地竖起来。

吴璐琳仿佛浑然不觉，伸长脖子对着刚刚打完饭菜的叶祯心招招手："祯心，那儿！"

她指了指郁青山边上的位置。

叶祯心什么都没意识到，她又累又饿，甚至没意识到边上那个背影是郁青山，迅速走过去坐下开吃。

这副反应，在众人眼里看来就是"习以为常"的表示了。

大家的眼神意味深长，默默看向郁青山求证。

郁青山什么都没说，仿佛什么都没听见没看见，悠悠然扒着碗里的饭。

于是大家什么都明白了。

原来如此。

郁青山对此表示很无辜——反正他什么都没说。

午休时间，叶祯心太累了，睡得迷迷糊糊，完全不知道外面的八卦已经飞满了天。

"知道吗，郁队有女朋友了！"

"谁啊？"

"就是早上他们班里被他罚站的那个！"

"我说呢，虽然郁队严厉，但也不是不怜香惜玉的人啊。原来是'内人'，难怪特别严苛。"

……

林森睡在郁青山上铺，趴在栏杆上往下看："郁队，你和叶祯心到底真的假的？"

周围一阵窸窸窣窣，所有耳朵都竖了起来。

郁青山正面朝上，躺得笔直，眼睛都没睁开："八卦。"

林森有点郁闷："我看着一点都不像啊。"平常上班，他和郁队几乎是形影不离，下班——前段时间一直都在做中央环保督察的扫尾工作，每天不到晚上10点基本下不了班，这还能谈个鬼的恋爱？"而且我觉得那个叶祯心吧……"

郁青山懒洋洋睁开眼："怎么？"

林森挠挠头："也不是说她不好，漂亮也挺漂亮的，可就是——感觉有点傲。"

这小子，还记仇呢。

郁青山懒得搭理他，闭上眼睛继续睡。

傲，傲吗？

他的眼前浮现出叶祯心微扬起脸的模样。

傲。

可是他就喜欢这一点恰到好处的傲。

革命道路阻且长。

可他有信心。

下午依然是基础的列队训练，外加2000米长跑。

叶祯心虽然心里抗议，但集体意识和服从意识还是有的，既然出来军训了，就不能随着自己的性子，她咬牙坚持，慢吞吞跟在队伍后面磨磨蹭蹭地跑着。

400米的环形跑道，等她跑完一圈半的时候，郁青山已经从她身边跑过去了两次。

第二次跑到她身边的时候，郁青山放慢了脚步："你这速度，说你是蜗牛都好像是在贬低蜗牛。"

叶祯心边跑边喘气："郁队，我靠脑子吃饭。"

郁青山又是一副颇以为然的样子，点了点头加速跑到前面去了。

叶祯心隐约有点不妙的预感。

但她依然慢得很坦然。本来嘛，尺有所短，寸有所长，她对社会的价值在于智力，并不在于体力。人无完人，她从不觉得自己需要德智体美全面发展。

对于军训，她竭尽自己所能认真对待，这就够了。

然而郁青山毕竟是"老姜"。

当叶祯心跑到第三圈的时候，大部分队员都已经跑完了。等到她跑到第四圈的时候，连吴璐琳也跑到了终点。

原本各自跑完就应该散去休息的，但郁青山叫住了他们。

全班十几个人齐刷刷站在终点旁，三十多只眼睛看着叶祯心在跑道上"蜗牛散步"。

叶祯心微窘。

然后周围其他班级也都注意到了。原本他们各自为营各自训练，正巧差不多都在这时候休息，看见这边齐刷刷站了一排人，好奇心驱使，都围了过来。

这下好了，八个班，一百多号人，跟星光大道外围观的粉丝似的夹道欣赏叶祯心跑步。

这目光，无异于凌迟。

叶祯心再也坦然不起来了。

她咬牙加快速度往前冲，跑完第四圈路过终点的时候，在黑压压的人群后面看见郁青山正嘴角含笑。

在跑最后一圈的时候，叶祯心在脑子里想象了一百种杀人方法。

最后叶祯心跑出了环保系统有史以来2000米的最长时间纪录——30分26秒。

倒也填补了她运动史上的一项空白。

郁青山站在终点，手里捏着计时器，问她："什么想法?"

她嗓子里冒着火，小腹隐隐作痛，还是嘴硬："前无古人，后无来者，挺好。"

郁青山目光深深。

又傲又倔。

叶祯心一跑成名，仅仅军训第一天，全市环保监察系统都记住了她的样子，也知道了她和郁队的"关系"。

当然，女主角本人对此事一无所知，也完全没有察觉到同宿舍的李婧坐在床上目光恨恨地盯了自己一个晚上。一整天训练下来，她的体力完全透支，晚上匆匆喝了一碗粥，吃了两个大馒头，硬撑着洗完澡倒头就睡。

夜风习习，窗外一排梧桐树枝叶摇曳。

那一头的梧桐树下，一班男队员坐在台阶上抽烟。

"林森，郁队和那个叶祯心真是那种关系？"松宁县监察大队陈富宁问。

林森从他手里接过烟来，凑到旁人的火上点上，深吸一口，吞云吐雾，卖弄玄虚不说话。

"这事要是真的，那可太好了。"陈富宁乐滋滋。

林森斜眼看他："关你屁事？"

"怎么不关我的事？"陈富宁不满，"这家伙，家庭条件好，人长得好，工作能力又这么强，你看才几岁啊，提拔大队长两年了。有他这么一颗光芒万丈的小太阳在，那些漂亮小姑娘眼睛都不往我们身上瞄一下！"

这话说的，真是"怨气"满满。

林森乐了："你自己泡不到妞，倒赖到我们郁队身上了。"

"怎么叫赖呢，这事就得算到郁青山头上！"云浮区大队大队长徐玮文猛地抽了一口烟，"你看我们大队人手本来就紧张，李婧就为了个郁青山天天想着调动。嘿，这回可好，她彻底能死心了。"

"你可得好好感谢人家。"陈富宁打趣。

"那可不！坚决守护这株爱情的小幼苗！"徐玮文极其认真。

这帮人还越说越起劲了。

林森无语。

虽然还搞不清楚郁队真正的想法，可毕竟关系到这枚年过三十的钻石王老五的终身大事，可不能被这群嘴上没门的小子给破坏了。

林森再三叮嘱，大家不许乱说话。这帮人虽然私底下八卦，但也是靠谱的，果然把这件事按下不提，虽然很想说，但也尽量按捺住。

毕竟谁都想郁青山这株名草早日有主。

除了李婧。

李婧倒追郁青山这件事秀山市环保系统无人不知，半路杀出个叶祯心，她当然气得跳脚。

叶祯心也不迟钝，看得出来李婧对自己不友善，又不知道缘由，只能问吴璐琳。

吴璐琳哄她："其实她是嫉妒我长得好看，因为你跟我走得近，所以对你也不友好。"

叶祯心深以为然，于是释然了。"她要是欺负你，你别怕，我帮你出头。"还反过来安慰吴璐琳。

作为一个华人常年在国外，她对校园欺凌这种事也是颇有应对经验的。

人若犯我，没必要客气。

军训进行得很顺利。

两天的基础训练之后，就是强化训练。虽然大部分时间都在拖后腿，但叶祯心也算能勉强跟上。

军训场上的郁青山毫无人性，叶祯心这一班好几个环保新兵，身体素质都挺一般的，可他完全当作老兵来练，第三天训练了一个上午，连一直视他为偶像的吴璐琳都撑不住抗议了。

郁青山冷眼看她："你现在是什么身份？"

吴璐琳犹豫了一下："军人。"

郁青山点头，语气没温度："军人的字典里，只有服从，没有抗议。做完这个，负重800米。"

吴璐琳气得哇哇叫。

叶祯心乐呵呵地凑过来："还觉得帅吗？"

吴璐琳咬牙切齿："帅！"

叶祯心偷笑。

识时务者为俊杰，这几天她已经掌握了在郁队手下保命的要诀：坚决执行命令，绝对不要反抗。

还没笑完呢，郁青山已经看过来。

"叶祯心，陪跑。"

笑容凝滞在脸上。

……

就这么生不如死地混到了晚上。

今天的天气特别热，正午的时候，操场的地面上仿佛都跟着了火似的，叶祯心又陪着吴璐琳负重加跑了800米，尽管是跑得跟蜗牛一样慢，却也累得够呛。

叶祯心洗漱完毕，脑袋刚刚沾到枕头就睡着了。

迷迷糊糊之间，有人猛拍她的脸："祯心，快醒醒，集合了！"

醒个鬼！

她根本不想动弹，闭紧眼睛装死。

"祯心，快醒醒！"吴璐琳的声音很急促，混混沌沌之间，仿佛还听到有人冲下楼梯的脚步声和喧哗声。叶祯心一个激灵，猛然睁开眼睛，吴璐琳已经穿好衣服正在拼命拍她的脸。

"怎么了？"叶祯心惊坐起来。

才发现同屋的几个女队员都已经穿戴完毕出门了。

"快走，有突发事故！"吴璐琳顺手把叶祯心挂在墙上的衣服扯下来，扔在她的身上，"十万火急，你倒是快啊！"

叶祯心有一瞬间的慌神，但很快镇定下来。她有很多疑问，但此刻不是问的时候，迅速穿上衣服，两人飞奔下楼。宿舍楼前的空地已经聚集了一大帮人，整齐列队站好，现场的气氛一触即发，却安静异常。

队列前面，郁青山站在昏黄的路灯下，目光烁烁，身影挺拔。

逆着光，叶祯心看不清他的表情，但可以想象得出来。

严肃，严峻。

"刚刚接到的消息，今天凌晨2点10分左右，云浮区石大石化公司1000立方米液化烃球罐在倒罐作业过程中发生泄漏着火，引发罐区4个罐体燃爆。污染物经排水明渠即往云浮江南明湖流去。今天的应急事故处理由我主持，现在距离事故发生时间已经过去20分钟。全体都有，出发！"

一声令下。

两辆中巴车已经等在一旁，队员们快速上车，没有人讲话。

叶祯心也跟着自己班级的队员上了其中一辆。其实她有很多疑问，比如明明他们在军训，为什么会安排他们去处理突发环境事故？虽然她到环保系统时间不长，但也知道应急事故处理是属地管理原则，如果是芙城区发生的事故，和她同班的这些，大半都是县里的队员，为什么要一起去？

但所有人都神情严肃，高度戒备，她没敢问出口。

军训基地在山里，因此开到事故地点的时候，已经是将近半个小时之后。还没到大门前，远远地就看见厂区方向火光冲天，等到车子开近，叶祯心整个人都懵了。

只见灰白色的大楼之后的院子里，四个巨大的液化烃球罐正在熊熊燃烧，热浪一阵一阵朝着叶祯心的方向涌来，这真实的灼热感让她惊慌。

"怎么会这样……"她低声喃喃，转头去找吴璐琳，发现她就在自己身边，漂亮的大眼睛里写满恐慌，悄悄拉住了叶祯心的手。

她的手灼热，手心都是汗。

这反倒让叶祯心迅速镇定下来。

此时不是慌张的时候，液化烃，她记得上学的时候学过，是一种通过加压或者降低温度变成液体的烃类，比如乙烷、乙烯，还有石油气。这是一家石化公司，球罐里的液体应该是石油气，或者是原油。液化烃的燃点能量很低，泄露之后形成大量气体，聚集在一个小范围的空间内，非常容易爆炸，爆炸产生的冲击波，将这几排厂房震塌简直是小菜一碟。另外爆炸燃烧之后会产生大量的氧化物，二氧化硫和三氧化硫都会对空气造成严重污染。

当务之急应该是灭火，阻止液化烃继续泄露，以免发生爆炸，造成伤亡。

她朝四周张望，消防队已经早他们一步抵达，正在组织灭火，一队穿着橘色消防服的消防员扛着沙包冲进了火海。

郁青山沉着下令。

"张子成，林森，立刻通知企业关闭厂区围堰闸阀和雨污总排扣闸阀，将消防废水全部导入事故应急池，防止消防废水继续排出厂界。"

"收到！"

"吴璐琳，通知相关单位，迅速调集围油栏、吸油毡，在云浮江入江口设置围油栏，防止污染物对南明湖造成污染。"厂房边上是秀山市区的内河好堰溪，此时可能已经有大量废水流入好堰溪，好堰溪的水流进云浮江，就是南明湖。南明湖是秀山市最大的亲水公园所在地，这个季节去南明湖游玩的市民很多，如果水质受到污染，必定引发负面舆论。

叶祯心感觉到吴璐琳松开了自己的手。"明白！"吴璐琳坚定地应道。

"朱重，陈伟，你们两个带几个人对周边其他企业雨污水管网和各类安全防控设施进行排查检查，防止发生泄漏。另外通知监测站，对大气和南明湖水质进行应急监测。"

"收到！"

一项项任务，有条不紊地分下去，一秒钟的犹豫可能造成不可挽回的损失。

"我可以负责去做水质监测！"眼看着其他人都被分派了任务，叶祯心急忙说。

郁青山这才把视线转向她："你去采集厂区外下水道的水样，要密切注意水质，还有流速。另外，下水道通往好堰溪的入口大概是在那个位置，也要做采样。还有，燃烧区附近的空气也要做采样。"

"好。"叶祯心点头，顿了顿，又问，"那你呢？"

郁青山朝厂房看了一眼。

"我和其他人一起进去，灭火。"他眼神很淡，声音不重，但有分量。

液化烃是油类，灭火只能用二氧化碳和干粉灭火器，而不能用水，因为油的密度比水小，会造成油浮在水面上而随着水流流窜，反而将污染和火情扩散。而在实际运用中，沙子是最佳的灭火剂之一。

成车的沙包已经运到。

郁青山没说话，转身扛起两个沙包冲进火海。

叶祯心忽然想起2015年天津滨海新区发生爆炸，那时她还在英国，虽然关注得不多，但有一张照片让她记忆深刻。

那是一张火灾现场消防员与逃生者逆向而行、冲进火场的照片。

而此刻，她看着自己的周围，看着冲进火海的郁青山，他们每一个人都是最美逆行者。

燃烧还在继续，熊熊的火光和热浪不断袭来，随时都有爆炸的危险，此时如果说她的内心不恐惧，不害怕，那绝对是假的。她恐惧，恐惧到双脚发软，她想拔腿就跑，跑得远远的，跑到安全的地带。

可她迈不开脚步。

因为此时此刻，她不是叶祯心，不是一名普通的人，而是一个战士。

身边每一个人都在战斗，她不能当逃兵。

深呼吸，努力压抑住恐惧的情绪，她向四周张望，很快找到环境监测应急车，车上除了司机小纪已经没有别人。"他们说去那边江边采水样了。"小纪说。这半个多月在监测站工作，叶祯心早就熟悉了现场采样、监测的流程，既然水样已经有人去采集，她就熟练地从车厢后面找到大气综合采样器。

要在空气中采集到足够监测用的二氧化硫，需要40—60分钟。

叶祯心找到点位，将采样器放好开启，在夜色中独自站了一会儿，远离人群让她稍稍冷静下来，忽然察觉好像有哪里不对——空气中没有闻到太刺鼻的味道。

她选择的位置明明是下风口，距离也完全达到采样需求，没道理会闻不到液化烃燃烧的味道。

难道是因为太过紧张害怕导致嗅觉迟钝了？

时间一分一秒过去，因为出来得急，叶祯心没有带手机和手表，不知道究竟过去了多久。她朝厂区的方向张望，此时厂区内的火光已经弱下来，漆黑的夜里，余光仍然让人心惊。

不知道火势是否控制住了，不知道大家是否都安全。

这时候有几个穿着迷彩服的身影从厂区里冲出来，叶祯心的心一下子提了起来，连忙跑过去。靠近了才看见，带头跑出来的那个正是郁青山，他四处张望，找到一辆监察巡逻车，几步上前拉开车门。

"怎么了？"叶祯心急忙问。

郁青山没有看她，径直坐进驾驶座："厂区原油外泄，流到云浮江入江口发生了爆炸！我现在去那边现场看情况。"

原油爆炸！

叶祯心的脑袋里"嗡"的一声响："吴璐琳在那边！"

"是。"郁青山回答。

什么都来不及想，"我跟你一起去！"她快速跑到副驾驶座拉开车门坐

36

上去。车门刚刚关上，郁青山已经踩下油门。

黑夜里，巡逻车在田野间狭窄的水泥小路间飞驰。

看得出来，郁青山对这一带的路况很熟悉，即便是这样狭窄弯曲的小路，即便是在黑夜中，他依然能找到准确的路口。因为抄的是近路，车子很快就驶上了江滨路，江滨的防洪堤坝公园种满三四层楼高的大树，但透过树梢，依然能看见漆黑的夜幕下闪烁着火光。

就是那个方向。

"为什么会发生爆炸？原油怎么会泄露？"

"球罐燃烧之后破损，里面的原油漏出来从下水道排进了云浮江，在盖板箱涵出口处燃烧发生爆炸。原本我们已经安排了围油栏和吸油毡在出口外围控制原油蔓延的趋势，可爆炸把围油栏冲开，污染正在往下游流去。"

即便没有经验，也听得出来事态严重。

千万不要有事。

节选自长篇小说《七微克蔚蓝》，三秦出版社2018年11月版

作者

茹若，吾里文化签约作者，新生代言情作家，代表作《尾戒》《倾城雪》《浮生若梦》等。凭借《聚光灯下，请微笑》荣获首届大神之路文学创作大赛最具人气故事奖。

评鉴与感悟

近些年，职场类的言情小说层出不穷，大到常见的律师医生房地产销售，小到一些冷门的入殓师临终安慰师职业，均有涉猎。如何在诸多职场小说中突出重围，展现出自己作品的亮点，最大程度吸引读者，也成为越来越多已经或想要涉猎职场类小说的作者需要考虑的问题。

《七微克蔚蓝》可谓是一部另辟蹊径的作品，作者茹若选了一个前所未有的角度——环保。故事主人公叶祯心是个海归，因为家庭缘故回

国成为一名环境监测站的工作人员，作为一名环保新兵，她与同事亲身经历了几大触目惊心的环境污染案件的治理，也向读者展示了近些年地球生态环境日益恶化、保护环境刻不容缓的现实。通过作者笔下的描绘，读者可以看到一幅绿水青山，鱼翔浅底的美丽中国新画卷，也借此唤起大家保护环境，建设生态文明的意识，不得不说是正能量满满的主旋律诚意之作。

除了故事立意上的与时俱进，作者在人物设定、情节等方面也别出心裁。海归环保新兵叶祯心与环境监测大队队长郁青山的CP*组合，萌点笑点连连，其余几对也各有自己职场新爱情观的体现。既然是职场小说，也少不了对职场的一些思考，该文就从几位女性主人公的角度，全面反映了职场新女性的转折和成长，具有一定的现实意义。

职场小说还很看重的一点就是相关职业的专业性，这也是已有的一些职场类作品容易被读者诟病的地方。《七微克蔚蓝》尽可能地规避了此问题，因为作者本身就从事环保类工作，这部小说也算是她自身真实经历的改编，有关环保的方方面面都是专业描述，有据可循，代入感极强。

作者茹若写作多年，是畅销言情小说作者，曾获得过红袖添香文学网第二届华语言情大赛季军和2009年度华语言情大赛最具潜力新人奖，文笔老练。《七微克蔚蓝》真实接地气的环保工作再现，加上她细腻的文笔描述，对读者有极强的感染力。

在刚结束不久的第三届国际金海鸥影视周上，《七微克蔚蓝》得到爱奇艺副总裁戴莹女士的大力推荐，称赞这是一部极其优秀的职场言情作品。《七微克蔚蓝》也不负众望，得到诸位评委和现场观众的认可，成功入围此次大会IP大集原创文学作品二十强。

近几年，现实题材作品越来越受欢迎，《七微克蔚蓝》作为国内首部环保题材职场小说，积极响应国家加强环保工作、保护环境思想的倡导，反映当下职场现状以及年轻人的爱情观，主题健康正能量。在宣传正确思想的同时，故事也有很强的趣味性，主人公之间有趣的互动以及甜宠爱情长跑，吊人眼球。（张白琼）

---

*CP：英文couple的缩写，这里指情侣、配对等。

最后一颗鱼丸

/夏茵丹

跟我走吧，忐忑给你，情书给你，不眠的夜给你，六月的清晨给你，雪糕的第一口给你，最后一颗鱼丸给你，手给你，怀抱给你，车票给你，跋涉给你，存折给你，钥匙给你，家给你，一腔孤勇和余生几十年，全都给你。

1

我大学毕业刚到北京的时候，没有工作，看着银行卡里瘦弱的数字，要毁灭世界的想法每天都有。在我最困难的时候，我的朋友昭昭曾让我蹭吃蹭喝一个月。当时我感激涕零，表示说，我不白吃，我做你助理，做饭暖床什么的，你随便说。

昭昭是我大学认识的一个朋友，比我大三岁，哈尔滨人，听朋友说在她上大一的时候全家搬到了浙江。后来她大学毕业后来到北京自己开了个编剧工作室，几个人专门外接影视公司的活。

有天晚上我拎着饭去她的工作室，她正坐着写剧本，我把吃的放在桌子上说，来吃点东西吧，卤煮肘子什么的都有。

她白了我一眼说，滚，我要吃素。

其实她不是真的要吃素，就是什么都要杠上两句。周末我们约老朋友一起吃饭，路过一个小公园，里面坐着一群大爷大妈在帮自己的孩子相亲。昭昭好奇，用她那微胖的身躯左一挤，右一拱，直接就挤到人堆里。我在后面扒拉了半天，挤得早饭都要吐出来了才挤进半个身子去，昭昭白了我一眼，用手拽住我的肩膀一把把我拉进人群。

当时我如被雷劈，差点跳起来，脑子里不停在喊：疼疼疼……这是被碾压的感觉……疼啊我去……嘎巴一声是怎么回事……我的骨头碎了吗……疼死爹了你妈……这样的女人伤不起啊……

当我从疼痛中反应过来，发现昭昭正盯着地上的牌子一个一个地看，我顺着看过去，上面各种大字写着硬性条件：户口、车、房、身高、属相等等等等。

我偷偷瞄了她一眼，隐隐约约感觉到气氛不对，想赶紧捂上她的嘴，可是已经来不及了。昭昭看着成群的大爷大妈们没好气地说，哟，大爷大妈卖白菜呢。

一句话惊得我老血都要吐出来了。众大爷大妈先是集体愣了五秒，在这五秒里我用出了二十多年来最大的力气把昭昭拽出人群，然后听见后面一片嘈杂，哎，你这丫头怎么说话的啊?!

跑到没有人的地方后我生气地说，下次作死能不能别带上我？你也这么大的人了，说话就这么没遮没拦的？你也不能因为自己的特例就去否定别人的想法吧。

昭昭委屈地没说话。

2

昭昭的相亲，我曾见过一次，是约在朋友开的小餐厅里。

第一次对方是个计算机行业的男生，平头，黑框眼镜，不算帅，但很干净。昭昭笑着和他握手，男方微微一笑表示稍等，然后缓缓掏出了一份精美的简历……昭昭愣了两秒，看了看他，用手接过男生的简历尴尬地笑了笑。

一份精美的简历……

昭昭说，这，您是专业的吧。

男生礼貌地说，你没带也没关系，之前你的一些情况我也有些了解了，那我再简单地问你一些问题吧。

昭昭呆呆地点点头，男生问，你现在的收入情况怎么样？平时喜欢做什么呢？对老人能不能很孝顺？是更注重工作还是更注重家庭呢？近几年准备生小孩吗？

昭昭憋了十秒钟，然后说了句，哈？

男生说，你没有听清楚吗？要不要我再和你说一下。

昭昭赶紧抬起手说，不用了，我就是想去个厕所。然后昭昭起身离开座椅，直奔餐厅大门，再也没有出现。

我和朋友笑喷。

后来昭昭发誓，此生我要再相亲，我胡字倒过来写。

我说，也没必要，你换个思路想一下，相亲和朋友介绍对象也没有什么本质上的区别吧，都是两个人见面聊一聊。

昭昭说，你懂什么，这个有本质上的区别好吗？搞对象是搞对象，相亲是奔着结婚去的，目的性那么强烈，我受不了。

我说，你以前搞的对象，不也是奔着结婚去的吗？

昭昭沉默了一会儿，转身把我推出门外，说，走走走，我要写剧本了。我慢慢走下楼，整个世界开始夜入膏肓。突然想起在很多年前也是相似的场景，一个姑娘一边哭，一边从裕华路走到东三环校区，脚下踩着梧桐叶和自己的抽泣声，被无数匆忙的行人超过。

3

昭昭上大学的时候，男朋友是学经济的，叫文博，两个人从高中一路考到大学来。

当年冬天雪量极其丰富，隔个三五天就有一场大雪，地上的雪还没化干净，又被新的雪花覆盖。学校附近有家"莽子火锅"，俩人总是冒着大雪去吃。学生时代囊中羞涩，偶尔吃一顿还好，经常去吃，那他妈是正常人能做出来的事吗？！

文博能干出来，他利用课余时间偷偷练就了一门手机贴膜的手艺，大二还没结束，生意就已经红红火火了。然后他对昭昭说，哈，现在我可以对你负责了。

昭昭白了他一眼说，屁，你这就想养我了啊。

文博装作委屈地说，不然你想怎样？

昭昭一抬手比出个数字"七"大喊，我要吃十顿火锅！

文博笑哭了。

学生时代女生的日子也不好过，除了吃饭，隔三岔五地还要买个化妆品，添两件衣服什么的。加上昭昭吃货的本质，两个人一起吃火锅，昭昭总会抢最后一颗鱼丸吃，哪怕已经吃不动了也必须咽下去，每次回到宿舍躺下后都会发个朋友圈——我现在感觉有颗鱼丸就在咽喉处缓缓地旋转……

后来到了大三下半学期，俩人在学校外面租了房子，一个月一千二。搬家那天俩人还特意办了乔迁宴，邀请好朋友们一起去家里吃晚饭。房子不大，但布置得很温馨，我当时作为所有人里面岁数最小的，就只负责吃吃喝喝。

吃饭的时候文博显得很高兴，不停地给大家敬酒。他说，我和昭昭准备一起考公务员了，不同的职位，但都在大连，到时候我们攒一点钱，然后再向家里拿一点去开个小店。

朋友说，你们两个都工作，谁来打理小店呢？

昭昭说，没关系的，我姐姐在那里，弹性工作，每天闲得不行，我都和她打好招呼了。她说等开了店，一定请她做店长。

当时他们所说的距离我还太遥远，我也插不上话，只记得所有人都在金黄的液体中放声大笑，一直到晚上11点。大家喝多了，横七竖八地躺在各个地方，非常拥挤，连阳台上都没有立脚的地方了。

我起来上厕所，看见昭昭一个人在收拾房间。我说，我帮你吧。

昭昭挥挥手说，不用不用，你快休息吧。

我没有听她的，就在她后面帮着端端盘子什么的。在厨房的时候，昭昭突然低着头问我，你说，真的一切都能这么顺利吗？

我抬头看了看她，因为她的头发遮着脸，所以我看不到她的表情。

我想了想说，我也不知道，但是我听大家都在说，恋爱和结婚是不一样的。

昭昭听完抬起头说，可我就是想嫁给他啊，是他说的。

我问，他说什么了？

昭昭自己偷着笑了笑没说话。我感觉无趣，就自己走出了厨房，出门的时候不知道踩了谁的手，就听见"哎呦"一声，躺在地上的两个人互骂了几句，然后又都睡着了。

很久很久以后我才偶然看到文博给昭昭的情书，上面写着：

> 跟我走吧，忐忑给你，情书给你，不眠的夜给你，六月的清晨给你，雪糕的第一口给你，最后一颗鱼丸给你，手给你，怀抱给你，车票给你，跋涉给你，存折给你，钥匙给你，家给你，一腔孤勇和余生几十年，全都给你。

4

到毕业，有意思的是两个人都没有考上公务员，昭昭跑到北京工作，文博家里有点人脉，家里人想托人找找关系介绍一个好点的工作。文博说，我想先回家待一段时间，等等家里的消息。

昭昭说，好，你去吧。

后来和朋友聊天，聊到两个人的情况，朋友悄悄地和我说，文博说要等等家里人的消息，如果找到了就工作，找不到的话就去北京。

我不明白，说，这不是很正常吗？

朋友翻了个白眼说，你还是太年轻，这哪里正常了，你听不出来其中的先后顺序吗？

我摇摇头。朋友叹了口气说，昭昭在北京，而文博所说的如果家里找不到合适的工作就去北京，这潜台词就是如果家里的工作稳定了，就不去北京找昭昭了。如果目标很明确，那当然是就去找她啊，还用家里人帮忙选择吗？

我沉默了会儿说，但是我能感觉出来文博还是真的喜欢昭昭的。

朋友说，我知道他是真的喜欢，但是你要知道，在人有了选择的时候，一些东西的分量是会有增减的，

我想了半天，还是不明白地摇了摇头，朋友崩溃。

文博家里人和他说，别出去了，早点结婚要个小孩，趁爸妈年轻还能

帮你带一带。

文博小声说，可是我有女朋友。

家里人说，那不更好，让她来咱们这里吧，房子爸爸妈妈给你们买。

文博说，不是房子的问题。

家里人生气地和他说，那是什么问题，都到这个年纪了，能不能别这么幼稚，她要是真的喜欢你，怎么会不跟你来呢？

文博不知道说什么，就只好拖着，一个月后他进了一家亲戚的公司做形式上的高管，每天也不忙。昭昭就不一样了，每天工作很累，下班后为了省点钱在菜市场和大妈费尽口舌，有次因为太累了，加上冬天感冒，不小心把一辆私家车划了长长的一道，为了赔偿费就站在雪地中整整和车主说了一个小时的好话，最后彻底病倒在床上。

房东阿姨熬了姜汤来看她，和蔼地说，一个姑娘也不容易，为什么不找个男朋友呢？

昭昭不说话，只是不停地掉眼泪。打电话的时候昭昭也从来不提这些，只是不断地问，你说你娶我，是不是真的？

文博说，是真的，再等等。

咄咄不断的发问，往往来自弱势的一方。

问到最后文博也不好意思回答了，只好是漫无止境地沉默。

年底公司有次活动，昭昭去不远处的厂房拿器材，因为厂房正好在园区的一个拐角处，一辆车开过来没看到，车速已经很慢了，可还是撞倒了路过的昭昭，左腿小腿骨折，公司同事陪着去医院。昭昭这次没忍住给文博打电话，哭着说，你说娶我，是不是真的？

文博听见她哭，着急地问，你怎么了？你怎么了？

昭昭不说，就是哭着问，你说娶我，是不是真的？

文博不知道什么情况，只好联系昭昭在北京的朋友，听说昭昭被车撞了，满心地愤怒，一边打电话责怪她为什么不和自己说，一边买票来北京。

站票，六个多小时，文博一路到了北京，在医院看见了昭昭左腿打着石膏，在男同事的搀扶下一瘸一拐地走路时，满心的愤怒变成了无尽的悲凉。文博转而奔到朋友那里，掏出来一张银行卡说，这里有五万块钱，你帮我交给昭昭。然后又买了张票回到了老家，留下朋友一脸懵逼地站在原地。

两人最后一次见面是在同学的婚礼上，之前两个人已经很久没有联系过了。两个人参加完婚礼一起去吃饭，一家普通的小饭馆，整顿饭吃得气氛压抑无比，就连旁边的人都能感觉到气氛的尴尬，恨不得一头扎进地里。

那天文博喝酒，昭昭也跟着喝酒，眼前的菜一口都没有动。文博沉默了好久，率先开口说，昭昭，我们分手吧。

昭昭两只眼睛看着他，努力笑着点点头说，好啊。

好啊。——多么完美的回答，越来越接近极限，尽全力做到最好。

然后两人又是一杯接着一杯。喝多了，聊起两人的相遇，昭昭说，你记不记得我们高中第一次和同学去游泳，当时大家都在水里玩，可我不会水，就在游泳圈里奋力地扑腾，泳帽都掉了，头发也乱了，我就只好不停尴尬地笑。大家以为我在笑，其实我在掉眼泪，不过我知道你看得见。

文博听完红着眼点点头。昭昭不停地说，文博就认真地听，直到昭昭趴到桌子上，文博才慢慢地走到她的身边，摸了摸她的头发，用力地抱着她说，你深爱我们在一起的这七年，我也一样，你一定要让爱重新生长出来，就像当初遇见我一样。

夜深了，没有盛大的告别仪式，一脚迈出店门，跨过时间的门槛，大地苍茫，种植着日月星辰和一年四季。

5

然后就到了我毕业来北京投靠昭昭，和朋友在餐厅见到了昭昭奇葩的相亲。

后来昭昭又陆陆续续地见过几个男生。有天我们突然被告知她已经脱单了，对方是个小公司的执行总裁。众人先是集体愣了三秒，然后一阵山呼海啸地要求见面，昭昭就害羞地打发我们说，等有机会，等有机会……

那个男生我曾见过两次。一次是昭昭加班很晚，男生开车过来接她；还有一次是在外面吃饭，太晚了打不到车。两次见他，男生戴个眼镜开着宝马，很有礼貌，也很干净。昭昭坐在车后面，脸斜靠在车窗上，外面一片漆黑，衬着昭昭安静的脸庞。男生不断通过后视镜温柔地看看她，也不说话。车窗内的温柔和车轮下碾过的水迹，连同飞速后退的路灯一起慢慢融进夜里。

有次吃饭的时候她说，一开始他来接我，我都没有坐他的车，可他天天来，有次下大雨，我又等不到公交，就上去了。

她说这些话的时候我正在啃一整块猪蹄，头都没抬地说，上去了就下不来了吧。

她低着头小声地说，我不知道，我不知道……

我说，我看那人也挺好，至少条件比文博好多了吧。

昭昭沉默了一会儿说，我总感觉，是他真正教会了我怎么去喜欢一个人，可我现在却只能用他给我的能力去爱另一个人，是不是很怪？

我不知道说什么，总有一些人突然闯入我们的生活，教会了我们温柔，教会了我们心疼人，让我们变成了更受大家喜欢的样子，然后离开，连头都不带回一下。有时候我们多么想大喊一声，你他妈的倒是等等我啊。

可是风太大，思念的声音听不见，雨水会滑过每一座屋檐，云朵要坠毁在每一个黄昏。每个人都要奔向终点，只是人潮拥挤，我们再也不会不期而遇。

前一阵收到两个人订婚的消息。听说两个人去吃火锅，昭昭争着抢着要吃最后一颗鱼丸，男生笑着又向服务员要了一盘说，为什么要抢最后一颗，再要一盘不就好了吗？

昭昭沉默了几秒，瞬间泪如雨下。

很多年前，一个男生把最后一颗鱼丸故意让给女生说，哈，我现在可以对你负责了。

很多年前，一个男生说，跟我走吧，最后一颗鱼丸和余生几十年，全都给你。

可怎么一眨眼，我们就过了饿肚子的年纪了呢。

男生看见昭昭哭，吓坏了，赶紧说，你别哭了，我们结婚好不好？以后你想吃的全都让给你吃。

昭昭流着眼泪慢慢地点头，一下，两下，三下，每一下，都伴随着一颗眼泪落在桌上。

男生牵着昭昭的手走出店面，忽然起风了，昭昭又掉了一滴泪，恰好一滴，落在心里，泛起点点涟漪。她大概会用漫漫余生去守口如瓶，如果有人问起，她就说已忘记。

6

有天我写稿到很晚，饿得头晕目眩，家里什么东西都没有，跑到街道上随便钻进一家麦当劳点了些吃的，抬头看见两个学生也正坐在靠窗的位置吃东西。我没在意，只是快速吃完手里的东西，然后转身走出店面，离开时透过玻璃看到两个人还是坐在那里。

男孩轻轻地把自己的汉堡推给面前的女生，倔强地说，我不饿。

节选自长篇小说《如果我们用力说再见》，北京时代华文书局2018年7月版

作者 —— 夏茵丹，百万级阅读量作者，代表作《所有坚强都是柔软生的茧》《如果我们用力说再见》。此文选自其短篇集《如果我们用力说再见》，曾获首届大神之路文学创作大赛超级短篇奖。

评鉴与感悟 —— 作者认为共鸣才是文字的真相，没有什么比踏实朴素地讲好一个故事更有力量了，她也更愿意描绘那些平凡人的生活，那些一餐一饭，以及生活中平平淡淡的感悟。

而本文的故事主角也皆是人群之中再普通不过的平常人，他们甚至还有各种各样超出我们的缺点，他们长相普通，偏执，任性，无论在日常还是感情生活中，行走起来都非常笨重。相比大多数故事中主角太阳似的光环，他们则更像是暗淡有斑的月亮，却也正因为有圆缺才更加真实。

故事开篇由作者视角代入，其朋友大龄女青年昭昭作为故事的女主角对待感情生活十分消极，对无论家人还是朋友的劝说都置若罔闻。随着一些喜剧元素将昭昭的状态完全交代给读者，作者开始用自己的视角向读者解开昭昭的心结，并将故事带回了学生时代，也将成人较为

现实的情感认知带回了曾经的单纯懵懂。

回忆里昭昭和男友文博经常去学校附近的一家店面吃火锅，但苦于学生时代囊中羞涩，每次男友都将最后一颗鱼丸让给昭昭。只是随着年岁增长，两人渐渐被现实所隔绝，即便倔强执着的两人，也逐渐意识到，或许自己能给予对方的最好，却不是他想要的刚好。分手后的昭昭独自来到新的城市生活，偏执的她认为用文博教会她的爱去爱别人很难接受，以致对感情日渐消极。

回到现实，昭昭终于遇到一个合适的男人并决定试着交往，在一次吃饭时昭昭习惯性抢走最后一颗鱼丸，男人却不解地说再要一盘不就可以了吗？

在流动的季节里，忽然感受到了时间的长度。

昭昭恍惚间意识到，原来时间在不知不觉中已经走远了那么多。而曾经那些哭叫着饿肚子的年纪也已经再也不在了。昭昭接受了男人的求婚，就像每个人总会找到适合自己的归宿。然而故事到此并未结束，作者以自己的视角，用极短的文字描绘了自己偶然所见的两个学生，男生倔强地将食物让给女生，就像曾经的昭昭和文博，或是说像我们每一个人曾经的倔强与任性，那些曾经的影子和简单并认真的爱永远不会消失，只是在四季风物中不断接力前行。

这样的问题或许每个人都想问吧，曾经陪你走过一段时间的人，他们现在在哪里，是孤身一人生活在某个城市的角落，还是陪在谁的身旁？

故事中没有什么太大的情节起伏，只是用许多人学生时代都曾面临的问题，淡淡地讲述了生命中的那些遗憾。曾经偏执任性的我们终会找到属于自己的归宿，只是那些无人可免的遗憾，也将成为人生中无法代替的经历。

就算是流下眼泪，也不觉得悲伤。（张芮涵）

集团旗下天际实业的奢侈酒店品牌。作为全球最大奢华酒店品牌，天际已遍及全球多个国家，均为地标性酒店及度假村。沧陵天际酒店则位于被称为沧陵市黄金湾的苏河路，按照市区未来规划蓝图，苏和路将会涌现出以天际为龙头的诸多时尚建筑，与苏和的历史风貌保护区完美结合……"

杨远按了暂停键，看向坐在会议桌旁的男人，"沧陵天际公关部负责人今早打电话来北京求助，应该是扛不住了。东深，看来我们是小瞧了沧陵那伙人。"

陆东深没说话，目光落在暂停的电视画面上，少许，摸过烟盒，"邰国强怎么样了？"

嗓音淡而沉。

"邰国强一直念叨着闹鬼闹鬼的，说自己不能出酒店房间，要不然就会被《江山图》里面的鬼掐死。" 杨远扯了个椅子坐下来。

邰国强，长盛集团董事长，前几日下榻沧陵天际酒店，作为陆门集团老牌对手的长盛负责人，名义上是到沧陵游山玩水，实则也同陆门一样开始进驻中国市场。不承想那一晚邰国强像是发了疯似的敲开了所有住客的门，声称酒店闹鬼。公关部一压再压，最后还是捅到了媒体那儿，结果就成了"全酒店住客都疯了"的舆论。

陆东深点了烟，眉间有少许蹙意，"荒唐。"

"这件事如果放在北上广绝对就是荒唐，但放在沧陵，我跟你说，那边的人很信这个。"

"沧陵现在是什么情况？"

"半小时前有市民到市政府门口示威抗议，要求酒店搬出沧陵……"杨远自顾自地点了烟，"这些都不是重点，重点的是今年总部还没对沧陵天际进行考核，长盛集团又开始施压，而且你这才接手大中华区没多久，这些事一旦传到总部那边，麻烦可就大了。"

陆东深吐了口烟，问："人查到了吗？"

杨远将手旁的文件袋拿过来，抽出里面的文件递上前。陆东深接过，目光落在纸面的照片上。

"据说是沧陵地头蛇谭耀明的人，人称蒋爷。"

资料可怜，少得只有一页纸，陆东深简单扫过便一目了然，最显眼的当属资料上的那张照片。

"让景泞安排一下吧，明天我飞沧陵亲自处理。"

"用我跟着吗?"

"你留在北京。"陆东深弹了下烟灰，"有你这位副总在公司坐镇，我放心。"

大截烟灰落在资料上，遮住了大半截照片，只瞧得见唇与下巴间的优美弧度。照片旁写有一名：蒋璃。

水底刺骨地寒，幽幽地只能窥见一丝丝明暗晦涩的光。

石阶上长了青苔，循阶而下是如一座古城遗址的废墟，远远地就瞧见数不清的人，或站立或随着水波摇摆。

他们都死了。

皮肤却似活人一样白皙，可近看，是蜡，包裹全身。

他们在幽暗不见天日的水底绝望地沉默，像是被诅咒的人，年复一年，日复一日。

突然，有一具尸体睁眼。

血从眼眶中汩汩而流，被蜡封的嘴吃力挣开，艰难地蠕动口型。

他在说，救我!

蒋璃蓦地睁眼。

头顶上是一枚枚开得正旺的白兰花，午后的光被稠密的叶子过滤得只剩温暖，叶隙间可瞧见湛蓝如万顷琉璃的天。

耳边有人在小心翼翼地轻唤，"蒋爷?"

蒋璃微微侧过脸，蒋小天蹲在躺椅旁边拉着脸，见她醒了，他看上去异常兴奋，"您做梦了?"

是人都会做梦，做梦有什么好奇怪的。蒋璃在躺椅上翻了个身，没理会蒋小天像是终于抓住了她的小辫子似的惊喜神情。

蒋小天见她扭脸又阖眼，急了，跟着绕过去，赔着小心，"爷，您可别睡了。"

"蒋小天，别以为你凑巧跟我一个姓我就不舍得揍你。"蒋璃没睁眼，不紧不慢地来了句，声音慵懒得好听。

蒋小天一听这话，马上把自己撇干净，"我哪有这胆打扰您啊，是谭爷，他请您过去一趟。"

蒋璃眯眼，盯着蒋小天。

人人都知道大名鼎鼎的蒋爷长了双漂亮的眼，作为小跟班的他自然也喜欢这双眼睛，但如果被她这么瞧着，半笑不笑地，会让他除了有点不好意思外还有点紧张。

"谭爷说有重大的事儿要跟您商量呢。"他赔着笑。

蒋璃利落地起了身，左胳膊伸至胸前，右胳膊交叉到腋下，手腕微微用力抻展了下筋骨，然后又换了一面。左腕翻转时，可见腕口处蜿蜒了一枚青墨色狭长眼睛文身，衬得肤色更白，文身更妖异。

"先说说什么情况。"她不疾不徐地问了句，深吸一口气，满是白兰香。

沧陵古城到了10月底的时候天气会格外好，白兰花满城飘香，因为在这里，几乎每家每户的庭院里都会栽上一棵白兰树。

她所在的是处不大的纳西庭院，四方庭院围上四方的天。院后有一处木质房，房门上雕着不知名的花，窗上写有奇怪的文字，像是符咒。长四米的围栏，有茶几木椅，所以一旦赶上雨天就可以倚栏而坐，品茶听雨。

前院是店铺，透过玻璃可见店内或悬挂或摆放着各色非洲鼓，以整木制成的传统非洲鼓为多，也有零星玻璃或其他材质的现代非洲鼓。靠近店门口摆放着一只13寸羊皮纯手工雕纹的非洲鼓，上面镌着跟后院窗上一样的七彩"咒符"，非卖品，是这家店的镇店之宝。

店铺的窗子擦得很干净，所以瞧得见对面街的那家饮品店，牌匾上写有"神仙饮"三个字，牌匾旁悬有青铜风铃，风铃上也有熟悉的咒符。虽是午后，但店铺门前依旧排了长队，那是一家一年到头都人满为患的店，买饮品的除了当地人外还有千里迢迢赶到古城的外地人。

不知从哪跑来的半拉大小土狗趴在躺椅旁晒太阳，见蒋璃起来了，它也起了身抖了抖尾巴跑出去玩了。古城里的猫就聪明些，爬到土木结构的或店铺或客栈屋顶假寐，耳朵会因偶尔的声响拨动两下。

蒋璃最喜欢这个时节，少了国庆节走马观花的游客，古城内留下来的除了居民、商铺的主人，就是留居在这儿享受阳光、躲避闹市的资深背包客。

"来了个大人物，好像就是那个闹鬼的酒店的总头头，总之阵仗挺大的，保镖啊车子啊一长排。还有来了不少记者，把谭爷的林客楼围得可严实了。"蒋小天充当小号角，把看见的听到的全都一五一十相告。

蒋璃抻筋的动作停了停，半晌后"哦"了声，也不见着急，倒是蒋小天憋着一肚子的着急上火。他可是瞧见了林客楼里波涛暗涌的情势，正打算硬着头皮开口催促，就见有人火急火燎地冲了进来。

"蒋爷，蒋爷——"

是隔壁客栈老板孟阿谷的老婆，大家都叫她阿谷嫂，平日里是个稳当的人，此时此刻一脸惊慌，见着蒋璃后一把扯住她的胳膊，"救救我家桑尼，我家桑尼他，他中邪了！"

桑尼是孟阿谷的儿子。孟阿谷早年奔波结婚晚，结婚后两人又费了很大力气才要上的孩子，所以对待桑尼那是放在手里怕摔着，搁在嘴里怕化了。不过这孩子倒也不娇惯，刚上初中，学习成绩不错，平日休息的时候就在客栈里打下手，嘴巴甜，长得又漂亮，周围街坊都挺喜欢他。蒋璃也喜欢这孩子，一见面总会"小尼子小尼子"地叫。

此时此刻，"神仙饮"的店门前围了里三层外三层，见蒋璃来了主动让出一条路，众说纷纭。蒋璃走近这么一瞧，桑尼就坐在青石板铺设的路中间，一手按着头一手拍着地，嘴里不知道嘟囔些什么，身子像是钟摆似的前后晃个不停。

孟阿谷也坐在地上急得团团转，豆大的汗珠顺着额角往下砸，几番上前搂住桑尼试图让他安稳，不承想桑尼力气不小，一使劲就给孟阿谷推个趔趄。阿谷嫂在旁红了眼眶，直跺脚。

"怎么回事？"蒋璃绕到桑尼面前，单膝跪地查看他的脸色，这么一瞧才发现这孩子眼神涣散得很。

"桑尼嚷嚷着要喝'神仙饮'的奶茶，谁知道还没等排到他呢就成这样了。"孟阿谷抬胳膊蹭了汗，"就坐在这儿啊，谁碰他都不行。"

蒋璃稍稍凑近一些。

"蒋——"

阿谷嫂刚开口就被蒋小天给制止了，眼神示意她别出声，而原本嘈杂的周遭也瞬间安静下来，都不敢轻易打扰蒋璃。

蒋璃朝着桑尼伸出手，腕上的那只"眼睛"在阳光下异常妖异。就在蒋小天暗自捏汗时，蒋璃已经抚上了桑尼的脸。让众人震惊的是，桑尼竟没反抗，直到蒋璃将他揽入怀中，暗自使劲止住了他前后晃动，下巴抵着他的头顶。

"他喝酒了？"蒋璃问。

"哪能啊蒋爷，他才多大，我们怎么可能给他喝酒？再说了，就算喝醉了也不能这样啊。"孟阿谷马上道。

"说实话！"蒋璃不悦，喝道。

"真没——"

"桑尼他昨晚上……偷喝了冬祭的酒。"阿谷嫂打断了孟阿谷的话，面色有些难堪，又急急解释了句，"但就只是一丁点。我训这孩子了，他也知道错了。"

一句话掀起千层浪，周围人全都指指点点了。

"冬祭的酒怎么能偷喝呢？"

"是啊，小孩子不懂事，你们做大人的怎么不注意呀？"

"造孽啊，怨不得这孩子成这样了，不信邪不行啊。"

沧陵是有了历史年头的古城，也是多民族汇集的古城，以往各族祖辈们会根据不同时节举行各自的祭祀活动。现如今信息发达，少数民族与汉族通婚，除了个别有特色的拜祭活动外，大家公认的就是冬祭了。冬祭在沧陵是头等大事，于立冬之时，各家各户拿出最诚意的酒肉水果入雪山面青湖祭拜天地，祈求来年五谷丰登、人丁兴旺。这是沧陵人的信仰，也是对未来生活的希冀。

孟阿谷一听这话急了，但再行责怪为时已晚，一个劲地拍自己脑袋，怪自己没看住儿子。

蒋璃也没多说什么，顶着众说纷纭回了店里。桑尼又开始晃。就在众人都在伸头往店里瞅的时候，蒋璃从里面出来了，手里多了样东西。

不大的绣包，白色锦缎制成，黑色丝线勾勒了些认不得的符号，仔细瞅这符号竟是跟非洲鼓和饮品店招牌上的一样。这样一个物件，古城里的人却不陌生，他们叫它符包，专属蒋璃的符包。

没有这符包解决不了的事，就正如没有蒋璃治不了的病一样。但凡认识蒋璃的人都会对她敬怕有加。

敬，是因为蒋璃像是巫医一般的存在，能治愈大家能看到的病，也能解决大家看不到的病。怕，是因为她是当地著名地头蛇谭耀明的人，有人私底下说她和谭耀明是兄妹，也有人暗传她是谭耀明的情人，总之两人是谜一般的关系。但不论如何吧，蒋璃性格直率随性，曾有人来砸谭耀明的场子，听说蒋璃一个人愣是把几个大男人打趴下过，从此谭耀明的江湖地位就立住了。

所以，就是这样一个亦正亦邪、救人于水火又不能轻易得罪的蒋璃，成就了大家口中"蒋爷"的称号。

蒋璃将符包挂在桑尼的脖子上，短短半分钟，就瞧见桑尼停了摇晃，看得众人啧啧称赞，阿谷嫂上前一把搂住桑尼，连连唤他的名字。

桑尼安静了一小会儿，眼神总算有了焦距，扭头朝着阿谷嫂叫了声妈，阿谷嫂眼泪一下就出来了。孟阿谷见儿子没事，总算松了口气，对蒋璃感恩戴德了一番后又呵斥桑尼："浑小子，你喝什么不好非要偷喝酒，那酒是你能喝的吗？"

蒋璃上前察看桑尼的状况，见他恢复正常，对阿谷嫂说："符包三天不准离身。"

阿谷嫂连连点头，又把桑尼扶起来让他跟蒋璃道谢。

"他不能起来。"蒋璃冷不丁说了句，"跪着，直到太阳落山。"

孟阿谷两口子面面相觑。桑尼这时神志清晰，见平日对他善笑的蒋璃肃了神情，自然也知道自己闯了祸，一脸委屈，但也不敢说什么。

蒋璃看着桑尼，"人活一世要讲规矩，偷喝酒事小，对天地不敬事大。你今天就在这里，只准跪着不准动，听到了吗？"

桑尼咬咬嘴，点头。

孟阿谷两口子自然也不敢多说什么，尤其是在众人面前，再加上偷喝冬祭的酒的确非同小可，所以也只能由着去了。

人群将散的时候，蒋小天偷偷拉住蒋璃，紧张地问："蒋爷……冬祭的酒真不能偷喝呀？"

蒋璃一听这话里是有事啊，笑了笑，双臂交叉环抱，"你长眼睛是用来喘气的？桑尼刚才什么样你看不见？我见过比他严重的还有呢，弄不好一整年都要倒大霉。"

蒋小天立马慌神了，"蒋爷救我，我，我偷喝了五月醉。"他是汉人，平日里也没啥信仰，破天荒坏了规矩，只因为那酒太香，忍不住偷抿了一小口，他可不想就因为这么一小口遭来祸端。

"五月醉啊。"蒋璃好笑地看着他，"谭爷用在冬祭的酒你也敢偷喝，我看你是真欠揍了。"

五月醉是她酿给谭爷的酒，采了早春苍山上的五种花蕊，填了远在长白山山头经过寒冬之后的冰霜水，再经过一个四季的发酵这才酿造而成。少而精贵，所以谭爷总会留一些出来用在冬祭。

蒋小天哭丧着脸。

蒋璃一声不吱回了屋，再出来又是一枚符包交给他，"别说我不疼你，跟桑尼一样去那儿跪到太阳下山，符包不离身三天，不准沾水。"

"可洗澡……"

"那你就三天不洗澡。"

蒋小天乖乖地跑到桑尼身边跪着去了，还有些看热闹的人没散，见这一幕后又开始指指点点。

"蒋璃!"

不远处有人叫她。

蒋璃回头一看，是谭爷。

他身边还有一男子，打远就可瞧见身形挺拔高大，洇在光线里，深灰色半长羊绒大衣衬得那人风度潇洒。

两人身后有一长排的车辆。

车辆后面，是匆匆赶来的记者群……

林客楼是沧陵古城有名的茶庄，是有着百年历史的老字号，牌匾上"林客楼"三个字还是当年嘉庆帝亲笔题写的，源于柳宗元在《溪居》里的那句"闲依农圃邻，偶似山林客"，希望此处可以茶会友，逍遥避世。

只可惜到了后辈手里，茶庄经营不善，店家就动了卖祖产搬家的念头。谭爷不想让这一老字号被拆，就接手经营，他原本想着哪怕留一空壳也算是保留了历史遗迹，不承想经过一番内部翻新和茶品改良，生意倒是越来越红火了。

今天林客楼比往日还要热闹，就像蒋小天说的，对方的人把门口围了个瓷实。保镖里三层外三层不说，就连媒体也都像是凭空出来似的，再加上闻风前来凑热闹的群众，各个都抻着脖子往里瞅，瞅不见的就在暗自议论林客楼里来了什么大人物。

林客楼内，两方对面而坐。

对方的保镖虽说不少，但谭耀明的人也可与对方相媲美。

"陆先生的意思是，让我去天际酒店驱邪？"蒋璃坐在谭耀明身边，手里把玩着茶杯，漫不经心地打量着对方。

如此近看，就将对方的容貌看得真切。

五官深镂，眉间有些冷峻，上下唇薄厚相等，说明他情欲两开，通俗点说就是他不喜欢你时他是柳下惠，他喜欢你时可倾出所有。下巴的弧度倒是性感得很，会惑了女人的眼。

看似温淡如松的男人，但看人看眼，此人眼深似潭，不可随意亲近，于是就平添金属质感的疏离。

都说富家三代才能出贵族，陆东深，赫赫有名的陆门集团副总、天际实业的总经理，身上自然流淌着陆门贵公子内敛矜贵的血液。可在她没能第一时间赶到这里赴约时，他竟可以劳师动众随着谭耀明前来迎接，这人，深不可测。

与此同时，陆东深也在打量蒋璃。

生得英气又漂亮，这是第一眼印象。

深棕色夹克衫略显中性，咖色贴身内搭却显女性妖美，尤其是腰身纤细，黑色牛仔裤更是衬得腿修长，显眼的当属脚上那双黑色中筒纯牛皮重工军靴，一袭短发干脆利落。她五官精美，最漂亮的就是那双眼，黑白分明得很，可最英气的也是那双眼，似笑非笑间有不羁有邪气，就跟她手腕上那只眼睛文身一样，诱人又危险。

这样一个人，说她是女人，她还有女人之外的帅气；说她是男人，她还有男人没有的细腻。

而谭耀明，资料显示40岁，虽风度翩翩，但眼睛里藏了江湖习气，这习气不同于商场上的文明厮杀，同样富贵险中求，商场求富贵靠的是谋，江湖求富贵拼的是勇。

"我的意思是，请蒋小姐到天际酒店驱邪。"陆东深声音低沉，重点强调了一个"请"字。

"请啊?"蒋璃故作思量，手指轻轻敲了两下桌面。

茶楼的服务人员留了两位，其中一位上前给蒋璃添了茶。蒋璃端起茶杯，轻抿了一口。陆东深好耐性，始终等着她开口。

慢条斯理地喝完一杯茶，蒋璃这才反问了句："陆先生想怎么个请法?"

陆东深看了一眼身边的特别行政助理景泞，景泞会意，从保镖手中拿过两只黑色密码箱放到茶桌上，密码锁一开，箱子一转，面朝蒋璃。

成摞的现金，铺满两箱。

"来谭爷的地盘上请人，没有诚意怎么行?"陆东深道，"这是我给二位的见面礼。"

蒋璃起身上前，绕到密码箱旁，堂而皇之地坐在桌上，左手随意拿起一摞钱，右手的手指从纸币边缘扫过，崭新的钱。她回头看了一眼谭耀明，笑："大手笔啊。"

谭耀明笑而不语。

"天际酒店现在落得怨声载道，这事可不是那么好平的。"蒋璃扬着那摞钱拍打着另一只手的手心，"当初不听劝，你们挡住的可是鬼门关，把你回家的路给挡了，你照样也跳脚。"

"就因为事情棘手才来请蒋小姐，听闻蒋小姐有别人没有的本事，否则也不会被人尊称一声蒋爷了。"

一顶高帽，压得蒋璃无路可退。

谭耀明这时开口了，"钱，我们不缺，想请蒋璃帮你解决麻烦，得看你有没有这个本事。"

"谭爷请说。"

谭耀明拍了两声手，茶楼的人就端了70厘米长、半米宽的实木托盘，托盘上摆放了满满的玻璃口杯，同样的数量摆了三层托盘一并上桌。蒋璃见状嘴角一扬，回了自己的位置。

59

茶具被谭耀明的人给撤了，玻璃口杯摆了几乎满满一桌，两名男子抱了个椭圆形的大坛搁置一旁，掀开塞子，酒香四溢。

"陆总是生意人，我不跟你斗狠，但既然你找上我，那多少要讲点江湖规矩。"谭耀明眼里的笑不阴不明，"我们比酒，是敌是友，就看你的酒量怎么样了。"

沧陵古城的本地酿，又名"醉三杯"，前味绵长，后劲十足，普通人喝不过三杯就倒，再能喝的人顶多十杯。蒋璃是知道谭耀明酒量的，拿这"醉三杯"来说，让他一口气喝上个二三十杯没什么问题。再瞧对面的陆东深，面色不惊，眼中无澜，打量不出他的深浅来。

景泞在旁小声一句："陆总——"

陆东深抬手打断了景泞，"客随主便。"

蒋璃一听这话，多少对他有点刮目相看，就不知他是真有这酒量还是只是打肿脸充胖子。她一扬手，身后的手下开始往杯子里倒酒。

满满一桌酒，光是闻着味就醉了，茶楼成了比酒场，拼的就是谁能撑到最后。

陆东深先干为敬，一杯下肚，只觉似一把利刃划开喉管，这酒劲着实要比市面上见着的还要大。

谭耀明直赞其爽快，便也接着一饮而尽。

两人拉开阵势。

谭耀明喝酒爽快，一饮而尽；陆东深不紧不慢，但也滴酒不剩。

杯子空了一批，身后的人又续上一批。蒋璃最开始胸有成竹，可渐渐地心里就不怎么有底了。酒下半坛的时候，谭耀明喝得明显吃力了，再瞧陆东深，依旧慢条斯理不见醉意。

谭耀明能在沧陵占一席之地，那是一路靠酒和拳头拼出来的。这个陆东深看上去身上不沾江湖气，但喝起酒来丝毫不含糊。这让蒋璃有了思量，照这个架势下去，他们许是会占下风。

果不其然，酒坛见底的时候谭耀明已经脸红脖子粗了，眼神开始迷离，而陆东深始终正襟危坐，呼吸虽有急促，但没像谭耀明那么明显。蒋璃的心咯噔一下，那可是整整一坛子酒，别说两个人了，就算找六七个能喝酒的大汉来也会被撂倒。

谭耀明见状，一声令下继续倒酒。

蒋璃眼瞅着手下开了第二坛，刚要满杯，她抬手封住了坛口，"陆先生，我跟你喝。"再这么喝下去，谭耀明的面子就该撂在林客楼了。

陆东深没说话，看着她，眼里未现出丝毫不快。

倒是景泞开口了，"蒋小姐，你们这么做不合适吧？"

蒋璃悠然自得走到她面前，倏地低头凑近景泞，深吸了一口气，似笑非笑，"美女，你很紧张啊。"

她笑起来有点痞坏，景泞竟脸红了。

"你该学学你老板的处事不惊，还是你有什么秘密不想让你老板知道，所以才这么紧张？"

景泞不去看她那副戏谑的神情，眉头微蹙，"胡说。"

蒋璃不再理会她，坐回酒坛旁，命人倒了六杯酒。

"是你们求我们办事，所以在我这里没有不合适一说。"她说话间拿了只点火器，轻轻一按，六只酒杯上就冒了火焰，"你们酒店惹上的不是小问题，除非朋友，否则我们没必要揽上这个麻烦。"

说完这话，她又用块薄薄的石棉布盖上六只酒杯，再掀开时上面的火焰已灭。六杯对分，蒋璃轻笑，"这么喝口感更好。请吧，陆先生。"

陆东深手指摩挲着酒杯，思量片刻便一饮而尽。只是这一口下去堪比过往的十几杯，入鼻馥郁芳香，紧跟着一股冲劲上头，喝完第三杯后就觉得有什么东西在体内炸开，脑中如万花筒似的绚烂。

他听见蒋璃在笑，可这笑声似近似远，又瞧着谭耀明冲着他竖手指，但又有点看不清他的脸。很快，蒋璃的声音从他耳边抽离，取而代之的是董事会各位股东的争执，陆家人形形色色的脸，还有个女人模糊的身影……

身边似乎是景泞的声音："陆总？"

陆东深倏然清醒，抬头盯着蒋璃，"你给我喝了什么？"

蒋璃笑得发邪，凑近他，反问："那你又看到了什么？又或者，陆先生你已经醉了？"

陆东深重新审视蒋璃，他就知道蒋璃上阵绝没那么简单。

谭耀明刚刚喝得急，酒劲上了头，经过蒋璃这么一折腾倒是缓和了不少，便出声打了圆场，朝陆东深一伸手，"陆总人爽快，我谭耀明交你这位朋友了！"

陆东深起身，与谭耀明双手相握，"酒店的事就有劳二位了，尤其是……"他的目光落在蒋璃身上，"蒋小姐。"

等陆东深一行人离开之后，蒋璃一直窝在茶椅上没动，双脚搭在茶桌上，那两箱钱还摆在那儿。她始终在想陆东深临别前看向她的眼神，像是有太多的内容，可她揣摩不透。

她从不怀疑自己的直觉，相信他那一眼绝对不是随意为之。这种感觉很糟糕，就好像有什么事情即将发生，是她控制不了的。

谭耀明送完陆东深从外面跟跄回来，屏退了搀扶的人，走上前一手搭在蒋璃的肩膀上，顺势坐在旁边的椅子上。

"你给他用了什么？"

蒋璃身子朝前一探，不着痕迹地避开了他的手，倒了杯茶推到谭耀明面前，"苦艾和朝颜两种植物里提取出的侧柏酮和麦角碱，两者经过蒸发再提取其气味，能有一种难以抗拒的芳香。这气味经过酒精的发酵，透过鼻腔直接刺激人的右脑底部。一般人的右脑五感都受到左脑理性的控制和压抑，这种气味能让再怎么理性的人都能看到自己内心的憎恶、喜好和渴望，直接映射到大脑就成了画面。"

说到这儿，见谭耀明张了半天嘴，又补充了句，"往俗了说可以让他看见心中所想，或者理解成幻象也行。小惩大诫，总不能看着你烂醉如泥。"

谭耀明这才明白了，点点头，喝了口茶，"在他身上发现什么了吗？"

"野心。"蒋璃说，"一个人的野心是可以闻出来的。陆东深那个人，危险。"

谭耀明饮尽茶，未散的酒气让他的脸看上去还是红，"一个能在陆门集团即将坐上权力交椅的男人能有多简单？早就听说那个陆东深在商场上手段非常，是陆门的一头虎，很早年就不动声色地完成了几桩大的收购案，这几年更是垄断陆门旗下奢侈品、汽车等产业，势头很猛。这么一个人突然接管了中华区的生意，又把目光落在了咱们沧陵，看来是铁定要收了苏河路这一带的地皮了。

"他陆东深接手天际实业无非是想添些业绩，对我们来说就是最直接的利益受损。听说陆门还有个叫陆起白的，势力也不小，笼络了不少老股东的心，他哪会甘心做个逍遥王爷！陆东深信邪？呵，今天大张旗鼓地弄这一出，就是想要演给众人看，速战速决，不想留任何把柄在陆门。但谁能笑到最后，那就看谁的演技高了。"

蒋璃右臂搭在椅背上，低头，左手的拇指抠着指甲玩。她的指甲漂亮，甲体圆润，带一弯月牙。抠着抠着，目光落在无名指上，拇指微颤了下，紧跟着转了情绪。

"所以，人我得治，而且一定要给他治好，只有被我治好了，才能坐实他们天际酒店招邪一说。他想借着我这个巫医的身份来堵悠悠众口，但到时候骑虎难下的会是他们。马上要冬祭了，挡了九子桥亡灵的路，影响了来年的时运，这就是触犯了沧陵人的信仰。"

谭耀明靠在那儿，看着她，"你的能力我从不怀疑，只是，要跟那个陆东深周旋，辛苦你了。"

蒋璃与他对视，他此时的目光温柔，就像是蒋小天说的那句："谭爷看着蒋爷您的时候眼神很柔和。"谭耀明实则是个有魅力的男人，高大魁梧不说，还长了张不像是混在道上的谦谦君子面容，如果不说，谁能想到这么一个看似无害的男人会是在江湖一路摸爬滚打过来的？

她说："是谭爷给了我第二次生命，没有谭爷就没有我蒋璃的今天，所以，做什么都是应该的。"

谭耀明笑了，有点涩，好半天点点头，说："桌上的钱你拿着，今日不知明日事，防身用。"

节选自长篇小说《致命亲爱的》，掌阅
小说网2018年11月首发，尚未完结

作者 —— 殷寻，畅销书作家，知名悬疑言情作家，中国作家协会会员。突破传统的言情创作模式，形成独一无二的"悬情风"，又被称作"悬情"派掌门人，被公认为新派悬疑言情女神。代表作《他看见你的声音》《豪门惊梦III：素年不相迟》《从来未热恋　原来已深情》等。

评鉴与感悟 ——

近年来，以甜宠爱情作为主线的网络小说在市场上颇受年轻读者的欢迎，但另一个较为冷僻的小说类型，在广大网络文学作者的不断创新下，迸发出了全新的生命力，那就是悬疑爱情小说。

知名悬疑言情作家殷寻，正是国内此类小说的开创者之一，她擅长"纸上镜头"，出道最初便将"言情"与"悬疑""推理""心理"结合创作至今，突破了传统的言情创作模式，形成独一无二的"悬情风"，笔端温凉细腻，情节跌宕起伏，2009年初签约网络后其首部作品《暖擎天》便创下五千多万的点击成绩，迅速吸引大批读者，人气一路飙升。2012年凭借《大寰妤：许我倾室江山》斩获2012华语言情小说大赛总冠军。其代表作《他看见你的声音》《豪门惊梦III：素年不相迟》《从来未热恋　原来已深情》等多部小说作品甫一上市即热销并签约影视版权，且远销海外。

《致命亲爱的》是殷寻创作的"陆门系列"第二部小说，在行文风格上，基本延续了前作的沉稳大气，语言内敛而简练。而作为续作，读者也能够清晰地看到作者在写作构思和叙事上的成长成熟。在爱情故事的基础上，叠加悬疑推理等新鲜的元素。《致命亲爱的》正是这样一部结合全新元素的佳作。当爱的暖色调填充进原本基调阴郁的传统悬疑作品，该作全新的色彩也随之诞生。

该作以气味作为切入点，文思独特，视角新奇，情节更是出人意料。在风俗气氛浓重的沧陵古城里，尔虞我诈的商战在此遭遇惊奇诡异的"神怪"，野心勃勃的商业帝国继承人、陆门集团大少爷陆东深，不得不与来历不明、身份成谜的女巫医蒋璃联手，应对接踵而至的阴谋诡计。而串联起这一切的，是听不见其声、视不见其形，却无所不在、充满天地的气味。

刚刚获得陆门集团继承权的商人陆东深，初临古城，经手开发项目，即被一系列的怪事阻挠。为了不让天际酒店蒙受污名，陆东深不得不放下身段，求助于沧陵古城人尽皆知的"女巫医"蒋璃，让蒋璃作法驱邪。至此，商界宠儿和拥有探寻气味天赋的女巫医，两人的命运相互交织，从起初的试探、利用，到逐渐的相知和倾心。在揭开真相过程当中，作者很好地把握了这个主线上悬疑解密的紧张旋律，同时，又不失言情写手原本处理主人公情感的细腻精致，实属难得。

读至尾声，线索与铺垫渐渐收紧，回顾前文个中转折，令人称奇。不得不说，《致命亲爱的》这部作品，突破了青年女性作者的固有思维，能够做到兼具逻辑性和文学性，的确给读者带来了更加丰富的阅读体验，这也是该作在同类作品中脱颖而出的原因之一。

肉眼可见的世界就在眼前，而气味的世界却是隐藏于人心之后、善恶之间那能够清楚暴露人生底色的缝隙。于缝隙之中，我们辨明黑白，走向光明。这大抵就是佳作所特有的魅力吧。品读之后，走进生活，往往还能够给予读者重新思考的力量。（吴雨晴）

听说未来会先来

杂乱的光影之下，细胞如冰雪般消融、拆分，有序裂变成更为微观且难以言状的粒子。假如虹膜上捕捉到的画面是有效信息，那么那些色彩绚烂的弘光从黑暗中破出的样子，则恰如一个獠牙乖张的口器……

比喻毫不夸张。

K看到自己的每一寸脉络被这个分子传输器吞噬泯灭，但其实他是闭着眼睛的。没有过度阴暗的重色光芒来宣告他此行的正确性，当感受不到"身体"这种东西存在时，唯有混混沌沌的一缕自己，在时间缝隙的跋涉中，没有情绪波动地邀游着……

跳转坐标：2018年8月19日，中国，X省X市，唐果的出生地。

有了感知后的第一瞬，他睁开眼睛。

看到的是陌生、热闹、喧嚣的大都市，同数据资料中临摹的立体影像一般林立的高楼，声色犬马的游人和车辆。那些东西彼此交错着擦肩而过，拥挤又夯实。而这些鼎沸的各种杂声直接兜脸给了他一拳——好脏乱差。

21世纪。那个地球高度负荷，数十亿生灵仍闭目塞听的时代。

有点热……他爬起来，低头看自己脚上黑色的长筒军靴。

在失去了辖区动能传输的能量照拂后，无法再小范围调控温度及湿度

66

的特制军靴简直是个小型的熔炉，密不透风地圈禁着他的两只脚。

与此同时他发现，密不透风的，还有周遭炙热的目光，一些人刮骨三尺般地圈禁着他的——脸。

路人甲："这张脸仿佛在嘲笑人类的想象力，在见到他之前，我从未幻想过人的五官可以这么——好看。"

路人乙："看这矜贵又禁欲的打扮，应该是哪个新番里的角色打扮？"

路人丙："长这么帅为什么要跳楼啊……我似乎被一个正在自寻短见的coser*掰弯？弯成了蚊香！"

路人丁："报警了没？报警了没？"

路人戊："先拍照发微博……"

……

K冷漠地看着这些情绪外放到有些猖狂，眉眼描画精致而夸张的女孩子，回想坐上分子传输器之前苏方士煞有其事的特别叮嘱。

被他无视的叮咛中，似乎正有一条"那是个人人皆颜狗**的世道，以你的'姿色'将会是颜值代表的最强正义啊，你就是帝王，知道吗——？"

领教到了。

但怎么就有一股流落莽荒的不适感？！

他应该是从空里突然出现然后摔落的，因为浑身似乎感觉到了一种少有的跌打损伤似的痛意……而这一群人，正以一种观望跳楼者的目光在好奇地打量自己。

K拭去泛青的嘴角边微微裂开的血迹，不露痕迹地站起。

在他的眼神环视一周后，那些端起手机的人莫名按捺回自己的手机，怯怯收回。怎么回事，这个跳楼的疯子，眼神怎么凉飕飕的？

K抬起脚，方靴踏出"生人勿近"的排斥之意。

在人群瞻观中，依然如一个公元2357年威严的银河将军般，鼻青脸肿地离开了自己在21世纪所踩的第一块地面。

---

*coser:costumeplayer的缩写，现一般指穿上电影或动漫中某角色的服装，以扮演成此角色的人。

**颜狗:网络流行语，指对颜值高的人格外痴迷者。类似于以貌取人。

"喂，麻烦按生产时间的新旧从里到外依次放好行吗？……正反不要弄错，我要看到它们方方正正的小褶子朝着同一边行吗——？"

大妈放下手中的计算器，忽然一声大呼，"真是，我可能需要一个强迫症来给我整洁的货架上满货品。"

十来平方米的24小时便利商店，年近五十有着臃肿身材的女人绝望地从收银台离开，一屁股撞开正在上货的工装男人。当前的画面是，琳琅满目的货架前，不规整地散落着三两个纸箱，纸箱里是颜色缤纷的某食品，圆滚滚的包装袋上广告标语朗朗上口——

"一品御香，美食共享。"

这无疑是个有点冷冰冰的声音，听在人耳朵里像是寒冬里沉淀经年的石块。不适的是，从这声音里吐出的竟然是一串——广告词。

大妈上货的手一顿，终于撇头，去看那在隔壁货架跟前站了三五分钟都没挪动过步子的人。男人，十分帅气的男人。

K弯腰从纸箱里拿出一包零食，看到背面的所用材料时声音往下晃了晃，"原来是马铃薯制品。"

大妈有点想笑，表情不是太好，"小伙子真精细，买东西要看这么久啊。"

K没有回答，兀自看着手中的东西，认真检查成分，唯恐里面有毒。不多久他从货架上又随机拿了几样，正步来到收银台。

大妈嘟嘟囔囔地随之走了回去，拿起被选中的食品一一扫描过后，两只眼睛不耐烦地看着面前站得笔直的男人。庸碌和疲乏已经让她对男人优质的外貌产生免疫的抗体，只剩下日复一日的倦怠，"现金？支付宝还是微信？"

K的目光从眼角下端滑了出去，继续神情不动地观察几秒。随后，忽视了这句他听不懂的话后，笃定地将脸凑近了大妈举起的扫码枪……

要知道，虽然略有损伤，可是顶着这张脸的背后，代表着的是长年为帝国征战所获得的高额财富——在未来早就没有钱包这种东西了，面部扫描即可。

大妈愣住了，周遭的磁场反应有点说不出的萌，"你弄啥呢？"

高傲的银河将军并不想对这种无聊的问题做出应对，他以一种最稀松平常的姿态拎过购物袋，转身走出了便利店大门……

许久，大妈才反应过来，"抓贼啦，有人买东西不付钱，大家抓贼啊！"

——是的，"流落蛮荒的绝品coser"，在以参观旧址影像的心态游荡了大街近三个小时后，最终被身体机能的饥饿感所打扰。所谓背负重任而来，所要寻找和守护的那个少女，地标几何确有其人这种事，在姐面前突然有些两眼苍茫了……

他坐在路边拆开那些色彩鲜艳的包装袋，却看见街道对面以收银大妈为冲锋代表的队伍浩浩荡荡而来。他恍惚看清了那些步伐仿佛疾恶如仇，连闯了好几个红灯，目标所指正是自己。

什么情况？这是铁血杀伐的银河将军眉梢微皱的那句画外音。

"就是他，没想到人模人样的，可来店里抢了东西就走，一毛钱都不给我！"

"竟然一毛钱都不给你！"

"现在的年轻人游手好闲也就罢了，还这么心术不正，竟然一毛钱都没有！"

"……"

这来势汹汹的讨伐到底是什么意思？K在想明白这个问题之前，多年的战略经验告诉他，初来乍到，不宜过激——先撤。

于是，不识旧社会烟火的未来将军K，在乘坐分子传输器来到21世纪的第一天，因为文化差异成了个——被溜街追打吃白食的痞子！

新的大型商场年前落定关南街，连带着新建了一片片新式小区，楼盘在每日排队摇号的同时，关南街两头占道的车辆也朝出暮伏似的开着集会，交管所的人无聊了就来这块遛一遛，喝杯茶的工夫，就能开出大沓的罚单。

可即使一眼望不到头的占道车辆密密麻麻，大家不分彼此的"有祸同闯"，某王姓交警今天还是被惊着了——他站在关南街一座银行大门前瞪着眼睛矗立半晌，最后拿出手机发起了一段微信语音：

"劳斯莱斯，橙色，号牌尾号86，是这辆没错吧。"

"后视镜上挂的是不是一个'大便'造型的水晶像?"

"……是。"

"那没错了,前车之鉴,绕道走吧。"

"可队长,我是接到市民举报来的。"

"听我的话,绕道走吧。"

"可他把车停在银行正门口,整个车头都跃上了台阶,并且撞倒了一个花盆!"

"……"

"造成地段拥堵不说,银行的正常营业也受到了影响,两百斤的胖子想从大门正面进都不行,还得侧身收个腹,勉强挤进。"

"……"

"怎么办队长,我不能视而不见吧?"

王姓交警叹了口气,对着眼前豪车亲密拥吻银行大门的行为,有些无端的心塞。

唐果来到银行时正好看见的是这一幕,眉头纠葛成一团的交警低头点开手机里的语音信息:"正业集团的世子爷,那个行事出格、脑子冒泡的富三代,你要跟他较劲吗?"

"我我我……"王姓交警半天没"我"出个结论,手指上拨,取消了这句明显开始认怂的话,紧接着点开了下一段新的语音消息。

"忘了所里的那辆迈巴赫吗?人大少爷有心理洁癖,贴过罚单的车子就送交管所不要了。难道你想让正业集团再损失一辆劳斯莱斯?"

"我明白了。"

王姓交警最终妥协,在抬头时,恍然撞上一道正在瞥离的目光,倏然而逝,他只感受到一股指意明确的锐意。

他看着目光主人的背影,枯发蓬乱,垂在单薄的脊背上。只见她走向银行大门,对拦截在前的炫酷跑车视若无睹,步伐毫不动摇,翻身跳上了引擎盖,随着"咚"一声骤响之后,又轻盈跃下,大大剌剌地走进了银行。

该王姓交警:"……"

唐果是来取钱的,可偏偏ATM机出了故障暂停使用,在非周末的日子,银行大厅里排队等待叫号的人熙熙攘攘,一侧的挂钟滴答转动,正指着中午12点整的位置。纵使大部分的人都处在不耐的等待中，零星的两个办理业务的窗口，依然保持着银行工作人员向来备受"肯定"的稳妥效率。

干等着打了局游戏，叫到的号码依然远在十数开外。在唐果换了个姿势准备开始第二局时，以金色字符点名的VIP室内突然传出一声炸裂般的怒吼，加之不依不饶的训斥，隔着木板门都能听到里间声音的主人的极度不满。

叫号机旁的保安叔叔好奇地拉了把路过的工作人员，"咋啦？这池家的少爷！"

"闲着没事闹着玩呢吧，好像是没带身份证，张口就要提三百万现金。"

"这不胡闹吗，正业集团的接班人这点常识都没有？"

"握着金卡高人一等，你有什么办法？"

"唉——开罪不起。你看门口的车，交管所的人来了都没辙，停大门口可二十分钟了。"

两张脸面面相觑，一声叹息。唐果继续低头看手机，那些惊起的波澜在人群中燎了一圈，却独独将她隔离在外。

目力所及的地方只有5.6英寸的电子屏幕，游戏界面在静默加载，当进度条龟速行进至三分之一处时，一声轰然的玻璃碎裂声从银行的一处响起。

不同往常，暴烈的危机感在人群中迅速炸开，随着人们惊恐的尖叫声，唐果看到十来位口戴面罩、手持刀具的人从破开的落地玻璃外一跃而入，跟电影片段中那些令人心跳加速的场景如出一辙。他们凶神恶煞般，第一时间控制住各个出口的同时大喝道："别动，打劫，把你们的现金都给我交出来。"

打劫银行？不是什么另类电视节目？21世纪的今天还有这等流传于影视小说中猖狂的暴徒存在？

唐果眉心一跳，她看到挥舞的刀片中间那个黑幽幽的枪口，以绝对的胜利压倒了暴动的人心，朝天一指，"最快的速度，我要这个房子里所有的钱。"

那是——枪啊！

——"啊，这人有枪！"

三个街区之遥的街道上，跑得上气不接下气的便利店收银大妈终于顿住了步伐，她双腿打战，不知是因为疲累还是恐惧，最终倒在了身后的人身上。

这支队伍俨然比十分钟前要更加壮大。闹剧似乎对人们有着不可拒绝的吸引力，围追堵截的人竟越来越多。

被围得水泄不通的中心处，是脸色冷峻的银河将军K，在从未想过有朝一日会沦为街头老鼠的时刻，他忍无可忍地拔出了随身携带多年的枪支。这把曾经在银河战场上屠戮四方，为帝国带来一场又一场胜利的枪口，如今沐浴在正午的阳光下，虽然略不同于人们所能得知的枪支种类，但它的出现也无疑将"吃白食"这个行为推上了一个新的高度。

他都刷脸了，这位销售员大妈还想怎样？

"报警啊——"

同一时间，该街区派出所的电话被打爆。K举着枪冷冷凝视众人，想说点什么来申明一下自己的无辜，却觉得无比气闷，但他听懂了报警的含义。

显然，默默执行自己的任务，不对社会和群众造成重大影响，与跟政府代表的官方势力作对是相悖的吧……这也不是那个被外来物种和有限资源威胁着，随时有灭亡危机的时代，那么，他要如何才能抛开血场将军的手段，以一个安全社会正常人的方式解决这一切呢？

K对这个问题感到乏力，就如同到了此刻他也没有搞明白这些人为什么要追打他一样。

简直比孤身迎战一百架全火力武装的飞行器还要棘手！

就在这堆乱麻快要侵占K整个大脑时，他忽然想起在他接受桑德拉教授重托的同时，苏方士递过来的那本号称能解决一切难题的《21世纪行走手册》，那是灯塔里最智慧的一群研究员，在翻阅了大量资料后为他量身撰写的一本说明书。值得一说的是连各地区的风土人情都有提点，最主要的是记载了他此行的目标，这个时间段分子传输技术鼻祖——唐果大人，她的详细信息。

宛如一根救命稻草浮上了脑海波涛汹涌的海面。

可当K打算握住这根救命稻草的同时——

他木愣地陷入沉默。翻开手册第一页，他对那个一丝不挂的某香艳内容感到绝望。金发碧眼的美丽女子搔首弄姿，一本正正经经带着烫金腰封的书里，半个能供人解惑答疑的只言片语都没有。

连翻了十多页，脸色越来越黑的K最终扔下了这本为他量身定制的书，以及书里飘落的苏方士那爱心满满的小便条："为防止你旅途无聊，K研究员，我可为你顺便准备了点有意思的东西哦。都是同事，不用太感谢，不用太感谢啦。"

……所以，行走指南呢？被苏方士这个神经质异常的家伙吃掉了？

此刻的K当然不可能看见，更不可能知道，在未来23世纪的"水母"研究所里，热情过头的苏方士研究员拍着大腿弹跳而起，拍着脑袋大声疾呼："坏了坏了，我怎么把那本书塞进去的同时，顺手把这本书给抽了回来啊！"

K的面色瞬息万变，终于在挣扎不定中接受了一把手持54式手枪警察的"邀请"。便利店大妈松了口气，终于看到吃白食的痞子缴械投降，被押上了警车。

她感觉这是她人生中最跌宕的一次壮举，带着心有余悸的兴奋，站在大街上继续骂骂咧咧道："太可怕了，我们制服了持枪打劫我家零食的恶徒……"

银行里，所有人被勒令蹲下并高举双手，在经受过大量警匪题材港片的教育下，每个人在面对枪口直视时，都能做到最快效率的乖乖就范。

唐果也蹲在人群里，她低着头，白瓷地面上有心急火燎的影子在四处窜动。

那些人的声音大都很尖利，好像常处于声嘶力竭的状态。即便收敛音量，威逼工作人员拿钱时，唐果也能感觉到嗓音压抑着的尖锐，以及，被张狂修饰着的嘶哑和急促不安。

人们惧怕暴徒伤人的时候，暴徒也同时在惧怕着什么……

除了不断逼迫工作人员拿出更多的钱，也有专门恐吓受挟人群的分工存在。可随着一声金属碰撞的暴击声响起——类似于拿重物打砸房柱的声音，战栗的人群中忽然有一人跳了起来，"喂，抢银行就好好抢，砸我的车干吗?"

这声音发出的张狂姿态并不让人感到陌生。

是了,那个交警口中脑子冒泡、行事出格的富三代……唐果忍不住抬高眼角视线看过去,只见原本还蔫里蔫气,被枪指着从VIP室拖出来的贵公子突然几步上前,羸弱的拳头举了举又放下,手里的手机碎成了片状,掉落在地。他见此情景一愣,这才明白过来,紧张道:"别动我的车。"

几个暴徒霎时就笑了。年轻的贵公子退后几步,奈何嘴比脑子反应快,这才心里恍然感觉出来,自己此时真是个傻逼。

"原来是你这个脑残的车!可帮了大忙。"

"喂。"他丧着脸,脾气比拳头硬,"怎么说话呢?"

"喂!"一把寒光凛凛的刀架在了他脖子上,"看来是个傻缺富二代。你说我们要不要劫完银行,顺便再把你绑了,兑点路费?"

"我……"贵公子的小心脏猛地一跳,三两步循原路返回人群中蹲下,"我不是我不是!抱,抱歉,你们继续……"

不是富二代,是富三代……他在心里纠正道。

然而认怂的话没说完就被人揪出来了。"我认得你。"左臂青龙、右臂白虎的彪形大汉拽着他领口一把举起,"资产达百亿的池家,是不是?"

贵公子咽了口唾沫,努力把脚尖放在地面上,"你好,我是池一舟,既然认识,就都是朋友,这是我名片,要不大家交个朋友……"

这他妈的是来搞笑的吗?唐果心里的恐惧竟然被这人插科打诨的白痴行为扫走了一半,可眼看着这个傻缺贵公子被暴徒们盯上的时候,还在瑟瑟地从兜里掏出紫蓝色的名片……大厅里陡然想起一串悠扬的警笛声。

如同之前砸破玻璃的暴徒们破门而入时一样,人群再次躁动了。可不同的是,这次躁动的是那帮暴徒,他们慌张地高喝:"守好门!谁报的警?你们谁他妈的不要命了,谁报的警?"

回答的只有几声妇女的惊叫,高度紧张下的暴徒遏制不住场面,一人气急之下刺了一刀出去,正是唐果身边的一位。

带血的刀口从唐果眼前抽离,妇女吃痛,叫得更加凄厉,暴徒接着又是一脚。唐果猛然扑过去捂住妇女的嘴巴,声音喑哑道:"我们不吵不吵……"

可那暴徒站在跟前却不动了。唐果惊恐地抬起头，对上面罩包裹之外的那双眼睛。那是充满市井戾气的一双眼睛，闪着暴徒式的典型的穷途末路以及疯狂的光，如寒钩般狠狠剜着唐果。

两人有过几秒的静默。

随之，暴徒蹲下，拿起唐果膝边的手机……所有人这才反应过来，那悠扬的警笛声，赫然是从这部手机里发出的。

连唐果自己也没想到！

她慌张地张着嘴，却忍不住额角抽搐几下，"只是，只是游戏……我没有报警。"

该死，这是"拯救大金库"的背景音乐啊——加载完的第38道关卡突然在这种情况下开启，游戏主角"汤姆警官"热烈出场，唐果却被引火烧身，这真的是……她不自禁看了一眼目光惊奇、正打量自己的池一舟，旁白简直要炸了——我TM是来搞笑的吧！

"说，你这枪是从哪来的？"

K看着窗外，面无表情道："正确台词不应该是'你有权保持沉默，但你说的每句话都将成为呈堂证供'吗？"

后座一左一右挟制着K的警员俱是一愣，刚想说"你电视看多了吧"，就听那声音毫无起伏地继续，"不是枪。"

"不是枪是什么？"

途经一座儿童玩具店，K脸不红心不跳地回答："乐高玩具，可分解成一百零八块，每一块都是俄洲地下核研所精心磨制而成。"

"你小子是骗人的吧？"

"是。"

"……"

他表情太过严肃，全身又透着股不容置喙的威压，就连开这种不知趣味何在的玩笑时眉眼中都透着庄重，强烈的对比一时把两位小警员给噎在了原地。而我们的银河将军此时的心理活动却是这样的——顺势潜入地方警局，通过警方的网络排查人口，要尽快找到唐果。

只是，当他低头看手腕上冰凉凉的某物……为什么这种不能消化的憋

75

屈沦落感，在心头挥之不去？

正这时，车载台响了："所有警员请注意，宗山区关南街民生银行发生一起银行抢劫案，据市民举报涉案人数较多，均携带刀具、铁棍等武器，疑似还包括不法枪支。请附近的警员尽快赶至现场增援，保护人民生命财产安全。所有警员请注意，宗山区关南街……"

"抢劫银行？关南街？"

意识到目标就在附近不远处的驾驶员只惊诧了两秒，立即拿起了对讲机。

后座的两位警员同时看了中间静坐的K一眼，目光透过K前额被风扬起的细碎黑发终于彼此交汇，懵。

对于地方警力来说，要去应对一起恶劣性质的银行抢劫案，脑海里除了警校放送过百来回犯罪典例的PPT之外，竟然谛取不到任何实战经验……

两人力求镇定，在抵达银行的前一刻，重新检查了K的手铐，并将他锁在了车内。

打破K双眼中平静的是一声枪响，熟悉的硝烟冲鸣带着巨大的威慑力，时代背景下繁荣的安全感被撕开了一角，鲜血伴着恶欲弥漫而出，在风中散逃着……而他，天生擅于捕捉这类气息。

唐果无措地摇头，"不是我报的警，我手机不是被你们砸了吗？"

染血的刀口却不管不顾地欺上来，架在唐果脖子上的同时，唐果的身躯被一只手臂牢牢钳住，"分两路，拿上钱快走。"

可四面八方都是警车鸣笛的声音了，暴徒们并未想到支援来得如此之快，多余的钱财也顾不得装捡。唐果和池一舟俱被挟制成盾牌推了出去。举着扩音喇叭的对面，也是十几个冷冰冰的枪口。

会死的吧？

唐果这样想着，可当自身贴近这个她恐惧了快一年的词时，却并没有料想中的那么害怕。

生活就是这样啊——死亡和意外，不知道哪个会突然降临。而你，根本无力反抗。

慌乱中唐果被刀口划了一下，血顺着肩胛骨往下流，滴到暴徒的袖口。对面是"放下人质，举手投降"，还是"你们已经违反了我国律法规定第 X 条第 X 款……"这种声援，唐果已经听不清了，耳边是暴徒紧张的呼吸声，以及那个贵公子——哭爹喊娘的叫骂声。

"知道我一根汗毛值多少钱吗？你们把刀给我拿远点！"

她看到小鸟振翅从树梢逃离，翅膀消失处连接远处大楼上层层叠叠的目光。

可是为什么远处走来了一个影子，他步态缓慢，却突然就到了自己眼前，一双眼睛漆黑一片，冷冰冰的，看过来时好像迎面吹来了一阵风，有点凉。

像握住了一块带着冰霜的石头。

她便发觉自己的手心是热的。

数秒前。

举着枪的年轻警员手臂还在抖动，在广角镜头的一一甄别下，好像每个人民公仆都对这突如其来的枪战不抱绝对信心——这里不是靶场啊！对面还有群众受挟，那个看似一脸镇定，但是脸色苍白到极致的小姑娘好像马上就要晕倒，而那个穿着剪裁得体的年轻人，扯歪了暗红色领带，都快哭了好吗？

有汗水滴进眼里，这位警员顾不得擦拭，"放下武器。更多的警力正在赶到，你们逃不出去的。"

警员这"恰当"的劝诫也是绝了——唐果只觉得锋刃黏腻的刀口又光顾了她，痛觉将所有感官一瞬点醒。"嘶——"

"都让开，你们再不让开我就杀了她！"

就是在这一刹那，从未知的地方掷来了一枚石子，正中唐果右膝。她猛地向前倾倒，在那把刀即将刺得更深的时候暴徒慌乱撒手，而这短短一秒的时间，唐果感觉自己已被人正面扯进一个臂弯。整个世界都在打转，她却无比对焦清晰地看见了这双眼睛……

K 环抱着唐果，子弹从他耳边的碎发间飞过，在唐果的耳膜里嗡嗡作响的时候，似乎听见他这样问道："没事吧？"

她想回答什么，嗓子里却喑哑不堪，因为内脏像是被飞快地推离了原有位置。

然后她就被推进了警察堆里。只有半壁的画面能看见人群混战成一堆，枪声、警笛声、人的叫喊声、汽车的警报声……还有"救命啊""不要误伤我""离我远点"这些同一个频率的呼号声混杂在一起，好不热闹。

唐果不客气地拨开挡着她视线的那个警员，一瘸一跛地站起来，视线所及之处是一双黑色军靴，在疾步中一脚踢开了池一舟下巴上的刀。

只有池一舟知道踢中的并不仅仅是刀，一声骨头交错的声音清楚明了地告诉他自己下巴脱了臼，他痛到极致却嚎不出来，蹲在地上，与自己的救命恩人来了个宿命中的对视。

在想表达感谢的前面，是一句堵在喉咙口的"你丫看准点啊！"

然后，这短短的毫厘呼吸之间，他便深切观摩了一幕仿佛007詹姆斯·邦德亲至的特效场面。还是前排VIP特等座位。

——那腿简直不是人类该有的腿，如果真的要形容出来的话，只有春丽的各项绝招来回无缝切换可以媲美，或者说每个暴徒好像中了邪似的往他脚上撞，口水黄牙齐飞，混沌的筋肉交响。

而他的手呢？噢，他根本没有用手！并且脸上的表情相当寡淡。池一舟只能脑补这一面倒的形式下他根本不屑用手。这真的很拉风很臭屁啊！格斗的最强奥义，不就是以强大的武力为支撑的高逼格耍帅吗？

无法移开目光的格斗大神好吗？池一舟哀痛地想，除了那张脸生得好像有所差错，剩下的无疑是幻想中的自己，在那儿大杀四方啊。

他擦了擦嘴角的口水，努力想把下巴掰正，把嘴巴合上，但是下巴不断传来疼痛又让他宣告放弃。

同时，也放弃妄想那个表情寡淡的007是自己的可能。

当所有暴徒倒下的时候，警员们却并未放下警惕。为首的是曾抓捕K的"阿左"和"阿右"，他们瞪大了眼睛看着他，像是谍战剧的场面，"你到底是谁？"

K没有说话，却朝着他们走了过去。

"小心，他手里有枪！"

十几个枪口再度高举，K的脚步被一枚击地的子弹打断。这正好吓坏了蹲在一旁的池一舟，他像个滑稽的猴子跳起来嚷嚷："什么情况，你们还内讧？他不是警察吗？"

可这字字润着口水的话谁都听不清，他捡起了他的少爷架子，硬气地走近K的身边，继续呜呜嚷嚷："他是我的救命恩人，你们谁都不可以动他。"

依然没有人听清。

就在信息混乱、画风骤变的时刻，那个风驰电掣的格斗大神K却将他的目光从警察们的眈眈敌视中穿透而过，他看着唐果，一直不变的表情有了细微的变化，一点点犹疑，一点点欣喜，一点点……说不出是从身体哪个感官中洄出的动容。

"唐果本人？"

他在问。所有人都有点丈二，他们一齐回身看着唐果，"小姑娘，你们认识？"

唐果捂着流血的肩膀直摇头，却道："他手上的枪，是那些歹徒的。"

"阿左"眉头一皱，他当然知道。可是"持不明枪支打劫便利店"和"英勇力斗持枪暴徒"两种信息身份叠加，真的很让人困惑以及惶恐啊……

可等他再回过头，就看到K已经站在他跟前，其他的警员连说一声"小心"的时机都没有，他就靠近了——举手托枪，交奉的动作。

唐果就是这个意思，他是要交枪。

……

"你到底是谁？"

……又是这个问题！

半个小时后，在警局的卫生室里，唐果再度见到了这个一举一动皆高深的神秘人。他好像是闯出了警察们的圈禁跑出来的，却没有离开警局，在进入卫生室时反锁了门。唐果坐在床头发呆，听到落锁的声音后再抬眼去看时，他就在自己跟前了。

好像仗着自己高超的身手，就有这么"迫不及待"的权利。

"想干吗？"唐果拧眉问。

K站在床边看着她，目光像在狐疑不定地打量一个——熟人？

身高——虽然坐着，但是看腿长臂长也能精准判断；面貌嘛，跟灯塔前的雕像倒是有几分相像，但是眉眼中的睿智和知性被一种冷冷的硬所取代；姓和名？那最不重要！

他先点头致意，像是一个宫廷里接见贵宾的绅士，继而一语不发地拿起唐果的手，在唐果都没反应过来时放到了自己胸膛上！还是裸露的！

在进房之前他就解开了自己的外套，贴身的T恤也被撩开，少女的五指与男人坚石般的温热胸膛初次碰撞。唐果攒了一年没用的表情动力被释放，拧巴成了一个不知所云的"囧"字。

她想抽手，男人却紧紧按住。

K说："再等一会儿。"

然后按压着指背又用力晃了晃……指纹甄别还差百分之八。

"死变态！"唐果骂道。

K不为所动，如此静默了一会儿才放开了她的手，脸上是如释重负的表情。他整理好自己的衣着，当着唐果的面将外套上的纽扣一颗一颗扣好，然后再次点头致意："唐果你好，我是……"

"你是什么关我屁事，滚开，我要出去。"

欲跳下床的动作却被打断了，"等会儿。"K将她扶正，忽然倾身在她额间印下一吻。

"这是今天的补卡。"

"……"轰——

脑海里是这个声音。

漫长的坍塌后，唐果这才铆足了力气给了K一脚。

而我们的银河将军、格斗大神、K——21世纪的许未名没有躲，任唐果一脚踢中自己。然后点头，嗯，脚码也正确。确认是唐果本人无误。

半小时之前。

还未改名成"许未名"的K坐在审讯室里，负责审讯他的是一位老警员。似乎是很难得关南街派出所破获了这么大一起持枪抢劫案，其他的警员都争先恐后想去审讯那些暴徒，再加上忌惮于K变态般的身手，所以推推搡搡之后，只有这么个老警员好不耐烦地接手了此事。

"身份证呢？"

K先在脑海里把这个问题过了一遍，联想到那个便利店收银大妈的反应，他没有再度把脸凑过去，意图扫描虹膜，验明正身。

再说……其实21世纪也没有他的这个人存在啊。

然后他一脸严肃地看着老警员，"……没带。"

"姓名！住址！"

"……"

老警员停笔，把手中的记录表往桌面上一拍，"老实交代，别以为你仗着帮人民警察做了点事，我就会轻易放过你，'持枪抢劫'你也有嫌疑啊。别忘了，就你这种买东西不给钱的痞子，会点拳脚功夫就叫见义勇为吗？平时少不了跟人打架斗殴吧，你这种人……"

他话没说完，一腔老生常谈的愤懑戛止在K森寒的目光中。

接下来的审讯也并不顺利，从头到尾K都如一尊休酣中的杀佛，目光寂静却冷冷的。想走过场迅速了事的老警员时刻担心着自己哪句话，会将这尊杀佛点醒。

戴手铐以求安心？

不存在的！顾警员可是发了十几通带上了爹妈姑嫂全家的誓言，力证他曾将K锁得死死，安置在警车内的。

两边僵持不下，最终反而是一位吕姓律师敲门进来，解了四目相对、各自无言的尴尬危机。

"这位先生是我们正业集团聘任的高级保镖，我谨代表池一舟池先生来此发出这封通函，希望警官有任何问题，都由我来做最终说明。"

"高级保镖？"老警员一愣，"有多高级？"

——"高级到你闻所未闻的地步。"

一人踢开大门强势进场，恣意嚣张到走路好像都带着风。他先摆正暗红色领带，右手上扬，抚了抚下巴上的OK绷*，然后以掸动鬓角头发上并不存在的灰尘为终结，结束了他进场的第一个画面。

有穿制服的小姑娘慌张地跟在后面，看其为难的反应，必定是阻挠过这大少爷蛮硬的闯入却未成功。

老警员脸色有点酱红，挥手道："没事，出去吧小林。"

---

*OK绷：即创可贴。

转头又是无可奈何地一哼，"我说池少爷，您笔录做完了？"

池一舟屁股一抬坐在桌子上，只给了他一个背影，"我又不是犯人。"目光却是充满热忱地看着K，"当然，他也不是。"

"你们认识？"

K无所反应，任由池一舟对着自己挤眉弄眼地胡吹八道，"废话。不然他为什么要冒着挨枪子的危险救我？"

"所以他制服那些歹徒是因为你？"

池一舟点头，摸着已经归位的下巴道："是的是的，你们问题真多。总之我要保释他，有什么跟我的律师谈吧。"

……

十五分钟后，盘问进行到最苍白的地方，老警员唤人拿来从K手上缴获的奇怪枪支，"那这个怎么解释？"

池一舟不客气地夺在手里，看了一眼K依旧金口不开的表情，将信口胡诌的本领发挥到了极致，"昨天去我家公司旗下的摄影棚看电影的拍摄进度，这是里面的道具，我觉得做得很精细，顺手拿过来了，后来就放他身上了。怎么，这很奇怪？"

他试图拨动枪膛，只换来了一个龇牙咧嘴，"你看，连正规枪膛都没有，一看就知道不是什么真枪啊。"

说着手指就放到了手柄的末端——那块银色区域。这时K的冷目一竖，被铐住的两个手有轻微上扬的动作。在他人无所察觉的地方，是池一舟心中的"咯噔"一声——什么情况？这块地方在发热？

他瞪着两只牛眼看K，却依然保持气定神闲的语气，"便利店那边我会派人去致歉的，该有的赔偿我也不会少。至于帮助警局力斗歹徒，你们就象征性地送面锦旗来去我老爹公司就行。见义勇为好市民奖就不用了，还得拍照，怪寒碜的。"

"……"老警员捂着额头，把面前的一张表推向K，"填好，如果后期发现其他问题，会有民警做回访调查。"

K点头，执笔就在姓名栏一处上顿住了，然后，缓缓写下"许未名"三个字。

身份证号码？"我不记得了。"

电话号码？池一舟见他半天没有动笔，眉梢一扬报道："134……"

家庭住址？池一舟继续道："禾西区……"

"明天必须把身份证送来复核，否则就会有再次拘留的可能。"

池一舟："没问题。还有这把道具枪……"

"鉴定科还未检查确认，你们不能带走！"

"我记得我们正业集团每年捐献城市建设和市政府设备维新的资金可都是一笔大数目，省委高书记都称赞我爸是有红心的企业家……"

"行了，拿走。"老警员合上记录本，摇头晃脑地离开了审讯室。吕律师也随之告退。

终于四下无人，池一舟深深呼出一口气，把奇怪的"道具枪"放在桌面，他那嘚吧嘚吧个不停的嘴却闭上了，没有开口，以K擅长的沉默来对应沉默。

这是两人第一个正眼的彼此打量。

这傲娇的少爷不知道给头发上了多少发胶，一整天的慌乱下来发型都没有乱，依然油光水滑地盘在头顶，露出开阔的额角。眉根很密，表情认真的时候眉宇会微蹙。

最后是K先道："有什么要问的吗？"

他目光看向桌上的枪，他知道池一舟感觉到了这把枪有不同寻常之处，但他没有一丝慌张。

"在我问这些问题之前，我只想告诉你一点，"池一舟无比认真地说，"我帮了你，所以你一定要记得，在你有困难的时候，我站在了你身边。"

他好像忘了是谁把他从歹徒刀下救了出来。K瞥他一眼，没理他。

"那就没有问题了。"眼前这货却仿佛得到了回答般地向前伸出手，"交个朋友。"

K看着那只手，好一阵静默。

静默到池一舟又忍不住要嘚吧嘚吧嘚的时候，他终于动了，却是——在以眼力判断很恐怖的一个画面里，池一舟听到骨节轻微的"咔嗒声"，然后K的右手大拇指就向手心凹陷，如自残的画面一般，不成人形的手从手铐束缚中脱离，只是一秒的时间。

"……"牛眼继续放送中。

又是一声"咔嗒"，K将大拇指复原，然后缓缓伸出右手，握上了半空中僵硬成雕塑的池一舟的手。

池一舟所不能懂的是，K，哦不，许未名他眼底不易察觉的一丝纡尊降贵，在被层层冰川笼罩的背面，是一声低音，"嗯。"

"哦——陈叔让我来送手铐的钥匙。"名唤小林的女警员站在门边，看了一眼放在桌面上孤零零的手铐后，迅速食指放在脸边，手尖向天，"陈叔可能忘了已经打开了。"

……

然后是两个男人肩并肩走出警察厅，所谓的金主却像个哈巴一样跟在他身姿挺拔的高级保镖身边。热情萦绕的画面。

"按照你的身手，为什么救我的那一脚会踢得稍微有失水准？你看看我的下巴，差点就要去韩国加工一下，才能恢复我完美的脸型。"

"没有。"

"没有什么？我下巴没有踢歪？"

"没有踢错……你，太吵了。"

节选自长篇小说《听说未来会先来》，
时阅文学网首发，2018年6月连载完毕

作者 —— 风蝉，吾里文化签约作者，代表作《听说未来会先来》《明珠号2089》等。擅长创作科幻类作品，以超凡的想象力打开新世界的大门。

时下网络文学激流勇进，百花齐绽，各类优秀作者、荟萃故事层出不穷。身为偏门冷门的"科幻"题材类，相比之下则稍显得门可罗雀了些。女性向的科幻题材，似乎更是少有问津。门槛的高度、创作的耗脑程度，令很多的作者望而却步，而风蝉的《听说未来会先来》（以下简称《未来》）一作的出现，则在这个题材领域上出彩地添了一笔。

《未来》讲述的是一个关于时空理论下的言情故事：几百年后的一位银河人士，为了拨乱被未来科技所干扰的历史，重回21世纪，找到关键性人物女主，拯救她的人生，修正这一段的历史。在此期间，爱情萌芽，时间因果难逃。以为意外的相逢，却原来只是时间的莫比乌斯圈里一个说不清起点、道不明终点的圈。

此故事风格上较为向上，没有走伤春悲秋、你来我往的虐恋情深线路，而是选择了充盈着青春、生气、成长等积极词的主旋律。从侧面较好地体现了新时代下社会主义社会的核心价值观。这种价值观并非盲目的，官方的，而是从故事本身主角们的内心自然流露、引导出来的。

《未来》在题材设计上，新颖之处在于：它的主角是从未来"穿越"到现在。"回到过去改变未来"这点，在国外的很多影视作品中屡见不鲜，一直以来都被奉为极佳的脑洞题材，始终能吸引大票的观众。例如《X战警》《黑衣人》《蝴蝶效应》系列，都取得了不俗的成绩。而为了完成主角的最终走向，作者本人亦是查阅了大量的资料，大程度地脱离了东方的玄幻故事色彩，自成一派。

风蝉没有令人失望，她笔下的"穿越"，较之一般天马行空的女性穿越文相比，多出了几分"硬科幻"的气质，也使得《未来》这个故事，具备了一种独特的质感。这种质感，囊括了作者的遣词造句、文笔节奏，以及情节铺张。更贴合的一种形容，或可称之为"文学艺术性"。

读这个故事你会发现，这无疑是些很有趣的文字。《未来》的笔触冷静，精炼，行云流水，但又随时随地充满着鬼马*的幽默式表达，很好地调和了两者。古语云，鱼和熊掌不可兼得，而本作品则做了一次大胆的尝试与突破——它将网民喜闻乐见的网络文学阅读快感与传统

---

*鬼马：广东俚语，意思类同于"机灵古怪""搞怪"。

文学的优雅讲究有机地糅合到了一起。

读者追求新奇，作者追求质量。科幻背景下，如何让一个故事通俗易懂，却又不记成一笔口水烂账？《未来》给了一个合格的答案：它的文字，持稳端庄下透着活泼灵动；而灵动活泼的情节下，却又隐透着更复杂的阴谋与情感，实属抓人心弦。

简言之，《未来》当属一部网络文学里多层次表达的佳作。里面的一切热血、孤独、勇气、青春、浪漫……仿佛都是我们曾经遇见过的自己。

而《未来》的问世，亦代表着当下青年网络作家的文学素养和读者的阅读水平，有了新的诉求与方向。（张白琼）

星子落入眼底

/纪南方

1

"念!"

"这个文案……是谁写的?"

"管它是谁写的呢!"陆染不耐烦地抖了抖手中的稿纸,说,"就两句,少爷,拜托你快点!"

尽管她这样焦头烂额,眼前的人却依旧皱着眉头,看着话筒不出声。

陆染扶额,还有两个小时就是 Time 广播剧社团的迎新晚会了。而她作为社团的骨干,早早就准备了一部简短的剧作为节目,结果,在这个节骨眼上,她才知道还有几句话没有加上去。

而这几句话的特约 CV*林木此刻终于开了口:"陆染,你别急。"他接过她手中的稿纸,将最上面的褶皱抹平,说,"你给我点时间,五分钟。你去外面等我,我录好就给你。"

好在平日林木在陆染这里的印象还算说得过去,她伸出五指在他眼前晃了晃:"只有五分钟,不行我就自己上了。"

林木眉头微皱,眼睛瞥到稿纸上被标红的话,又不由得浮现出笑意,

---

*CV:英文 Character Voice 的缩写,即配音演员。

87

半推着将她推了出去。

三月的天黑得早，夕阳正一点点落下去。陆染背靠在墙上，才恍然明白林木在笑什么。

是那两句他要读的让人面红耳赤的话。对于她这个混圈的人来说，这种句子实在平常，根本不需要扭捏，但是看林木笑得高深莫测，她的脸竟莫名其妙地红了。

风轻轻吹来。陆染仰头看天，开始沉思她为什么要把林木拉来配音。

其实，是林木自己送上门来的。

陆染是在上学期的法语课上被鞭炮吵醒后，第一次见到了林木。

彼时，她才在梦中走到自己暗恋的学长身边，外面便传来了肆无忌惮的鞭炮声，登时将她从学长的身边拉了回来，猛地睁开了眼。

睁开眼之后，她就看见了林木。他们坐在最后一排，所有同学都皱着眉看向外面，只有林木是面向她的。他坐在她的右手边，左手抬起，落在她脸颊的上空。

似乎没想到她会突然醒来，林木的手并没有立刻收回去，而是在半空中动了动，才咳了咳，说："陆染同学。"

陆染晚上熬夜，现在困得狠，打了个呵欠，问："你是?"

"我……"林木收回手，翻了翻桌上的书，说，"我是来应聘CV的。"

陆染"哦"了一声。她策划了一部剧，改编自国内一部很有名的言情小说，除了主役*CV外，还要招其他配角，所以宣传部在校园内张贴了海报。但是大多都在线上报名，碰到线下报名的，这还是第一次。

他想干吗?

陆染提高警惕："我们招满了。"

不知道是不是错觉，陆染看着他的样子似乎是松了口气。外面的鞭炮声停了下来，她又趴在桌上，随意往他那边瞥了一眼。他正翻着一个笔记本，本子的封面上用钢笔写了名字。

"林木。"

陆染登时清醒了，她再次仔细打量着眼前的人。他侧着脸，轮廓分

---

*主役:由日语汉字而来,指主要演员、主要角色等。

明，睫毛翘起，穿着灰色格子衬衫，衬得身形愈发笔直。她喃喃道："是那个花瓶林木吗？"

林木的嘴角抽了抽，但风度使然，他没有当场离去，而是看着她，略带迟疑地说出："也许……是？"

陆染：……

"轰隆隆！"天边忽然传来一声闷雷，把陆染从回忆中拉了出来。她拍了拍胸口，看了看手表，刚过去五分钟。门被人从里面推开，林木出现在门口，说："好了，陆染。"

他叫她的时候，声音软软的，像山塘街卖的棉花糖，让她的心口也是一软。

林木的花瓶之名在S大广为流传，说他是因为父亲是教授，所以才能这样顺顺利利地上了S大，甚至大二的时候就进了研究室。但是他研究了一年，什么都没研究出来，又听说他长得很好看，便有了这个名号。

可在和林木日渐熟悉的陆染看来，这纯粹是嫉妒，林木远比他们想象的要厉害多了。比如这次，林木就又给了她一个惊喜。

迎新晚会上，陆染策划的小短剧播出后，让众人觉得惊艳的却只有两句话，不断有新人在频道里刷屏，要让林木出来冒个泡。

那两句话林木改编了，还用完美的戏腔唱了出来。陆染给林木发去消息："你还有多少我不知道的惊喜？"

不到半分钟，林木回复了一条语音消息。陆染听见他那头传来跟她窗外一样的声音，是雨滴落在屋顶上发出的细碎声响。

林木的声音低沉沙哑，直直地落在她的心底："可能有很多。"

陆染忽然觉得，林木绝对有当CV的潜力。

2

迎新晚会过后，陆染便张罗着要选个好剧给林木，但是挑来挑去，总挑不到满意的，最后，她决定自己给他写一个。她打开空白文档，沉思一会儿，问道："写一个软萌的男主，你觉得怎么样？"

一旁正在摆弄电脑的林木的手微微一顿，他回过头，认真地说："我觉得我可以挑战一下其他类型。"

"比如？"

"霸道总裁之类的。"

陆染的嘴角抽了抽，无视林木无比认真的眼神，在"人设"那一栏上写上"软萌"，并狠狠地加了粗。

林木知道她一旦决定的事便无法更改，便默认了。他随意打开一个网页，问："你呢？你来配女主吗？"

陆染正灵感爆棚，噼里啪啦地打着字，应付地摇了摇头，说道："当然不，我向来只做幕后工作的。女主的话，看社团里谁有空吧。"她停下手指，顿了一下，回过头看向他，"你不是喜欢听我们的剧吗？喜欢哪个CV？"

林木微怔，将社团里的女CV迅速在脑海里过了一遍，在她不耐烦之前回答道："敢敢。"

"敢敢擅长御姐音。"陆染揶揄他，"原来你喜欢这样的。"

"其实……"林木迟疑，"我更喜欢你这样的。"

他说话的声音有点小，陆染没有听清，她挑了挑眉，问："你说什么？"

林木忙摇了摇头，"全神贯注"地看着电脑。而后陆染将笔记本一合，说："你这个研究室的空调开着是很舒服，但是太舒服了。我要去找个艰苦的环境奋斗。"

陆染所说的艰苦环境，是S大一栋老楼里的小图书馆，那里塞着满满的书。图书管理员见她热衷去那里，便把图书馆交给她看管，每学期还能加点学分。陆染也乐意，一得了空就往那儿跑。

但是她没想到，林木非要跟她来体验一下艰苦环境。环境确实很艰苦，连单独看书的桌子都没有。林木把电脑放在休息凳上，盘腿坐在地上。

而陆染坐在一人坐的课桌旁，说："其实我不介意跟你挤在一张桌子上。"

林木在原地没有动，看着她，冷静平淡，似乎是在思索。过了一会儿，他摇了摇头，打开电脑，电脑浅淡的光照在他的脸上，他轻声说道："我大概会介意。"

……哦。

陆染和林木太熟了，且他对她也很亲近，以至于陆染几乎忘了外界对他的评价。这下被拒绝后，她的记忆复苏——加上上周，林木已经拒绝了一百个女孩了，理由是：沉迷学习。

那你倒是学出什么来啊！

陆染破天荒地八卦起来，她装模作样地在电脑上敲着字，迅速地瞟了一眼林木的电脑屏幕。她有点近视，看得不清晰，瞟了一眼，紧接着又瞟了第二眼，再瞟第三眼的时候，林木停下敲键盘的动作，迟疑了一下，回头看着她，问道："看得见吗？"

陆染摇了摇头，又觉得哪里不对，她清了清嗓子，正要解释，林木却突然站起来，把电脑往桌上一放："这样呢？"

陆染：……

不看白不看。陆染迅速地在林木的电脑上扫了几眼，整页的代码看得她头皮发麻，她连忙移开眼，揉了揉，问他："这是什么？"

"一个小软件，可以测出人的睡眠质量，并根据质量为其设计睡眠方案。"

"哦……跟蜗牛睡眠差不多嘛。"

"差多了。"

陆染：？

"蜗牛睡眠里面没有你策划的广播剧。"

3

坦白来说，漫不经心地撩才最让人心动。所以在林木说了那句话后，陆染的脸微微红了，林木却捧着电脑继续写代码去了。

他工作的时候，解开了衬衫袖口的扣子，露出一小截白皙的手臂，干净利落，秀色可餐。

陆染强迫自己转移目光，开始专心写剧本。

林木随口说出来的敢敢是社团的副社长，担任过几部广播剧的主角，所以极有经验，她拿到剧本后啧啧称奇，感慨陆染居然写这么虐的剧，便问她："你是成心不让我和林木在一起吧？"

"什么跟什么！"陆染白了她一眼，"我是让你们爱得深沉。"

这阵子，陆染暗恋的学长跟别人双宿双飞了，她心情不好，所以明明很软萌的男主，却被她虐得死去活来，最后和女主一拍两散。她把剧本发到剧组的群里之后，倒头就睡着了，醒来的时候，已经晚上十点了。

陆染饿了，拿出手机点外卖，却发现微信上躺了几条来自林木的消息。

17：52：剧本看完了。故事很苦，要吃点甜的吗？

17：56：我路过一家店，草莓冰淇淋买一送一，你吃吗？

18：05：我买了。现在到你楼下了。

林木聊天的时候不爱发表情，句号、逗号、问号却一个不少，像是一个在认真写作业的小学生。她有点愧疚，给林木回消息："刚刚我睡着了，吃了两个冰淇淋，滋味不好受吧？"

她没指望林木立刻回复自己，所以她回完消息之后就去点外卖了。谁知道她刚退出去，微信消息就冒了出来："还行，就是外面风有点大。"

风有点大？陆染坐起来，她的床位离阳台近，虽然能看到楼下，但到底不清晰，她干脆下了床，穿着拖鞋往楼下跑。

外面烈风肃杀，吹得陆染打了个颤，她眯起眼睛，在一棵树下找到了林木。林木低着头，小声地念叨着什么，像是首诗，顺着风飘进了她的耳朵里。

"……小可爱，我们去看一看玫瑰……"

陆染失笑："不去。"

林木微怔，缓慢地抬起头，眼睛一点点亮起来，起了笑意，问她："为什么？"

"不跟傻子一起出去。"

林木轻轻挑眉，虽然他有花瓶之称，但还没听别人说过他傻。陆染瞪他："你不要告诉我，你在楼下等了四个小时，一直在念叨着要带我去看玫瑰？"

林木认真地说道："我还吃了两个冰淇淋。"

他的神情虽然严肃，但是可爱得不行。陆染压住想捏捏他的脸的冲动，眨了眨眼，说道："你不交代清楚，我会误会的。"

"很好交代。"林木笑了笑，不慌不忙地解释，"我来是想让编剧大大给我加戏，我喜欢大团圆的结局。"

陆染极力拒绝，她将她写这种结局的理由一一罗列。林木耐心地听完后，说道："草莓冰淇淋真的很好吃，你要吃吗？"

陆染：······

他这是在变相地提醒她，他等了她四个小时吗？

4

林木倒也没有为难陆染，只是说如果她心情不好，他有办法解决。

陆染懒懒地摆了摆手，对他说自己心情不好的时候就喜欢躺在宿舍里。

但既然出来了，她还是和林木去吃了饭。林木坐在她对面，介绍着周边可以放松心情的美景，语气生硬，一点也不令人心驰神往。她听着就笑："难为技术宅了。"

林木面不改色："比起剧本里的台词，这个不难为。"

可是，就算他念完整个苏城的景点，陆染也没有动半分心思。但谁知道她回去后，竟然辗转反侧怎么也睡不着，迷迷糊糊到了四点多钟的时候，她把林木从通讯录里拖出来，问："你说的山塘日出，真的很好看吗？"

不到一分钟，林木就回复她："我来接你。"

林木住的宿舍离得不远，骑着单车来得很快。日子还没有暖起来，他穿了件烟灰色的大衣，身子修长，黑发柔软。陆染有点不好意思，说："我就是问问，想自己去的。"

林木笑了笑，语气温暾："一个人去不太安全。"

这个理由令人无法反驳，她乖乖地上了自行车。距离不远，没多久他们就到了。凌晨的山塘街早没了晚间的热闹，偶有家清吧*里隐隐透出暖黄的光。他们站在一座桥上，渡船停泊，小桥流水，灯笼和未暗的星子落在河中。

---

*清吧：以轻音乐为主，比较安静的休闲酒吧。

93

美景总是让人心情舒畅，陆染讲起了自己暗恋的那个学长。

"其实我也不是喜欢他，只是当个方向努力着。就像一颗星星，你知道那颗星星不是你的，但是他署上别人名字的时候，还是会很难受。"陆染比喻得生动形象，末了，她背靠在桥的护栏上，说，"哎，你懂那种感觉吗？"

林木沉默片刻，摇了摇头。陆染觉得有些失望，听见他开口说："因为我的那颗星星还没有署名。"

"你的星星？"

八卦来得突然，陆染之前阴郁的心情顿时一扫而光，忙着问他的星星在哪里。林木慢吞吞地转过身，正要说话，却突然"啊"了一声，说："太阳出来了。"

话题转移得生硬，让陆染觉得有点腼应。但太阳是真的出来了，先是一道朦胧的光划破云层，晕染着江南的水景。陆染一时看怔了，连带着林木的声音也模糊了几分。

她疑惑地看向他："你说什么？"

"没。看完我们去那边喝两杯吧。"

那边有家还没关门的清吧，喝两杯指的是喝白开水。陆染捧着杯子望着外面，林木拿着手机看着剧本，偶尔还会念两句。陆染觉得闲了，说："林木，你给我念剧本吧。"

"听别人念自己写的东西，真的不会羞耻吗？"

"……没这个心理压力。"

林木坐直身子，随便挑了一句台词，那是男主与女主离别在即，软萌的男主声音暗哑委屈，他发挥得淋漓尽致——"其实，还有很多事我想要和你一起做。想去六月风吹过的海滩，去星子低垂的纳木错，去人间最烟火处，去……"

林木蓦地哽咽起来，陆染看着他，他低垂着头，睫毛轻颤，像是在刻意压住情绪，声音缓慢地从他的喉咙里溜出来："你能不能……能不能不走啊？"

好啊。

陆染下意识地要回答，好在理智回归得快，她喝了口水，将那句话死

94

死地压在了唇舌间。林木点了点屏幕，正要读下一句话，陆染忙伸手挡住他的屏幕。林木波澜不惊的目光望过来，她指了指台上，说："有人唱歌。"

唱歌的大概是老板，初醒的模样，摸着吉他就想来两句。口哨起调很缓，嗓音也很沙哑："……要去哪儿？你说，海港或大漠。"

"寂静里有光，远方是南国。"

陆染看着台上，用余光瞥到林木窝在沙发里，手指有一下没一下地敲着玻璃杯，衬衫起了褶皱。

她忽然觉得，眼前就是南国，寂静里有林木。

5

陆染觉得自己的动心来得很不合时宜，毕竟半个小时前她才对林木讲述完她暗恋的学长。

于是，她安静地听完歌后，打算回学校。林木也站起来，但他的手机响了起来。他接起，惯是冷静的眼中闪过一丝慌乱，很快定下后，他"嗯"了一声，说："我马上回去。"

他挂了电话，看陆染好奇地看着他，解释说："我外婆去世了，我要回家。"

"啊——"陆染想安慰他，却不知道从哪里下手，只能点点头说："我自己回去。"说着，她就往外走，忘了拿外套，又急急忙忙地跑回来，正好撞进了他的怀里。陆染轻轻咬了咬下唇，说："我跟你一起去吧。"

她找好了借口："两个人路上有个照应，你也可以放心地哭，我会帮你看着路的。"

林木无奈地问道："哭什么？"

明明在问她哭什么，自己的语气中却带着几分哭腔，他自己也发现了，干脆闭了嘴。

林木的老家在某个古镇，清晨公交车还没开，出租车又不肯过去，他们坐着船一路颠簸。林木坐在船尾发呆，陆染小心翼翼地作陪。

"其实真没什么。"林木揉了揉眉心，低下头，说，"外婆年纪很大了，没病没灾，这样去了也算是喜丧。"

……现在的人心态都那么好了吗？

陆染想想都觉得自己的鼻子要酸了。她伸出手拍了拍他的手，他的手指紧了紧，又笑了笑，说："城南草木生有篇文章，里面有一句说，'你走了真好，不然总担心你要走'。"

陆染知道那篇文章，下面一句是"可是我再也没有外婆了"。她更想哭了。

但是林木比她想得心态要稳，九十岁去世，确实是喜丧。林木晚上要守灵，他把陆染送到了渡口，目送她上船，突然喊住她。陆染回过头，他扯出一抹笑意，说："谢谢你。"

陆染本想回一句"不客气"，话到嘴边却变成了："回来请我吃冰淇淋。"

林木说："好。"

林木没有让她等多久，自己修复完毕后就立刻回来请她吃冰淇淋了，连带冰淇淋一起交上来的，还有他的广播剧配音。他转了转U盘，说："陆染，我守灵那晚总想跟外婆说话，想起女生总喜欢美好的爱情，就读了剧本。"

"她肯定会很喜欢。"陆染坐在他的研究室里吹着空调，一副腐败到家的样子，"毕竟我写得还算不错。"

林木同意，继续写代码，也没说让她走还是不走。陆染留下得理所当然，而且，在不见林木的这一周里，她没有费多大力气就从林木的资深追求者那里要来了林木所有的资料。

敢敢啧啧而叹："怪不得写个悲剧，原来你是觊觎林木的美色。"

"什么叫觊觎。"陆染瞪着眼睛，"你忘了吗？是林木自己送上门的。"

根据追求者被拒的经历来看，林木有喜欢的人。但是，经过她的层层排查，她得出了一个结论。她问敢敢："你觉得……林木喜欢我的概率有多大？"

敢敢还记着仇，面无表情地说道："零。"顿了一下，她改口道："好吧，比零多那么一点，百分之四十五吧。"

陆染：……

四舍五入，林木喜欢的是她。

6

为了验证这件事情，陆染承担了这次广播剧的后期制作，连着三天在宿舍做广播剧。她边做边给敢敢发消息："怎么样？"

敢敢回复道："还在研究室，没出来。而且，据学弟汇报，他一天没吃饭了。"

陆染问："提过我吗？"

"……一天没说过三句话，你说呢？"

"我猜他说的是'陆染呢？''陆染怎么没来找我？''陆染吃了吗？'"

"做梦。"

敢敢不回复她了，她却心痒难耐，干脆给林木发去消息，言辞严厉："你有一句话感情不到位，现在有空吗？重新录一下。"

陆染本以为林木至少会问一下是哪句，谁知道他问也不问，直接回了一句："好。"陆染猜这是他今天说的第四句话。她藏不住心思，问："我听人说你今天就说了三句话，哪三句？"

对话框上方显示对方正在输入，三条消息依次跳出来。

"好。"

"可以。"

"放手做。"

陆染：……

她错了，像林木这样闷的人，她居然还指望他说出俏皮的话。她失望地回了一个"哦"。这时候，QQ消息闪动，美工发来了宣传海报，问她还有没有要修改的。陆染扫了一眼，发去群里问大家的意见，群里的人十分活跃。她记好大家提的意见，忙起来也忘了看手机。

林木：海报很好看。

敢敢：……

她这个省略号一发，知道陆染喜欢林木的众人立刻屏息，全都不说话了。陆染架不住这气氛，脸微微红了，正要回林木，林木又说："陆染，你怎么不回我的微信？如果我再来找你吃冰淇淋怎么办？"

陆染的心微微一窒，这时候有个学弟小窗敲她："天哪！群里说话的是林木吗？他回学姐的消息像是在写作业！他平时聊天不是这样的！"学弟说着，甩给她一张林木在另一个群里说话的截图，全句没有任何标点符号。

"他是不是喜欢你啊？学姐。"

陆染慢吞吞地回林木的消息："林同学，手机有一个功能叫打电话，你不知道吗？"

不出一分钟，林木就打来了电话，问她要不要去体验艰苦生活。陆染抱着电脑就往老图书馆跑，到的时候，林木正在扫地，灰尘在阳光中飞舞。她觉得她喜欢林木是对的，因为看到他那张脸，她的心情就会变好。

林木一如既往的闷，似乎研发软件到了最关键的时候，他的消息一直没有停过。偶尔有电话打进来，忙得够呛。陆染则跑去贴吧、微博发了广播剧的预告。林木没有圈名，所以直接用了原名。

校贴吧里有人回复："林木？哇，花瓶原来这么厉害吗？我还以为只会躲在研究室呢。"

陆染气不过，要去跟人吵架，林木却笑着说："没事啊，说明我长得好看嘛。"

"你……你快告诉我，你除了长得好看还有什么优点?!"

"要我自夸吗？"林木点了点头，从幼儿园开始数起，最后说道，"《死亡之线》这个游戏是我主持开发的。"

《死亡之线》是一款悬疑竞技类手游，在国内非常火爆，相应的电竞比赛也在启动中。陆染惊讶得差点从板凳上跌下去。林木继续说道："当时有公司看上，买走了版权，也没想到会这么火。我怕影响正常生活，就没对外说。"

陆染的手在键盘上敲了几下，打出了一堆乱七八糟的字母，差点按上关机键时，林木忽地攥住了她的手，说："别说我厉害。你忘了吗？我的星星还没署上我的名字。"

"是——吗？"陆染抽出手，耳根有点烫，她避开林木的目光，说，"跟我说说你的星星。"

7

林木闷，提起心上的小姑娘时词汇量匮乏，没说两句就沉默了下来，看着她，仿佛是让她不要再为难他了。

陆染深深认为，她这是在为难自己。她发完预告后，也没什么事情，就给敢敢发消息："林木喜欢的不是我。原来不是五入，是四舍。我失恋了。"

敢敢问："你告白了？"

那倒没有。

总之，那时候的陆染好面子，本是心里笃定了林木喜欢的人是自己，但当她和他口中的人一对比，以及他对她的无动于衷，让她觉得丢人，连确定一下都不敢。太阳落山后，她拒绝了和他一起去吃饭，便跑回了宿舍。

敢敢谴责她："逃避可耻。"

"……但有用。"陆染飞快地接道。

她打算拿这次的广播剧去参加比赛，所以后期要做得更精细。

林木给她发来了重新录的那句话，那是全文的最后一句话——"这辈子大概是不够了，下辈子再来爱你。"

陆染反复地听了许多遍，最后丢进了文件夹里。

她工作起来很用心，除了正常上课外，她一回去就坐在电脑前对轨，配BGM*，赶在比赛截止前送了上去。她是真的累了，清明节的时候，挑了个古镇，在那儿睡了三天。等回学校的时候，正赶上初赛结果出来。

"初赛第一，得去喝一杯！"有人在群里喊了一声，连地点都定好了，居然就是上次陆染和林木去的那家清吧。

晚上的清吧很热闹，歌手的民谣也欢快。时隔半个月，陆染再次见到了林木，林木眉眼惫懒，嘴边冒了点胡子，来得匆忙，白衬衫也是凌乱的。见到陆染，他忽地一笑，大步走过来，坐在她旁边，熟稔地说："好久没见你啦。"

陆染突然有点气恼，他都不喜欢她，为什么要对她这么亲近？她低低地"嗯"了一声，往旁边挪了挪，又忍不住问："在忙？"

---

*BGM：Background Music 的简称，即背景音乐，也称伴乐或配乐。

"嗯……"林木捏了捏眉心，说，"就是那个睡眠软件。"

陆染点了点头，没继续问下去。大家聚在一起要玩游戏，有人提议玩《死亡之线》，五人一队。

陆染没玩过，全靠林木带，地图选得也不好，在悬崖峭壁上，动不动就要掉下去。但谁承想最后，她这队就剩下她和林木了。林木蹙着眉，说："陆染，你跟我来。"

她滑着手机屏，晕头转向地跟着他的步伐，直到他停下来，她听见他喃喃道："我记得我设计这张图的时候，在这里藏了把手枪。"

他捣鼓了一阵子，旁边的大树突然抖动了两下，从上面掉下来一个烟花筒，"砰"的一声炸开，炸了他一身。

林木看向陆染，陆染低着头，肩膀颤抖，忍不住地笑出了声。林木抿了抿唇，说："我朋友把枪换掉了，回头我把这个朋友换掉。"

陆染狂点头，林木表情严肃："那你不要再笑话我了。"

"你别为难我了。"陆染把手机一丢，哈哈大笑起来。剧组其他人都奇怪地看着她，又看向林木，林木微微一笑，低下头。不一会儿，对面惊呼："我死了！"

"大神啊！"众人纷纷崇拜。

林木的嘴角勾起，不再是平时冷静淡然的样子，而是有点少年意气的骄傲。

陆染怔了一会儿，她怅然地往后靠了靠。

真可惜，这么好的林木，不是她的。

8

初赛第一，他们的剧也得到了越来越多的人关注，林木的粉丝暴涨，不少人跑来问小哥哥的资料，还有不少粉丝义愤填膺："就算是花瓶，我们也是最值钱的花瓶！"

话说得没毛病，但仔细一琢磨，又觉得哪里不对。

陆染本来以为林木不会回复这些消息，谁知道过了两天，林木转发了这条评论，并说："花瓶本周末在S大举行睡眠监测软件发布会，等你们。"

发布会的声势浩大，借用了S大的演艺厅，记者们闻风而来，扛着长枪短炮堵在门口，就等着发布会一开始就冲进去。陆染本来也想去，但她刚走出教室就被林木堵着了，她惊讶，林木转了转鸭舌帽的帽檐，说道："我口才不好，去了也没用。"

"可是很多人是为你去的。"

"所以门口挂了我的海报。"林木笑了笑，伸出手，说，"手机。"

陆染把手机递过去，他熟练地打开，手指动了片刻，说："内测有一百个名额，我来晚了，没抢到，你是第一百零一个。晚上睡觉的时候开着软件，明天就会有测评结果。"

他把手机递过来，指尖微烫，和她靠得有点近。她的呼吸一滞，不知道从哪里来的勇气，喊他："林木。"

林木的脚步一顿，抬起眼，听见她问："你的那颗星星……"林木的眼中露出疑惑的神情。她忙摆了摆手，说，"没事啦。"

晚上，她按时睡觉，睡前打开了软件，页面是淡青色的，像水一样清澈。她随意点了点，有睡眠音乐，也有她策划过的广播剧，甚至还有睡前故事。她按了开始，闭眼睡觉。

这晚陆染睡得并不踏实，翻来覆去很久才睡着，又早早就醒来了。她琢磨着林木还没醒，屏息看着手机屏幕。

她现在说话，会如实地传到林木的电脑里吧？

陆染小心地靠近手机，轻声开口："林木，我醒了。我梦见你了，梦见我第一次见到你的时候，你把手放在我的脸上方。当时我还以为你要打我巴掌，现在想想，应该不是吧？谁知道你要干什么呢。

"我不喜欢不确定的事情，但是我喜欢不确定的你。

"真的很烦。"

她絮絮叨叨说了很多，又睡了过去。再醒来时，是被软件的闹铃吵醒的，软件提醒她睡眠报告出来了。她打了个呵欠，随意扫了手机两眼。忽地，她怔住，一下子从床上坐了起来。

睡眠报告的最后一句话——

"我在楼下等你。"

尾声

大部分学生都去上课了，宿舍楼显得十分空旷。陆染下来得急，拖鞋穿一只丢一只，狼狈得不行。林木手插在裤子口袋里，站得笔直，看到她光着一只脚，皱了皱眉。他朝她走过去，眼底起了笑意："睡得好吗？"

话音刚落，陆染抬手，一掌拍在他的胳膊上。他一声没吭，只是看着她。陆染还不解气，想换个地方抽，但又想打坏了自己还要心疼，遂作罢了，问他："说吧，什么时候开始的？"

喜欢她，从什么时候开始的？

她咄咄逼人，他却摊了摊手："陆染，我以为我表达得很清楚了，从没有委婉。"

"从没有委婉？那该死的你的星星，你的小姑娘，还有……"陆染脑子卡壳，"还有的你自己说。"

林木说："因为你的广播剧喜欢你，因为你唱的剧情歌好听。我一听钟情。

"我们第一次正式见面，是在法语课上，当时外面太吵，我想帮你捂着耳朵。但是你醒了。如果我不喜欢你，为什么要在意你会不会吵醒？

"你大概不知道，我的研究室，闲杂人等不得入内。你不是闲杂人等。

"给你买冰淇淋，在楼下等你四个小时。我是想加戏，但是是在你人生的剧本里。

"我这人生活很规律，晚十点，早七点，但我也可以凌晨四点的时候陪你去看日出。"

林木不愧是理科生，慢条斯理将那些一条条列出，清晰地摆在她的面前，并且做总结陈词："这你都看不出来，太笨了。"

陆染气愤，说："你什么都没说，谁知道你心里怎么想的！你要是说一句'陆染我喜欢你'，我还会在这儿纠结吗？"

纠结来纠结去，差点把他放弃了。

林木怔了片刻，他"啊"了一声，说："我以为……你们女生都喜欢浪漫点。说喜欢太容易了，要表现出来才行。"

陆染哭笑不得，伸手攥住他的袖子，往前踏了一步，将头埋进他的胸膛，蹭了蹭，说："不，我们女生喜欢直接点的，喜欢被告白。所以，你的那份睡眠报告，也不及格。"

"不行吗？"林木垂下眼，女孩的发香钻入鼻间，他伸出手将她环住，软软地，不想松开。他笑了笑："可是我尽力了，而你……"

而你现在在我的怀里了。

所以——

"算我合格吧，我的星星。"

那份睡眠报告，陆染保存了很久，直到某一天她与林木同榻而眠。她从日记本里抽出一张纸，林木接过来，开始念，依旧是她熟悉的、低哑的、少年的声音——

"陆染同学你好，在此次睡眠中，你一共睡了八个小时零六分钟，说了三段梦话，并有一段告白，共叫了林木十次。建议你尽快想尽办法睡到他身边去。"

办法是他给的，她毫不费力地睡到了。

彼时是十二月的夜晚，大雪纷飞，但是，只要他在，即使落雪也温柔。

选自《鹿小姐》杂志2018年10月A刊

作者

纪南方，青春文学作家，钟爱西北的风、姑苏的月，想把世间的每一朵云都写给你们看。已出版《遇见你时风很甜》《草莓味的你》。

评鉴与感悟

青春文学进军网络文学的市场已有数十年，发展之初，该类文学作品的内容大多以回忆青春或懵懂之年的爱情故事为主线。此后日趋成熟，在文学性和故事内涵上不断求新、进步。而发展至今，青春文学作品已经占据市场的高峰，以其独特的魅力，保持着居高不下的销量。其中更不乏优秀之作被改编成影视作品，搬上荧幕，突破了年龄层次的限制，得到了广大观众的认可与喜爱。

由青年作者纪南方所创作的《星子落入眼底》，正是一篇标准的青春文学作品，该作的背景设定在校园之中，主线简单却不失波折，以清新温柔的笔触将一段关于青春与爱的故事娓娓道来。

该作讲述了不善表达的典型理科男林木与浪漫细胞十足的文科女陆染，两人之间的爱情故事。校草林木因其过于出众的外形备受困扰，一度被认定是一无所长的纨绔子弟，仗着父亲的高级教授身份横行于校园，似乎唯一能拿得出手的，也只有他颜值杀手的身份了。然而林木跟学校广播剧团团长陆染初识，却揭开了他截然不同的一面。陆染惊人地发现，被他人当成花瓶的林木，实际上是个万能CV。两人的交集始于陆染发掘林木的声优技能，但却并不止步于此。随着故事的展开，林木成为陆染广播剧剧团的当家花旦，陆染逐渐发现林木还有着诸多其他的优点：学习优秀，运动能力出众，自律性极强，动手能力逆天且编写程序一流！

少男少女的懵懂爱恋就此萌芽，在两人共赏星辰的美好夜晚，作者借林木之口，透露了本文最为浪漫的核心：每一颗年轻的星子，都应该有一个属于自己的名字。原来，林木逐步对陆染展露自我，正源自他对陆染的一见钟情。然而正如所有青春期的女孩一般，平凡如陆染，自觉无法为林木的星子命名。林木是如此的耀眼，男神和校草的光环，使得他与陆染有着难以逾越的沟壑。

故事发展到此处，其实结局已经了然，但当林木打破理科男的固有形象，将对陆染的爱意诉诸于口，两人终于携手时，读者所体验到的感动和热烈却丝毫不减。林木恰是短暂青春里无数平凡女孩所向往追求的美好缩影，当它摆在眼前之际，似乎在告诉每一个品读故事的读者：我们风华正茂，永远青春。

优秀青春文学作品之所以深受年轻读者的追捧，究其原因，正是因其作品之中所呈现出的成长性和浪漫的特质，引人共情，返璞归真。试问，有谁的青春不曾被一两部青春小说占领呢？它们曾是读者懵懂青春里的向导，青春文学的佳作，往往能够让无数的读者以此为原点树立正确的价值观，从而衍生出对爱情的不尽幻想和庄严的仪式感。

不得不说，《星子落入眼底》正是这样一部具有优秀特质的青春文学作品。它虽是无数同类作品当中的一员，却恰如该作的标题一般，散发着星子般耀眼的光亮，是一篇值得反复阅读的佳作。（吴雨晴）

尤尤我心

/木子喵喵

北城最近的天气反反复复，雨水多了起来。

昨天下午刚下完一场倾盆大雨，夜晚空气又渐渐变得沉闷了起来。

尤小乔和往常一样五点起床。天不如以往那么亮，阴沉沉的。

和师兄弟师姐妹们练了一会儿功后，她吃完早餐去了学校。

北城的体大门外，尤小乔走在路上，路过的人纷纷会跟她打招呼：
"乔姐，早上好！"

"好啊！"

"早上好啊，乔姐！"

"早上好。"

尤小乔不过是体大大三的学生，却备受瞩目，人缘也极好。

说起这事，也是体大流传的一段佳话。

每个校园都发生过不大不小的校园欺凌事件，体大也如此。

尤小乔刚上大一时，被分到了一个特殊的班级。

他们这个专业一共有四个班。

众所周知，念体大的男生基本上个个都人高马大，雄壮威猛，但也有
那种个子比女生还娇小的男生。

不巧，这类个子比女生还娇小、长相比女生还秀气的男生全被分到了

尤小乔班上。

于是尤小乔所在的四班成为全年级中最弱的一个班。

所谓弱，是班上男生大部分身材瘦弱，高度不达标，经常被一班的那些一米八九、人高马大的男生欺负。

一班的大佬们让四班的人帮替写文化作业，帮他们打饭买水，奉他们为老大。

不知是否学校有意，一班的大部分人都是北城有钱有背景的学生，其他班都没人敢招惹，四班的人也只能忍气吞声。

于是整整大一上半个学期，四班的人都被一班的人奴役。

事情的转折点是一天中午，一班的人忽然冲进四班，将四班一个身材弱小的男生给拖了出去。

这位身材弱小的男生是四班的班长，经常帮四班一个大佬长期无偿代写作业。

由于他昨天发烧了，没及时给大佬写完作业，导致大佬不能准时交作业。大佬很生气，后果很严重，一下课就带着四班一行人气势汹汹地来了。

眼看自家班上的班长被欺负，四班很多男生看不过，都想帮班长解围。

可四班那些高大的男生根本不讲道理，把班长狠揍了一顿之后，连带上前来解围的人也一并揍了。

刚送完外卖回来的尤小乔见到这一幕，虽然不清楚情况，但也知道自己班上的人被欺负了。

她立刻冲到人群里去维护自己班的同学。四班的男生见一个小巧玲珑，长相还挺好看的女孩子蹦跶了进来，顿觉有趣，嘴上不规矩地调戏了起来，开了不少黄腔。

有的人嘴上说不够，还对尤小乔动起了手。

平日里尤小乔对谁都笑嘻嘻的，看起来脾气很好，但谁也没见过她生气。

除了那天。

她生气了。

后来大家都知道乔姐生气，后果比一班大佬生气还更严重。

那天，尤小乔一人将四班过来找碴的四个一米九的男生揍得哭爹喊娘。

106

那天，尤小乔在体校一战成名。

大家都给她起了个很牛掰的外号"社会我乔姐"。

经过这件事后，再也没人敢欺负四班的人。

连一班那些高大的男生见了尤小乔都得绕道走，实在没有道绕，也得规规矩矩喊她一声"乔姐"。

这就是尤小乔在体大如此受欢迎的原因。

在学校大门不远处，一辆黑色宾利缓缓驶入校区，这辆黑色宾利已经跟在尤小乔身后很长一段时间，直到看见她进入了教学楼，车子才右拐，朝行政楼的方向开去。

坐在后座一位穿着灰蓝色衬衫、黑色西装马甲，系着黑色领带，衣着考究的中年男人看着车窗外人来人往的学生，问："所以，刚才那女生就是尤小乔？"

"对。"央音的校长徐建林说，"很不错的女孩子，大一的时候就已经在体大声名鹊起，得到大多数同学的赞美。据说是体校的……大，大什么来着……"

徐建林想了半天没想到那个词。

还是司机提醒了他："大姐大。"

"对！大姐大！"徐建林恍然大悟，"呵呵……也是小西所有家教里维持时间最长的一个。"

穿着考究的男人瞟了徐建林一眼："看来，你为了我那顽固不灵的孽子花费了不少心思。"

"说什么孽子，那不是咱儿子吗？"徐建林反驳道，"不是我说你啊老叶，现在的世界是年轻人的世界，过去你那老一辈的一套已经不适合用在小西身上了。小西想要追求自由的大提琴之梦，你就放手让他去追求，何必一直要把你老旧的观念强加到他身上，搞得你们父子关系僵硬了这么多年。你也不嫌烦？"

穿着考究的男人正是中国著名大提琴家，有"大提琴之父"称谓的叶成——叶西何的父亲。

对于徐建林的建议，叶成没好气地"哼"一声："任由他发展？我看任由他发展的后果就是将叶家三代大提琴世家的名号毁在他手上！"

"你太小看我们儿子了！"徐建林说，"你瞅瞅外面那女孩，光看外表，那小小的个子，你能想象她一个姑娘能打倒咱儿子三个两百斤壮的保镖？人不可貌相，我觉得你对我们家儿子太严格了！有偏见！"

叶成冷哼一声，没说话。

徐建林忽然道："对了，小西不是正缺保镖吗？我觉得这女孩不错，家教加保镖，全能高手。你不知道吧？她刚来我们学校上大一的时候，就凭借自己一人，将好几个个子一米九的学生揍得屁滚尿流……"

于是，在车上，徐建林又将尤小乔过去的战绩向叶成分享了一遍。

正走在去教室路上的尤小乔不由打了一个喷嚏，她用纸巾擦了擦鼻子，心想，难道是昨天在院子里跪了一小时着凉感冒了？

不过她觉得自己从小练功，不但能打，还能强身健体，体质应该没那么差来着……

上午上课的时间过得很快，一到放学时间，尤小乔就速度收拾好书包，一边离开教室一边拿出手机开始接单。

路过走廊时，有熟悉的同学问："乔姐，又开始接单送外卖呀！"

"是啊！"尤小乔应了一声。

"下大雨了，骑车小心点！"

尤小乔抬头看向走廊外，外面倾盆大雨，雾气迷蒙。

不过北城的大雨来得快，去得也快，尤小乔没放在心上。

她看了一眼订单的位置，看上去有点眼熟。

仔细一看，竟是拳霸武馆。

她抬头，看向窗外的大雨，怎么会有一种不祥的预感……

"超过一分钟了。"

"十分钟。"

"半小时了！"

"呵呵，尤小乔她完蛋了！"

拳霸武馆。

众人围着程天真看着她手机上的外卖订单，订单上外卖配送的时间已经超过规定半小时了，按照订单要求商家需要赔付一半的订单费用。

"让商家赔了钱，对方一定不会放过尤小乔！"拳霸武馆的一名弟子说，"而且我们还可以投诉她，给她差评，她这个兼职算是完了！"

自从上次在图腾武馆被尤小乔"侮辱"之后，拳霸武馆的程天真、侯上述等人一直在寻找机会将报仇雪恨。

有人调查到尤小乔每天中午都会兼职送外卖，就建议利用这个朝尤小乔下手，刁难她不止，还要让她失去这份工作。

"那个尤小乔就是欠收拾，居然敢凭她那点鸡毛蒜皮的功夫在我们面前秀！"

"就是，最可恶的是居然骗我们说天真姐的腰椎间盘被她踢凸了！害我们去医院检查，医生说天真姐的腰椎间盘根本就没问题！"

程天真："……"

一个板栗砸了过去，黄毛捂着脑袋："大师兄，你砸我干吗？"

侯上述："傻叉，你不说话没人当你是哑巴！"

黄毛摸着脑袋，委屈巴巴。

"天，天，天真师姐！"这时，外面气喘吁吁地跑来一名弟子，对程天真说，"外，外……"

"外什么外！喘好气再说！"大师兄侯上述不满地斥道。

那名弟子忙深呼吸几口气，说："外卖骑士尤小乔来了！"

"终于来了！"

程天真从椅子上站了起来，其他人也跟着起身。

一行人看向门外，一副武装好准备作战的姿势。

拳霸武馆外，大雨凶猛地下着，没有停止的意思。

大颗大颗的雨珠子落在武馆的屋檐上，顺着屋檐留下来。

少女站在屋檐边缘，任由雨滴顺着衣领口滑落进她的衣服里。

五分钟后，手上拿着一罐冰淇淋，一边用勺子挖着吃的程天真带着拳霸武馆的众弟子来到门口。

众人看着浑身湿透、狼狈不堪的尤小乔，还有放在桌子上整整齐齐，一滴菜水没漏，也没被雨淋到的外卖。

"哟，这不是图腾武馆特能打的尤小乔吗？真是稀客啊！"程天真身边一名弟子调侃道。

眼前一共站了拳霸武馆的五个人，都是那天出现在图腾武馆的人。

尤小乔的眼神看向五人之中吃着冰淇淋的程天真——

"程小姐，对不起，由于我自身的失误，造成您外卖的延迟，我郑重地向您道歉。"浑身湿透的尤小乔朝程天真鞠了一躬表示自己的诚意，雨水从她黑发间落下，一滴一滴落到地上。怕将武馆的地板弄脏，尤小乔一直站在不怎么遮挡风雨的屋檐边上。

这样一幅场面，在外人看来，还是挺同情尤小乔的。

可这里是拳霸武馆，在拳霸武馆"同情敌人就是对自己的残忍"的口号下，拳霸武馆的弟子们从来不知道"同情"为何物。

程天真慢慢走到放外卖的桌子边，她用一根食指拎起包装袋，看了几秒，忽然将袋子往尤小乔方向一丢："送个外卖这么久，你还有没有一点工作精神，我花钱是为了让你请我们吃凉的外卖？"

尤小乔看着地上散了一堆还冒着热气的外卖，明知程天真是故意找碴，依旧很好脾气地道歉："是我的过失，很抱歉，我可以赔偿您的损失。"

"赔偿？"程天真笑，"怎么赔偿？"

"我可以重新帮您免费订一份一样的外卖，免费给您送过来……"

"笑话，免费？你以为我们师姐差这点钱？"一个弟子十分不屑地说。

"那请问您希望怎么处理？"

对方明显刁难，尤小乔还是保持了她的态度和礼貌，对着程天真说。

"呵，你跪下向我们师姐道歉。也许我们师姐大人大量，会原谅你。"

110

尤小乔的眼神转向一直趾高气扬对着她说话的拳霸武馆的弟子："这位兄弟，我现在是跟外卖订单主人说话，请你不要随意插嘴，会显得你很没素质，拉低了整个拳霸武馆的档次，好吗？"

"你！"那弟子听尤小乔这样一说，气得举着拳头就想跟尤小乔拼命。

侯上述拦着他，斥道："动手打女人，丢不丢脸？"

"可是师兄，这个女人实在太气人了！她——"那人还想诉说尤小乔的可恨之处，被侯上述一个眼神阻止了。

"其实我也没想为难你。"这时，程天真舔了一口手上的冰淇淋，开口了，"只要你肯离开叶西何，这单我就不跟你计较了。"

尤小乔皱眉："我是叶西何的家教——"

"我知道你是家教。"尤小乔没说完，程天真就说，"多少薪水我三倍给你，只要你主动辞职。"

尤小乔皱眉，这拳霸武馆的人都这么喜欢打断别人说话吗？

"这不是薪水不薪水的问题，是工作态度。我一直相信，只有用认真负责的态度去对待每一份工作，才会有好的名声和回报。如果我用这种半途而废的态度对待工作，那么未来找我做事的人会越来越少。希望程小姐能体谅。"

"废话少说。"程天真已经显得不耐烦，"如果不辞职，你外卖的工作就别干了，我不但会给你差评，还会举报你！"

尤小乔见程天真一副没有商量的口气，就也不再多说什么："歉道过了，赔偿也跟你建议过了，如果你还不满意，那么就按照你的意思处理吧！"

说完，尤小乔就戴上外卖帽，转身离去。

"真是敬酒不吃吃罚酒！"

程天真身后拳霸武馆的弟子们看不下去，欲拦住尤小乔。

程天真倏地将手上的冰淇淋朝尤小乔丢去，稳稳地砸在了尤小乔的背上。

黏黏的冰淇淋从她的背上缓缓滑落。

尤小乔停下脚步，手紧紧握成一个拳头。

拳霸武馆的人立刻做好迎敌的准备，却不想尤小乔只是在原地停了片刻，径自离开。

忍，不是因为畏惧他们，也不是因为她昨天才受到父亲的惩罚，是不想因为她，让拳霸武馆有了更多针对图腾武馆的借口，是她不想看见父亲失望的眼神。

尤小乔握紧拳头，不断在脑海中这样提醒自己。

走出拳霸武馆后，尤小乔坐上了外卖车。

刚要发动，手机就响了起来。

她接起，里面传来一个女声："你好，请问是尤小乔女士吗？"

"是。"

"尤小乔女士，我们接到顾客的举报，你没有按时送外卖，还对顾客恶言相向，态度十分恶劣，请问有这么一回事吗？"

恶言相向，态度十分恶劣？

尤小乔冷笑。

这场大雨在下午一点的时候渐渐转小。

天空放晴，阳光润洒万物，空气中有淡淡的雨后草木的香气，十分清新。

大部分学生还未来校，整个校园宁静安逸。

罗晴续因为看错时间，提早来到公开课教室，意外看见教室窗口的书桌边坐着一个熟悉的身影。

"小乔？"罗晴续走过去，"今天你怎么这么早？哎呀——乔，你这是怎么了？怎么浑身湿淋淋的？"

"没带伞呗。"尤小乔靠在窗口，沐浴在阳光中，整个人显得懒洋洋的，她觉得自己大概是被叶西何附身了吧，能坐着绝不站着，能躺着绝不坐着，一动也不想动。

"你每天这个时候不是还在送外卖吗？"

"嗯，我把老板给解雇了。"

"……"

对尤小乔相当了解的罗晴续一听就觉得不对劲："我先回寝室给你拿一套干净的衣服吧？"

"不用。"尤小乔扯住了她，懒洋洋地说，"坐着晒太阳挺好，我衣服都快晒干了。"

见她这样，罗晴续也不多问了。她知道尤小乔的性子，不想说的事，任何人逼她，她都不会开口的。

"不做了也好，兼职那么多，怪累人的。"罗晴续在她身边坐下，"如果不是要承担尤大哥的医药费，你也不需要这么累吧……尤大哥现在还好吗？"

"一直那样呗。"

见尤小乔不想多谈，罗晴续扁了扁嘴："换个话题好了！"

她忽然神神秘秘地靠在她耳边说："乔，我偷偷告诉你，我刚遇到一个神奇的人！"

"神奇的人？"

"嗯！"罗晴续指了指自己的心，"让我心动的男人！"

"哦？"尤小乔来了一点兴致，"怎么遇见的？"

"来教室的路上遇见的，超男人的！"话匣子一下子打开，罗晴续激动地比画，"从我们寝室来教室的路上不是要经过A楼的男生宿舍？"

"嗯。"

根据罗晴续叙述，在来教室的路上，她看见有个外地的姑娘千里迢迢拖着行李箱来看男友，因为这姑娘的男友穿着格子衬衫，罗晴续就喊他格子男。

姑娘在A楼男生宿舍楼下等格子男，对方一脸不情愿地从楼上走了下来。

从他们的对话中可知，格子男不但不去机场接那姑娘，连姑娘打车来他学校都不愿下楼。

姑娘在楼下等了半小时，格子男才一脸不情愿地从寝室下来，抱怨她没事来这里找他做什么，打扰他玩游戏。

姑娘一听，崩溃了，一边哭一边跟格子男吵。格子男一脸不耐烦。

这时，一辆红色炫酷的兰博基尼出现了，从车上走下一个穿着金属感皮衣的男人，衣服十分闪眼，和他那张脸一样，妖艳吸睛。

妖艳男本来是问路的，刚好看见这个场景，走到女孩面前，一双漂亮的眼睛将格子男从头到尾打量了一遍，从鼻子里哼出三个字："呵，男人。"

对方一愣，凶神恶煞地问他："你谁啊你?!"

妖艳男昂了昂下巴，一脸傲娇的模样："我？我是世界上最优秀的男人。"

"……"格子男翻了个白眼，但不可否认，相比较而言妖艳男的确比他优秀太多太多了

格子男不承认对手比自己强，想怼回去，于是用鼻子仔细闻了闻，立刻嘲讽地说："娘娘腔!"妖艳男脸色一变，方才傲娇的小模样全无，面色黑沉黑沉，横眉怒视："你说谁娘娘腔?"

"当然是你了，一个大男人身上弄香味，还不娘?"

"你想死吗?"妖艳男一听，完全失去了控制，伸手就要揍格子男。

旁边的姑娘虽然被格子男伤透了心，可还是爱他的。

见妖艳男要打自己的男友，忙挡在格子男面前，缓和地说："不是，大哥谢谢你帮我，你是个好人，你别激动，他不是那个意思。"

妖艳男面色才缓和了一些，他狠狠剜了一眼格子男："走吧，妹子你想去哪，我载你一程，这种渣男配不上你。"

"谢谢大哥。"姑娘说，"我还有些话想跟他说。"

妖艳男没吭声。

姑娘害怕妖艳男不肯放过自己男友，忙说："大哥，你是世界上最优秀的男人，就别跟我男友计较了，你快走吧。"

妖艳男听她这样说，面色才好了起来，又恢复了方才小傲娇的气质："还是小妹妹会说话。"

说完，回到他的兰博基尼上，发动车风驰电掣地走了。

"是不是特别帅?"罗晴续双手捧着脸，一脸迷恋，"我觉得好酷啊……"

"世界上最优秀的男人?"尤小乔摇摇头，"谁会这样说自己？难道不是特别自恋吗?"

"……什么自恋啊!"罗晴续不满尤小乔的这个用词，"男神说的是大

实话好不！他就是特别的优秀，特别的高贵，特别有气质！"

见尤小乔不以为然，罗晴续说："你一定是没有见过本人，你要见到了，一定会跟我一样心情的！"

尤小乔看着神采飞扬的罗晴续，没再打断她的故事。

毕竟，爱情萌芽的开端总是从我们手舞足蹈向身边人说起与那个人相遇开始。

窗外，有雨后蝉鸣声。

屋内，有闺蜜的眉飞色舞。

尤小乔支着脑袋，找了个舒服的姿势靠在墙上。

不爽的中午在罗晴续滔滔不绝地讲述她超优秀的男神中度过。

很快，不爱将事放在心上的尤小乔就将中午发生的不愉快一扫而光。

下午第一节课前，同学们陆续走进了教室。

罗晴续说得累了："不行不行了，我去倒杯水喝。"

她跑到教室后面的饮水机边，用自己的杯子接了温水。

"乔姐，有人找！"这时，门外传来一个同学的招呼声，语气里都是惊艳，"快来啊！是个大帅哥！"

"来了！"尤小乔应了一声，本以为是班上同学在开玩笑，不想瞥见一个熟悉的身影站在门外——穿着骚包的皮衣外套，一只手插在裤兜里，另一只手抬起跟她招手，自以为很酷的样子。

这副骚包的模样，惹得不少人挤在走廊里看。

尤小乔走到门口，见门外熟悉又许久未见的脸，一愣："大骚猪？"

"男神？！"罗晴续同时脱口而出，"……"

尤小乔转头看向一旁的罗晴续："男神？"仿佛明白了什么……

罗晴续一脸迷茫："你们认识吗？你喊我男神什么？"

"大骚猪！"汪祁俊替尤小乔回答了，笑眯眯的，"小乔对我的爱称。"

"呃……"罗晴续有一瞬间不能接受男神为什么会有这么——难以言喻的昵称。

见状，尤小乔才问罗晴续："这就是你说的那个开红色炫酷兰博基尼的世界上最优秀的男人？"

罗晴续猛点头："你跟他认识吗？"

"认识，"尤小乔说，"他是我们那个县的。"

"原来你们是老乡啊！"罗晴续恍然大悟，她看了一眼汪祁俊那张妖艳的脸，春心又萌动了一下。

她不着痕迹地整了整自己的裙摆，拢了拢耳边的发丝，让自己在男神面前第一印象好一点，随后自我介绍："大骚猪先生你好，我是尤小乔的闺蜜罗晴续。初次见面，很高兴认识你。"

大骚猪先生？

尤小乔："……"

汪祁俊皱了皱眉，介绍自己："我叫汪祁俊。"

罗晴续见他这样说，以为他不喜欢别人喊他的外号，忙说："对不起，我见小乔这样叫你，所以也跟着一起叫，希望你不要介意。"

毕竟是心里喜欢的人，罗晴续生怕初次见面就在人家心中留下不好的印象。

谁知道她的道歉并没有得到对方的谅解。

汪祁俊冷哼一声："小乔是小乔，你怎么能跟小乔一样！"

本想在男神面前留点好印象的罗晴续，没想到会被他这样一说，顿觉得尴尬了起来，局促地抓着自己的裙摆不知该说什么。

尤小乔见状，立刻维护罗晴续："我们怎么就不能一样了？再说了，你的外号不就是大骚猪吗，怎么就成我对你的爱称了？"

在尤小乔眼里，汪祁俊一直情商极低，她从不期望能从他嘴里说出什么好听的话，倒没想到罗晴续口中的男神居然是他。

不过——罗晴续有提到香味。

她差点忽略了，汪祁俊身上那种特别的香味……

一旦被人提起，他就暴跳如雷的香味。

想起罗晴续转述的他的那句："我是世界上最优秀的男人。"

不知道以后当罗晴续彻底了解了汪祁俊是什么样的人后，还会不会觉得这个幼稚的男人特别的优秀，特别的高贵，特别有气质……

这个特别的优秀、特别的高贵、特别有气质的汪祁俊，是尤小乔他们县城里首富的独生子，货真价实的富二代，和尤小乔的相识十分具有戏剧性。

尤小乔上高中时，会利用课余时间赚零花钱，比如在学校奶茶店帮忙，比如做"代打"。

说起"代打"，大家第一时间想起的都是游戏代打上分。

尤小乔所接的代打跟游戏无关。

在他们的小县城里，经常有喜欢惹事的学生因为各种奇怪的理由约架，其中有些有钱的学生就会找"代打"，厉害的"代打"不用雇主亲自动手，就能以一当十，将对方打得落花流水。

尤小乔和汪祁俊相识也是因为"代打"。

汪祁俊的首富老爹因为经商得罪了不少同行，为了避免同行寻仇，汪祁俊从小就被限制出门，除了每天上学，之外的时间都必须待在家里，就连上学都需要两个保镖接送。

这种生活方式导致汪祁俊从小到大没有朋友，性格内向，也经常被同班同学欺负。

姚直童就是其中之一。

姚直童父亲的财富在他们县城虽仅次于汪祁俊的老爹，但各方面还是差汪家一大截。所以姚直童一直视汪祁俊为眼中钉，又恰巧两人是同班同学，姚直童就经常找汪祁俊麻烦。

所谓忍字头上一把刀，忍无可忍无须再忍，哪里有压迫哪里就有反抗。

每个人都有底线，汪祁俊的底线就是他从小体带异香，这是他认为最难以启齿的事。

姚直童遭到汪祁俊的反抗，是因为姚直童当着汪祁俊的面说他从小自带体香，像个娘娘腔。

性格软的汪祁俊被别人说什么都不在意，但说到他身上自带香味就触碰了他的爆发点。

受尽欺凌的汪祁俊怒了，第一次向姚直童直接提出挑战，主动向他约架，约架宣言是：谁要赢了，谁就要一直视赢了的一方为老大。

姚直童爽快答应。

平时，姚直童没少向别人约架，每次都是他欺负别人。他花钱雇了一个只属于自己的专职打手团队，从未在约架中输过，自然不怕乖乖又内向的汪祁俊。

汪祁俊是乖乖仔一个，从小别说打架，就是连鱼都不敢摸，说鱼鳞太吓人。

约完架后惴惴不安的汪祁俊在"代打"平台开始找"打手"。

他不知道找打手有什么规律，只能凭平台销量，在销量最高的一家向客服提出他需要一个非常厉害的打手。客服很快向他推荐了"打手"尤小乔。

尤小乔？听上去像个女孩子的名字。

汪祁俊又对客服重点表示钱不是问题，但要找"非常厉害的打手"。

客服发来一张笑脸，表示："亲，这就是我们平台最厉害的打手噢亲！"

汪祁俊看着那张笑脸，觉得自己不能以名取人，万一人家只不过是刚好起了一个偏女性化的名字，实际上是个血气方刚的真男儿呢？

电脑前的汪祁俊这样安慰了自己一下午，可到了晚上，他发现这个理由完全不足以安慰他自己，以至于一整晚没睡个好觉，梦里都是姚直童把他和他请的打手踩在脚下耀武扬威的脸。

次日，也就是决斗当天，汪祁俊见到了尤小乔本人，知道她真的是个女生时，对这场约架彻底失去了信心。

他怎么能相信一个平台的客服呢？只是一张笑脸表情和两个"亲"怎么就将他迷惑了？

姚直童带来的可是三个打手，据说那三个打手都是出自他们县城里有名的武馆，巨能打。

何况三个打手里任何一个都有尤小乔两倍那么大，徒手就可以将她拎小鸡一样拎起来。汪祁俊觉得这场决斗毫无胜算可言。

就在汪祁俊觉得自己这辈子都要喊那个讨厌的姚直童为老大时，只听一声惨叫。

点擦火光之间，尤小乔已将姚直童手下一名打手打趴在地。

另外两个打手见状，两人相视一眼，其中一个走了过去。

尤小乔朝另外一个打手勾了勾手指："一起上，节省时间。"

两个打手哪经得起如此羞辱，二话不说一齐冲了上去。

结果尤小乔三下五除二，就将两人一一打倒在地。

跟汪祁俊一块来的小伙伴都惊呆了："汪祁俊，你在哪找的小姐姐？这么霸道啊！"

对面喝着奶茶的姚直童嘴巴渐渐地张成"O"形，反应过来后，怒骂一声："废物！"

他双拳愤怒一紧握，忘记手上有杯奶茶，只听"噗嗤"一声，奶茶飞溅了一脸，烫得他嗷嗷叫。

姚直童一边捂着脸一边要跑，汪祁俊的小伙伴喊住他："姚直童，君子一言，驷马难追，说好的谁输了谁奉另一方做老大呢？"

虽说姚直童凭借自己次富之子的身份在学校横行霸道，外号"童哥"，但他为人还是十分能屈能伸。

今天，的确是他输了这场赌约，尽管内心十分不服气，但他还是捂着被奶茶烫红的脸不情不愿地喊了汪祁俊一声："骚猪老大。"

从此以后汪祁俊成了一种校霸的老大，再也没有人敢欺负他了。

也是从那之后，汪祁俊发生了相当大的转变，开始在穿着上十分张扬，性格上带着骨子里的小傲娇。

当然，自那以后，尤小乔成了汪祁俊心目中的女神。

那是汪祁俊第一次主动跟女生说话，红着脸结结巴巴地问："小，小姐姐，我，我能加你微信吗？"

尤小乔犹豫了一下，为了以后的生意，她觉得让这个县城首富之子加自己的微信也没多大损失。

互相加微信后，尤小乔看着汪祁俊的微信名，犹豫了一下才问："你的微信名是——巴啦啦大骚猪？"

汪祁俊红着脸点点头："嗯，那是我。"

难怪刚才那人喊他"骚猪老大"……

"小姐姐可以喊我大骚猪。"

"……好。"

从此以后，"大骚猪"成为尤小乔比他的本名"汪祁俊"喊得更熟的名字。

"所以男神从小就是异常体质，自带香味？就像古代那个香妃一样？"听完尤小乔介绍完她与汪祁俊的相识经过后，罗晴续一边在寝室试衣服，一边好奇地问。

"嗯。"

"这得让多少女生羡慕都羡慕不来啊！他居然一点都不喜欢。"

"被说娘，哪个男的会喜欢。"

"照你这么说，我男神应该是很内向的人，可现在完全看不出来啊！"

"所以他叫大骚猪啊……性格没发掘出来之前，闷骚啊；发掘出来之后，简直骚气十足！"尤小乔从寝室桌上跳下来，"你换好了没？我得回武馆了，晚上还有家教。"

"教叶西何吗？我可听说叶少爷有很多女粉丝，你要小心了。"

"我有什么好小心的。"

"当然啦，跟优秀的男生在一起，很容易被别的女生嫉妒的。"

"优秀？你指的是他英语考5分这件事吗？"

"……当然不是！不过就算他考5分，也容易被他'大提琴王子'的身份和那张英俊帅气的脸掩盖了。他长得好看，家世又好，谁会在乎他成绩好不好。"

"说得这么有道理，那你到底是要在这里跟我分析叶西何，还是跟我下去见你的男神？"

"啊！"罗晴续轻叫了一声，"你等等啊！"

她拿着一件裙子跑进了洗手间，很快就穿着裙子出来了。

一条红色的连衣短裙。罗晴续皮肤白，红色衬显了她的肤色，白嫩剔透，短裙下纤细的双腿踩着七厘米的高跟鞋，更显腿又白又直。

"这件好看吗？"罗晴续看着镜子中的自己，"你对我男神比较了解一点，你觉得他会喜欢这种淑女风格的裙子吗？"

"我不知道他会不会喜欢你这种淑女风格的裙子，但我知道你要是再让他在楼下这么一直干等着，就算再闷骚的人也会不耐烦的！"说完，尤小乔就开门出去了。

"等等我啊小乔！"罗晴续忙拿着包跟了出去，"男神一直在楼下等你，你们是要一起吃饭吗？去哪里吃啊？武馆吗？男神第一次来就去武馆吃，他会不会不乐意啊……"

节选自长篇小说《尤尤我心》，江苏凤凰文艺出版社2018年11月版

作者

木子喵喵，青春文学作家，吾里文化签约作者，代表作有：《竹马钢琴师》《心向往之》《泽木而栖》《致朝与暮》等。拥有超高人气，备受读者追捧。曾获华语言情小说大赛及首届大神之路创作大赛的多项大奖。

评鉴与感悟

《尤尤我心》讲述了一个怀有发扬中国功夫之志和功夫冠军梦想的大姐大女孩尤小乔与一个怀有成为世界著名大提琴家梦想的大佬叶西何在人生充满荆棘的路上不断努力前进，从一开始的冤家路窄到彼此相惜，与梦想、亲情、爱情和友情共同成长的热血青春故事。是超人气青春文学作家木子喵喵于2018年推出的全新力作。承袭木子喵喵一贯的写作手法，将怦然心动的感觉揉碎在字里行间。让每一位正值校园的读者看到当下，让每一位身为都市白领的读者怀念过去。也许正因如此，木子喵喵才会受到如此多的读者粉丝的追捧，人气居高不下。木子喵喵一路走来都以擅长的青春向作品制霸畅销书市场，成为发迹于网络文学的一批作家中的佼佼者。她的作品集网络文学与出版文学

的优点于一身，取长补短，成为其独有的个人风格。多年的网络文学经验，以及读者的反馈，让她更能把握情节节奏，也更了解读者的喜好，这是从事网络文学创作带给她的收获。同时出色的文笔让她在出版图书市场里也是出类拔萃。当好情节有好的文笔为依托，作品的呈现，可观性就非常强。

她的代表作《竹马钢琴师》正在被影视化改编，即将搬上荧幕。影视化成为网络文学青春向作品的又一大出路。于是这类作品开始反套路，力求别出心裁，以给自己的作品贴上独家标签。

《尤尤我心》便是在这样的语境下应运而生的作品，它已经不再如一贯的网络文学那般，只重视快消感，而是更具有画面呈现和话题度，以及正能量的价值观。

在画面呈现上，《尤尤我心》运用了剧本镜头感的技巧，使作品在推动故事线时，注重场景的渲染，人物的出场安排更具有合理性，让读者不仅沉醉于文字本身，也同样体验到观影般的享受。

在话题度方面，作者很讨巧地紧跟热点，这样不仅能反映时下的新浪潮，还会引起读者的好奇心和代入感。《尤尤我心》中的人物设定就有这一特点，男主叶西何的性格中就融入了年度最流行的"小狼狗"*形象，以迎合读者的口味。

而传递正能量价值观，是木子喵喵一直推崇的思想理念，也沿用到《尤尤我心》里来。女主尤小乔是体校学生，对于中国功夫的热爱是全书的热血爆点所在，她对梦想的坚持和追求点燃了读者奋发向上的心。这就让原本青春言情的故事添彩出励志的一面，使得作品更有力度，对年轻读者有所启发和激励。难能可贵的是，作品还宣扬了中国功夫，以文化传承的角度，提升了作品的思想高度。年轻读者会通过这一设定而对中国功夫更有兴趣，从而重新关注传统文化，这是此作品的社会意义。

《尤尤我心》是值得肯定的青春向作品，力求突破以往的枷锁，意义非凡。（张芮涵）

---

*小狼狗：网络流行语。指年纪小、长相帅气、性格霸道，却很招女生喜爱的男性。

我们约好未来再见

/默默安然

1

工作日的射箭俱乐部里很清静，芝甄站在屋檐下找好位置后，从箭筒里连抽三支箭，瞄准室外的70米靶嗖嗖嗖地射出去。

两支八环，一支九环。她皱了皱眉，不满意自己的状态。

距离下一次市级比赛还有四个月，然而过了这个暑假她就高三了。芝甄从小喜欢射箭，家里支持过她，也幻想过她能进国家队，可一年一年比下来，她还是没被省队录取。眼下家里也不支持她了，希望她能将射箭纯当作爱好，专心考大学。

芝甄已经跟家里保证，就试这最后一次，如果还没被省队看上，她就放弃。

就在她觉得烦躁时，一群人扛着巨大的摄像机，搬着什么道具，从远处浩浩荡荡走了过来。只有一个年轻男孩手里什么都没拿，兀自走在前面。

这群人在距离她两个身位格的地方停下开始布置，男孩拿起弓，开始摆POSE拍照，还做起了采访。

虽然他们倒碍不着芝甄练习，可吵吵闹闹还是惹人心烦，芝甄突然间想起了这个男孩是谁。安腾，今年的高考状元，好像还是什么数学竞赛冠军，反正身上各种加持。加之长相不赖，好像在网上也挺有名。

"切，真拿自己当明星了啊，还摆拍！"

芝甄看着安腾那外行的握弓手势，毫不吝啬地翻了个白眼。

可能是炫耀心理作祟，芝甄的状态反而越来越好，引得旁边的人都忍不住看。射箭终归不像足球篮球那种全民运动，普通人还觉得挺新鲜。

眼见着收工之后所有人都收拾好东西准备走了，安腾却迟迟未动，他低头又把弓举了起来，顺手抽了一支箭。

看着他这次的姿势，芝甄心里"咯噔"一声。

并没有瞄准多久，搭弦放箭几乎一气呵成，包括芝甄在内的所有人都听到了系统叫出的"ten"（十）。

安腾放下弓，耸了耸肩，仿佛刚刚的十环只是放松随便练练手，丝毫不用在意。

紧接着他就转身要走了，但是临走之前他貌似无意地回头看了芝甄一眼，轻轻笑了一下。

像只惹人厌的狐狸。

芝甄知道他就是故意的，顿时火冒三丈。

"等下，"芝甄走向安腾，"正式比一场吧。"

她满心以为安腾不会拒绝，这是竞技体育，谁没有征服欲呢。没想到安腾丝毫没考虑，客气地说："算了，没兴趣。"

说罢扬长而去，步子都没停顿一下。芝甄注视着他离去的方向半天没缓过劲儿来。

没兴趣能射出十环？所以安腾刚刚那一下纯粹是为了羞辱她的？

芝甄气鼓鼓地跺了下脚。

2

那之后芝甄每每想起来就觉得气不过，安腾那个家伙在她的脑袋里阴魂不散。其实之前她也没有多关注这个人，就只是偶然看见过两张照片而已，可自打撞见了这一次，也不知道怎么回事她动不动就刷到关于安腾的新闻。

"这个人是多爱出风头啊！"和同在市队的朋友煲电话粥时，芝甄忍不住埋怨，"不就是分数高点么！至于这么众星捧月么！"

"哎，芝甄，你知道从这通电话开始你提了他多少次吗？"电话那边大笑，"没十次也有八次！我看你是口是心非，崇拜人家吧！"

"你再乱说我不理你了啊。"

"好了好了，不过我也挺感兴趣的，"对面的女生还是笑个不停，"我回头打听打听安腾以前会不会也参加过比赛什么的。"

本以为就是随口一说，但没过两天芝甄就接到电话，女生激动地喊着："哎哎你知不知道那个安腾啊，原先还真是我们的同行！"

"真的？"芝甄惊呆。

"是啊，我随便找前辈打听了下就知道了。听说他当时可是被称为天才啊，进市队第一年就被省队挑中了，那时候才十四五岁吧。"

这个十四五岁，刺痛了芝甄的心。

"没想到的是他没进省队，而且也从市队退出了，从那之后好像就再也没出来过了。"

芝甄脱口而出："为什么？"

"谁知道呢，天才的想法哪是我们这群凡人能理解的。"

不爽，太不爽了。"天才"两个字令芝甄不爽，有进省队的机会却轻松放弃更令芝甄不爽，仿佛在说自己用尽全力在争的，无非是人家随意就可以丢掉的东西。

这样想着的芝甄，没想到自己会再一次遇到安腾。周六她去一家妈妈联系的英语补习班试听，下课的时候人都挤到一起，在门口芝甄被绊了一下，向前跌了两步，下意识扶住了前面人的肩膀才停稳。

那一下她自认拍得挺重，所以赶忙就说："对不……"

前面的男生转过头来，安腾的脸猝不及防对着她，只是比那天多了副眼镜。她硬生生把话咽了回去，手就僵在半空，连收回都忘了。

"巧。"安腾也还记得她，只是表情无意外。

芝甄却是反应巨大："你怎么在这儿？"

安腾指了指楼的另一边说："上托福班。"

"哇，不是刚高考完吗？"

"反正闲着也是闲着。"

耸了耸肩，安腾转身继续往前走。芝甄望着他的背影，就像和那天射箭俱乐部里一模一样。她咬了咬牙，追了上去："喂！既然遇到了，今天也没别人，我们去比一次射箭吧！"

"不要。"

"为什么？还是说你那天纯粹就是蒙出来的十环?!"

激将法果然有用，安腾停住了脚步，似笑非笑地说："你倒是蒙一个给我看看啊。"

"那……"

仿佛是实在被她缠得没法子，安腾叹了口气，摘下眼镜用衣角擦了擦。芝甄看到眼镜片非常厚，很明显一圈一圈的。不过安腾的眼睛看上去倒是还好，外表上并没有受太大影响。

"我发过誓，不碰射箭了，那天只是给你做个示范。"

啊呸——芝甄心说——明明就是为了气我。

"我不射箭的原因是我的眼睛突然变成弱视，只有0.1、0.2的视力，我不想让父母再担心了。"他朝芝甄淡淡笑了一下，"明白了？"

说罢安腾就像之前一样甩开她大步流星兀自往前走了，可这一次芝甄站在他背后，觉得他的背影是悲凉的，刚才那个笑容也是悲凉的。她觉得逼着人家面对自己的伤痛，真是太逊了。

"那……"所以她其实有点慌了，双手抓着裤线，不知所措，"你还是喜欢射箭的吧?"

她声音不大，但已经走开几十米的安腾却还是听见了。他停顿了几秒，只是转过头，眼镜片把他眼睛里的落寞映得特别清晰。

"喜欢啊，特别喜欢。"

3

其实并没有硬性规定说射箭不可以是近视，韩国传奇选手林东贤就是0.1的视力。其实就算是视力正常的人看那么远的靶子，不过也只是一团颜色，但话虽如此，终归看得见还是比看不见要好。芝甄的视力始终不错，所以她也无法理解看靶子只是一个色块，甚至连色块都是模糊的，是怎样一种情况，想想就觉得很难。

芝甄在那家暑期班正式报了名，她一向讨厌提高班，以前都是尽可能找理由不上，但这一次一是因为马上要高三了，二是因为——偶尔能和安腾遇见一次。

她不想去考虑究竟哪一个原因占比更重。

"你就不想重操旧业吗？"芝甄对安腾的那点同情很快就被羡慕嫉妒恨覆盖了，因为她想到即使视力退化，安腾仍旧可以一箭十环，证明他是自愿放弃的。

可是芝甄又不懂了，这样不会不甘心吗？

两个人坐在快餐店里吃东西，芝甄就是想忽悠安腾和她再去一趟射箭俱乐部。安腾什么都不吃，嫌热量太高，淡淡道："就算不射箭，我仍然有很多事情可以做，我的人生不会因此而毁掉。"

是啊，他成绩好。意识到这一点芝甄一阵丧气，猛嘬了一口可乐："我跟你不一样，虽然很喜欢射箭，可又算不得出类拔萃。爸妈希望我不要考体校，给自己留条后路，可我除了射箭——"

她的话还没说完，安腾显出一副听不下去的样子，狂摆手打断了她："你该不会想说你除了射箭什么都不会，就是个射箭笨蛋吧？"

芝甄脸一红。虽然她就是想这样说，但从安腾嘴里说出来，自己好像更难为情一点。

"你这是给自己找借口。"安腾刻薄地戳穿了她的心理，"你催眠自己说除了射箭这个天赋，其他都不行，其实是把成绩不好的原因推给了射箭而已。可假如真的是这样，你在射箭上也应该有所成就啊。所以你又在反向安慰自己，觉得是因为你必须应付学业，分给射箭的时间不够才这样的。所有一瓶子不满半瓶子晃荡的人都是这样想的，明明只花了30%的精力去努力，却已经在和别人拼天赋了。"

他的话像刀片一下下划在芝甄心上，她几次想反驳，张开嘴却又说不出话来。她心里清楚安腾说得都对，只是她自己不愿意这样去想。

"没什么事我走了啊？"

趁着芝甄还在发愣，安腾已经站了起来，不过他的话尾带着个钩子。于是芝甄仓皇地站起身拉住安腾的书包带说："就算你不愿意重新玩射箭了，你可不可以辅导一下我？"

安腾眯了眯眼睛，神色又变成了初见时那副狐狸样："你想让我教

127

你？你能给我什么好处吗？"

"我……我……"芝甄咬着下唇，眼睛滴溜溜转，"我零花钱也不多啊，要不……到我下次比赛之前，每天一杯奶茶？"

"谁爱喝那种甜得要命的东西啊！"安腾把书包带从芝甄手里抽回来，在手里悠闲地甩着圈，"这样吧，我辅导一下你也不是不可以，但——前提条件是你要先完成我给你布置的作业。"

"好呀！"

根本没犹豫，芝甄答应了下来。

"好！那从今天开始。把你书包给我。"

根本不明白他要干什么，芝甄乖乖递过书包。

安腾拉开拉链，从里面抽出高二下册的英语书，翻到最后的单词列表，随手捏起了四张，对芝甄说："什么时候你把这几张的单词、引申词组全部背下来，再给我打电话。注意，不是死记硬背，而是听写、意思以及用法全部都要滚瓜烂熟。"

说着他从书的边缘扯下一条，写上了自己的手机号，往芝甄脑门上一拍。

"我先走啦！"

纸条当然无法自己粘在脑门上，立刻就翻飞下来。芝甄摊开双手去接，手舞足蹈地跟着往下蹲，硬是没接住。等她蹲在地上捡起那张字条再抬起头，安腾早就不见了踪影。

她抬头看了看英语书，又低头看了看膝盖上写着安腾名字的纸条，蹲在那里不住地双手搓脸。

感觉是个不可能完成的任务，那人一定是故意耍她的——一个自己这样想着。

但还是想试试，至少可能有下一次打电话的机会——另一个自己却这样想。

4

那个暑假芝甄的爸妈对于她的转变一头雾水却又欣喜非常。往年的假期她根本就在家待不住，作业都是压到最后几天再赶工，可她现在恨不得

128

连吃饭都举着书不放。爸妈简直想给那个提高班送锦旗。

只有芝甄自己知道这一切有多难。从前她也不是没有心血来潮想要好好学习过，可哪次不是没坚持多久就放弃了。挫败感是面墙，生物趋利避害的本能让她每次离墙一段距离就自动将注意力转移到其他方向了。

那四页单词她反反复复背了好几天，才终于能够做到怎么试验都不忘，然后立刻约见了安腾。还是那家快餐店，安腾变着花样考她，害得她差点马失前蹄。不过潜移默化间她发觉安腾给他讲了很多东西，比她在书上看到的更灵活一点。

"行吧，今天就先这样，"安腾活动了一下手腕，"去活动一下。"

射箭场里，他们找了个角落，安腾站在后面，让芝甄自己来。虽然射箭的动作已经是条件反射了，可安腾站在身后，芝甄不自觉就紧张了起来。她左左右右微小地调整着站位，手在握把上松松紧紧好多次。

安腾低头摸了摸眉毛："再不开始，我走了啊！"

他话音未落，芝甄的箭终于松了手。

九环。

她还觉得不算丢脸，扭头想要和安腾说"还行吧"，就听见安腾发出了一声："啧。"

芝甄立刻就炸了毛，在射箭方面她还是很有自尊心的。她立刻又取箭搭弦，誓要射出一次十环给安腾看看。然而就在这时，安腾从旁边伸过了一只手，握在了她的手上方一点点。

复合弓的握把也就那么大，芝甄下意识就想松手，谁料安腾喊了句："别动！"

她吓得一下握紧了弓，端起了肩膀。

安腾的手又向下移了移，半只覆在了芝甄的手背上，紧跟着他另一只手从芝甄的另一侧的肩膀上绕过，又轻轻捏住了箭尾。这样一来安腾整个人就覆在了芝甄的背后，虽然有意隔了一点点距离，可温度还是源源不断缠绕住了她。她一动不敢动，眼神失焦地看着前方。

"愣什么？"安腾并没有看她的表情，只是松开捏着箭尾的手，调转手腕在她脑袋上弹了一下，"你不用在意我，平时怎么来现在就怎么来，我看看你的轨迹。"

怎么可能不在意啊！芝甄越是想保持表面淡定，手脚就越是慌乱，箭一出去她自己就知道飘了。

七环。

她的脸立刻就红透了，咬着嘴唇不敢回头。

"你是用眼睛瞄准吗？"安腾歪头看她。

芝甄小声说："不然呢？"

"就算你视力再好，用眼睛能瞄到最中间的那环吗？"说着安腾再度抽出一根箭搭在弓上，这一次他的手用了力，整个胸膛也贴了上去，他在用自己的身体去校正芝甄的角度，"你要用你自己的身体去记，记住十环的感觉。"

芝甄多想集中注意力，可是她没办法，她的脑袋像一只开水壶，正嗡嗡冒着热气。她根本就不清楚究竟是自己在握弓，还是她已经变成了安腾手里的弓。

"你要把你自己和弓箭融为一体，拿你自己去找靶心。"

当安腾将下巴抵在芝甄肩膀上，她仅存的理智彻底崩盘了。就在这时箭轻轻飞出，记分系统随即喊出了她最爱听的那声——十环。

虽然芝甄很清楚安腾只是为了顺应她的角度，可她的脑中心中还是不由自主绽开了焰火，好似已经在庆祝这一次的——正中红心。

5

这个暑假对于芝甄来说太不一样，她就只有两件事可做，一个是完成安腾布置的作业，另一个就是泡在射箭馆里在安腾的注视下练习。

她渐渐习惯了那种注视，仿佛有经验加持一般，能把她的身体推正。只是时间长了，她就发现安腾在偷懒，她在兢兢业业地练习，安腾在背后偷偷摸摸玩手机。

芝甄眼珠一转，有了坏主意。她故意让箭脱了靶，然后甩着手小声喊了句："啊……"

"怎么了？"

安腾的微信发了一半，停下手，走到了她的旁边。

"抽筋了。"芝甄弯曲着手指，委屈巴巴地说。

如她所料，听完她的话安腾立刻捏住了她食指和中指的指尖。她咬着下唇，强忍着笑意，但眼神却仍不住往安腾的脸上飘。

"这两根是吧？我帮你捋捋，疼也不许叫啊！"

安腾抬头看了芝甄一眼，不知道是不是错觉，芝甄好像看到他的眼镜背后闪出了一丝诡异的光。还不等她点头答应，安腾突然捏住她的手指猛地抖了一下。芝甄看到自己的胳膊就像动画片里的触电一样，在半空抖动出了波浪线。

其实安腾用力是有准头的，她并不疼，就是吓了一跳。她揉着肩膀一脸莫名其妙地看着安腾，对视了几秒之后，她的莫名其妙就渐渐变成了心怀鬼胎，最后变成了不好意思。

因为安腾的脸上明明白白写着——小样儿，看你还装?!

"我，我好了！"芝甄摸着后脖子慌乱地左顾右盼，半天才想起去拿弓，"我继续……"

"行了，累了就休息一下，我请你喝饮料。"

安腾抓住她要去抽箭的手腕，虽然很轻很轻，但芝甄还是低下头，手指下意识圈着那只手腕转，嘴角控制不住地往上翘。

说也奇怪，在遇见安腾之前，她满脑门子官司，感觉人生艰难，满心都是现实与梦想冲突的悲愤。可自从和安腾熟起来，她莫名其妙就想笑，心思变得很淡很轻，细碎得自己都捕捉不到，可她却知道自己快乐。

他们为了清静，找的位置比较靠里，要走到前台需要拐几个弯，所以芝甄并没有看到安腾走到半截突然狠狠掐着额头扶住了墙。

可疼痛还在继续，迟迟没有消散的迹象，安腾眼前一片漆黑，他只能一点点蹲下去，将额头抵在膝上。

整个世界只剩下自己脑中血管突突突的声音，此刻安腾唯一的愿望就是芝甄不要走过来，不要撞见他这个样子。

好在视线渐渐清晰起来，虽然还是剧痛无比，但安腾强忍着掏出手机，这才想起自己刚刚发了一半的微信，字还打在输入框里。

是给妈妈的。

安腾犹豫了一下，还是把这句话补全，发了过去。

"我明天去医院。不过再等一个月再走吧，我真的有重要的事。"

发完这一条，安腾扶着墙站起来，缓缓朝大门口走去。

而在里面等着的芝甄终于感觉到时间过了太久，她跑到前台也没看见安腾的影子。她不明所以，立刻给安腾打电话，结果却是转到语音信箱。

一直笼罩在周围保护膜一般的快乐渐渐雾化成了湿漉漉的惆怅与担忧，渐渐坠落，很快就将芝甄的心打湿了。

6

那之后没过多久芝甄就开学了，一进入高三，一切都变得不一样了。而那天安腾在射箭俱乐部不告而别后，她再也没联系到安腾。

电话打不通，补习班也遇不到，后来她实在忍不住去隔壁托福班问，得到的结果是："安腾后面的课不上了。"

"为什么？"

"不清楚，但他本来就是要出国的，家里应该都办好了。而且他英语底子本来就不差，来上课可能只是巩固一下吧。"

知道了真相，芝甄却无法释怀，她觉得自己是傻了点，知道安腾念托福就应该猜到是打算出国的。但她确实没往那处想，她还天真地和安腾约定，要他去看自己比赛。

所以安腾突然消失，是已经出国了吗？可连一句告别都没有，难道不拿她当朋友吗？

因为太失落了，所以无法淡忘半分。

没有了安腾，之前的约定也就都不作数了，可芝甄没有荒废。她假装安腾还在，自己给自己留作业，做到了才能去练射箭。终归她不想被瞧不起，她希望无论安腾在哪儿，只要有一天想起来她，会看到她的比赛成绩很好，学习成绩也不差。

离比赛越来越近，芝甄抽空就去队里练习。自从安腾消失后，她每次射箭都感觉有个人在背后板着她的肩，那种感觉时常让她觉得毛骨悚然，却又止不住心酸。

"哎，芝甄，你后来又遇见过那个安腾吗？"一起训练时，之前她打过电话的那个朋友，突然提起了安腾。

芝甄的汗毛忍不住竖了起来，虽然控制住了表情，却还是脸颊发僵。

132

她想将和安腾在一起的这段日子包成一颗糖，藏在心底，不和人分享。所以她缓缓摇了摇头："没有。怎么了？"

女生将视线重新转回远处的靶子上，拉了个"唔"的长音，用讲闲话的语气说："也没什么，看见你就突然想起来了而已。我和你说过我爸爸是搞网站的吗？"

芝甄点了点头。她记得好像还是个挺大的网站。

"之前你不也说嘛，安腾是高考状元，接受各种采访什么的。结果前两天饭桌上，我爸突然提起他来，说其实一开始的那些宣传是个幌子，安腾高考之后没多久就被查出了脑肿瘤，国内做不了这个手术，但他家的经济情况，出国做手术有点吃紧。所以趁着他高考成绩好，他父母和媒体达成了一个约定，就是想先放出高考状元的宣传，然后过一段时间再放出得肿瘤的事，这样比较容易筹款。"

其实在听到"脑肿瘤"三个字时，芝甄的脑袋已经完全空白了，即使女生就在她旁边说话，她听来也像在山谷的那边，将她托到半空中与世隔绝的是她和安腾的那些回忆。

"结果安腾他们家突然改了主意，说不筹款了，也不让对外界透露得病的事。我爸还觉得挺可惜……"

女生自顾自地说完，才扭头看芝甄。而此刻芝甄的样子，却吓得她差点咬了自己的舌头。

芝甄站在那里，双眼空洞，整个人像木偶一样，可偏偏眼泪在无声地潺潺地流下，顺着下巴往下滴。

"你怎么了？喂……"

女生摇了摇芝甄，她缓缓有了反应，可一动嘴唇，哽咽立刻冲破了牙关，她终于号啕痛哭起来。

怎么了？她说不清楚。

说她自视甚高也好，自作多情也罢，可芝甄心里就是有一个疯狂的想法——安腾的不告而别，安腾决定不向外界透露得病，甚至连筹款都不要了，是不想让她知道。

是为了她。

7

距离比赛还有一个星期的时候芝甄开始给安腾的语音信箱留言。

她有一肚子的话要说，以至于每次拨电话前都要先平复情绪，才不至于说着说着露出哽咽的声音。但芝甄真正说出口的话却是十分轻描淡写，就好像仅仅是心血来潮。

"喂喂你是不是已经出国了啊，这个手机号还用吗?"

"我就快比赛了，这次你不来看一定是个损失!"

"话说自从我在功课上认真之后，我爸妈对我继续练射箭也不是那么反感了。"

"说到底还是得谢谢你啊，可是……"

可是，你人呢?

没说出来的话，在芝甄的心底绵延成了长长的破折号。

而此刻安腾刚刚接受完最后一次化疗，正在忍耐着化疗产生的副作用。其实化疗对他毫无意义，他一直是反对的，但做父母的实在无法忍受什么都不做。

征兆从很久以前就有，他的视力突然下降其实是肿瘤压迫的缘故，但所有人都以为单纯是眼睛的问题。听父母的话放弃射箭时他也不舍得，但那时他还是太自信了，他知道自己就算不去当一个运动员，也可以有很好的人生，所以他甚至都没有允许自己认真地难过一场。

他的性格如此，即使确诊了也还是参加了高考，即使只是要去国外做手术，他也希望能够将一切准备好。说得好听，其实他就是不想安安静静地等待最后宣判，就算注定要死，死前他还是想按部就班地过日子。

他就是这样的人，从来不懂得何为混日子，也很少有同龄人伤春悲秋的烦扰。

没想到的是最后的这段日子，他遇见了芝甄——他人生里除了生病之外最大的意外。

在陪着芝甄练习的时候，安腾才真正意识到自己原来那么后悔，他应该说什么也不放弃的，那么现在他至少会更开心一点。所以安腾无论如何都想芝甄可以得偿所愿，他希望芝甄的人生就算不辉煌，也没有大志向，但至少可以走在实现梦想的路上。

在此刻，安腾甚至觉得这比去治病更重要。

"妈，我想吃点甜的东西。"安腾突然对病床边的妈妈说。

化疗过程里他什么都不想吃，现在总算提出想吃东西了，妈妈忙不迭地出去买。妈妈出去后，安腾打开手机，开始听语音信箱里的留言。几十条，听了很久很久。安腾一直望着窗外，没带眼镜的他看世界一片模糊，可沉浸在芝甄的声音里，这种模糊也变成了温柔的同义词。

真是话痨。他笑笑。

去美国的日期就在一个星期后，也就是芝甄比赛那天。他计算好时间，看完比赛再赶去机场是来得及的。为了能去看这场比赛，他才答应下来这痛苦的一个月化疗。

"你可别让我失望啊。"

安腾对着手机说，却没有发出去。

8

比赛那天场馆里算不得热闹，毕竟只是市级赛。因为观众零零散散，所以那些座位可以看得很清楚，一直到比赛开始，芝甄环顾了几圈，安腾都没有来。

先团体赛，再个人赛，芝甄在自己的位置上稳稳站定，活动了一下肩膀。

背后推着她的人又来了，她感觉得到。

——你要把你自己和弓箭融为一体，拿你自己去找靶心。

——你尝试将靶子想成一个其他的东西，一个你一定要到达的目标。

——你的世界里只有它，其他什么都不存在。

十环、十环、十环……芝甄的成绩令所有人惊讶。她的教练完全不懂她的转变是因为什么，在教练眼里芝甄算不得一个很有天赋的孩子，心理素质不好，发挥始终不稳定。

可这一刻芝甄整个人化成一支孤注一掷的箭，朝胜利目不斜视地飞去。

直到教练过来拍她的肩膀，芝甄才醒过来，她微微抬起头，听着场馆里的掌声，视线一点一点变模糊了。然而就在她转身想要去和大部队会合时，恍惚看见楼上的过道墙边一个身影立在那里。

她使劲儿揉了揉眼睛，那个人却已经变成一个小小的背影。

芝甄立刻就想追，却被教练叫住："你要去哪儿啊？"

"教练，我有点急事，我能不能先——"

"至少也得等颁奖之后。"

是安腾，绝对是他。芝甄越想越确定。知道安腾还没走，她既高兴又不安。她总觉得错过了这一次，才是真正的告别。

可等她终于能离开，哪里还找得见安腾的身影。但是芝甄却发现安静了许久的安腾的微信，是一条语音。

"干得漂亮，没给老师丢脸。我要出国了，可能会有点忙，有空再联络吧。"

假如那刚刚真的是安腾的话——芝甄灵机一动——她只能去机场赌一把。

芝甄赶到机场时，安腾已经过了安检，正从传送带上拿物品。说不期待是假的，在过安检前的那些时间他一直忍不住左顾右盼，但现在他死心了。死心到听见了两遍他的名字，才回头看一眼。

但后面等着安检的人源源不断涌进来，他只能被推着更往里走。他看不见芝甄，却清楚地听见她的声音。

"安腾！我们约好未来再见！"

未来再见吗？——争取吧。安腾没有停下脚步，迅速用手机回复了一个："好。"

和安腾的这条信息几乎同时来的是教练让她快点回去，省队的教练想和她见一面。

站在安检警戒带外的芝甄，手中紧紧握着手机，用笑容将眼泪凝固在了眼眶里。

选自《花火》杂志2018年1月A版

作者

默默安然，短篇作品散见于《花火》《爱格》《鹿小姐》《小说绘》等。已出版长篇小说《只留旧梦守空城》《不存在的男朋友Ⅰ》《心上碎片》等。

评鉴与感悟

关于懵懂的年少岁月的关键词，我们往往第一时间想到的是进步、努力、梦想，但深究其背后的动力，有的人因为拥有远大志向，有的人因为亲人期许，但更多的人在青春时期都会遇到一个优秀的人，你因为那个人，才开始想要变得优秀。从此之后，优秀这个模糊的概念有了具象的模样，在你心里，那个人本身就是优秀的代名词，他/她无所不能，擅长一切你不擅长的事情，一如文中的学霸安腾。

《我们约好未来再见》讲述了伪学渣少女芝甄偶遇学霸安腾，在安腾的指导下，摆脱了学业和专业上的迷茫，在获得成功之际与安腾分开，怀抱着对未来美好的憧憬，两人约定未来成为更好的自己时再相见的故事。

这是一个青春励志故事，具有很强的现实意义。首先，女主的人设是在生活中很常见的一类人。他们有梦想，却懒于拼命达成目标；他们看起来很刻苦，成绩却始终不如人意；他们高不成低不就，处于不上不下的尴尬状态，是最容易被人遗忘的群体。他们其实比彻底的学渣还要迷茫。男主的人设是生活中精英学霸人群的代表。他们心性早熟，天资聪明，又肯下功夫苦练，早早地窥视到成功的秘诀，发现自己的优缺点，找出办法补足缺点，发扬优点。他们是别人家的孩子。这样的人设一相遇就很容易碰出激烈的火花。小说中借助学霸之口，给迷茫的伪学渣指点迷津，具有强烈的现实意义和借鉴性，能给正处于迷茫中的学子点亮一盏指明灯。

从人设方面看，两个人又是互补的。男主因为看事情太透彻，对于无法掌控自己的病情感到无力和挫败，因此在接受失败的耐性上其实并不如女主。而他在看到女主一次次受挫又不放弃时，重新燃起了治疗的勇气，获得了向死而生的力量。最终两人相辅相成，互相促进，殊途同归。

从影视化改编角度来看，青春励志题材一直都是市场大热且经久不衰的题材，如《你好旧时光》中男女主互相牵挂的美好情感，如《最好的我们》中为了男主而努力学习的女主，这些情节的设置妙趣横生，观众百看不厌，具有典型性。《我们约好未来再见》虽然篇幅较短，但胜在情感质朴真挚，在具备典型性的同时又兼具特殊性，作者扎实的文字功底将两人的情感延伸至文字以外，给了读者大量的空间和留白，让我们去想象和填充。正如网络上所说的"好的感情"，好的感情能让两个灵魂相惜，让我们成为更好的自己。

本文在两人分开处戛然而止，并未将两人的感情明确归为爱情，但两人这种互相牵挂、彼此鼓励的细腻感情，比平常人的爱情更加令人动容，作者将尚不明晰的悸动和执着转化为守护和守候，更具正能量。

（张琳）

启　明

/竹宴小生

半夜12点整。没有光，没有灯，只有漫漫长夜。

他关上实验室所有的灯，锁上门窗，手里握着剩下的唯一一把钥匙。这里是最高层，再往上就是楼顶，没有多余的路可以走。

半夜12点的空气静得可怕，听得见呼吸声、键盘敲击音，还有来自门外狭长走廊里急促的脚步声。

"出不去了！"脑海中第一意识滑过后，他直接躲在角落当中。

手里抱着电脑，手机没了信号，电脑更连不上内网。

黑暗中只剩下屏幕前微弱的光。

这个时间除了宿舍楼都没人，没谁能救他。现在只有两个选择，开门放人，以一敌十干翻准备冲进来的那群人，或者就冲上楼顶，运气好能找个地方躲起来。

门外的脚步越来越近，和拼命跳动的心脏频率接近。伴随着实验室的门被砸开，他闭了闭眼睛，咬牙在最后的几秒钟毫不犹豫地输入删除的指令。

然后握紧手中的匕首，没有犹豫，疯狂地奔向楼顶。

向前跑的时候他一直在问自己，明天和死亡，哪个会先来临？他花费了很多时间去构建一个与自己类似的独立灵魂，却不曾想象过自己被替换掉的这天。

他闭上眼，刀刃向前，等待太阳的升起。

风从远处而来，漫过山川河流，迎来黑夜星月。

最后穿过他的肋骨与血肉，掩盖罪恶落地的声响。

1

南浦大学人工智能学院。《智能识别在现代刑侦中的应用》。主讲人：许乘月。

在讲座开始十五分钟后顾云风终于赶到111号教室，低调地躲在后门左顾右盼。一小时前他接到金平公安分局赵局的电话，让他也去旁听许教授的课，并把许乘月请到他们刑侦队熟悉环境，尽快开展接下来与公安三所的合作项目。

顾云风不了解这个合作项目，对讲座的内容也完全没兴趣，只是单纯地服从上级命令，接手这个即将成为他们新同事的大学教授。

能容纳数百人的阶梯教室座无虚席，墙角还站着不少人。南浦大学是著名的以理工科为主的学校，不过此刻，这间教室里百分之八十都是女生，比例失衡得毫无天理。顾云风特意穿了件连帽衫，拉上拉链戴着帽子，想让自己看起来更像个普通学生，但一米八的身高让他在一群女生之间非常显眼。众目之下他搜索了好一阵，才在第三排正中央发现冲他眨着眼的舒潘和文昕。

"老大，您可算来了。"两人一副终于获救了的表情。"在等你来的时间里总共有三十六位美女询问我这里是否有人。"舒潘痛心疾首地小声说到道，"您再晚来一步，我就真的无法拒绝她们了。"

舒潘和文昕都是他的属下。舒潘毕业两年，一个毕业时就油腔滑调的小伙子，在历经刑侦队两年磨炼后依然油腔滑调的老伙计。文昕是今年刚毕业的新人，来队里才一个月，短发女生，平常挺活泼，此刻却一言不发，只满脸崇拜地望着讲台上的男子。

"行了，好好听课。"他挥挥手，"不然去墙角站着，把位置让给人民群众。"

说完他抬头去看前方的投影仪，刚好对上许乘月的目光。对方皱了眉，似乎对他的迟到挺不满意。

这位许教授去年年底刚评上副教授，二十八岁，两年间在SCI以第一署名刊登了五篇文章后破格提升，是南浦大学近三十年来最年轻的副教授了。评级期间他就成了学校里的焦点，还上了两次新闻和微博热搜。讲台前的他很严肃，五官清秀，拿着书的手骨节分明。因为清瘦，本人看起来有些弱不禁风。

"这几年随着智能识别准确性的大幅提高，人工智能已经大范围运用在案件侦破中。2012年，人工智能在复杂图像的识别中有了一次突如其来但巨大的质的飞跃，而现在，这一领域理论上已经达到了99.9%的准确率，在自然语言处理领域中对情感倾向的识别也达到了这一准确率。我们现在可以通过分析人类的微表情、言语措辞，精准判断出他的情绪和喜好，为刑侦时的走访及后期审讯提供最精准的判断。"

许乘月的眼神干净纯粹，他一直在用实例去解释过于学术的问题，但听起来还是——挺难懂。顾云风没听进去他讲了些什么，面对前方假装听课，其实两眼盯着讲台前的一个银色保温杯，不时抬手看看时间。

"而在去年，南浦市全面整合了监控系统，只需一张可识别的嫌疑人面部照片，就能在短时间内获取他在监控中的所有镜头，摒弃人工判断，直接智能识别。"

文昕坐得笔直，一脸迷妹表情，可大脑依然一片空白。她用胳膊推了下昏昏欲睡的舒潘，"你说市局干吗非要把这许教授塞到我们队啊？"

"为什么，因为只有我们队有副队没队长啊。"舒潘稍稍打起了精神，偷瞄了眼顾云风，小声说着，"为公安三所说的什么刑侦全面智能化提供一线试点，这项目要是发扬光大了，以后我们也得失业。"

"其他队里谁愿意干这种抢自己饭碗的事啊。"他摇晃着脑袋，望着正假装听课的顾队一声长叹。顾队这人吧，业务能力一流，身体素质一流，就是性格不够霸气，温和稳重派。

"说什么呢你俩。"顾云风像是猜到他所想，瞥了他一眼说，"这是顺应科技发展、人类进步。"

窗外空调的机箱嗡嗡作响，和不绝于耳的蝉鸣混成一团。南浦市的夏天总是万里无云，阳光普照。因为天太热，没有飞鸟，只有飞机。

今年年初南浦大学的人工智能实验室和公安部第三所达成了一项战略合作——城市智能刑侦系统，他们内部通常称为AI侦探。许乘月是人工智能实验室派出的科学家之一，挂名这个城市智能刑侦系统的负责人。公安三所那边为了深入了解刑侦过程的程序及细节，非要让他进到一线队伍里，直面现场，积累经验。

顾云风所在的金平区刑侦队就成了市局点名要与许教授合作的一线支队，说是无论大大小小案件都要带着他，必须知无不言，言无不尽。

这种小事他当然是不介意的，人家是学识丰富的教授，脑子肯定没问题。他们这段时间刚好人手不够，队里能多个劳动力。

昨天晚上顾云风加班到挺晚，没睡好觉，趁着中途休息赶紧在桌子上趴了一会儿。他把帽子套头上，脑袋枕在胳膊间，才摆好姿势，手机和衣服就振动起来。

他从兜里摸出手机，刚看清来电显示，手机屏幕就暗了下去。

又没电了，怎么就老忘记充电呢。

老秦很少给他打电话，这会儿找他，肯定是有要紧事。他犹豫了一下，还是从旁边桌子里扒出舒潘的背包，然后翻出他新买的还没设置密码的手机，迅速拨了老秦的号码。

"喂。小舒啊，顾云风呢？怎么没接我电话？"那边一个沧桑的大叔声音，没说几句话就咳个不停，一听就是烟又抽多了。

"是我，手机没电了。"顾云风把背包拉链拉好，放回到抽屉里。周围很嘈杂，他用手捂住另一只耳朵，才勉强听得清对方说什么。

"没电？又没带充电器啊。"那头的人抱怨了几句，然后说他们刚接到一个报案，在花南路一个垃圾桶里发现了一个人。

"垃圾桶？"他有点蒙，"真人？假人？"

前段时间他们也接到过类似的报案，报案人说下水道里有个人，不知道是死是活。他带着人火速赶过去，结果发现是个充气娃娃。最可气的是，那下水道异常狭窄，只要脑子正常就看得出来塞不下真人。

"是真人，男的，四五十岁，已经没气了。一个环卫工人报的案。"老秦说，"挺大的垃圾桶，能把我们俩都塞进去。我已经到现场了，一会儿你们都过来吧。"

"嗯，我先让他们俩过去，我还有事。"

刚挂断电话就看到舒潘睁着无辜的双眼盯着自己，他吓了一跳，下意识地转身望向讲台，许教授正被一群学生围着，戴了个眼镜，斯文儒雅。

"哎顾队，一会儿这讲座结束了我们是不是要去会会这许教授？"舒潘趁着中途休息去接了杯水，回来后积极提着意见。不过没多久，他就发现顾云风正在用的手机异常眼熟。

他立刻意识到那是自己凌晨3点爬起来，排了几个小时队刚买到的最新款手机。他就拆了包装摸了一下，都没有开机过！

"您手机是又没电了吗？不能每次都用我的啊……"

"没办法，事发突然。"顾云风直接把手机揣进自己兜里，"对了，刚刚用的时候不小心设了指纹密码，你要用还得找我解锁。"

说着他无视舒潘怨念的眼神，把那背包拖出来，直接塞到对方手里。他确实是无意的，打开手机第一步就是设置指纹密码，想都没多想就按下了自己的食指，回过神来已经晚了。

"后面这节课你们不用听了，你和文昕一起去花南路，又要开始干活了。"

"现在？"

"就现在。"他出了不少汗，卷起袖子，点头说，"刚刚花南路派出所接了个报案，一个垃圾桶里发现具男尸。你们先过去，我过会儿就来。"说完顾云风晃了晃舒潘的新款手机，"先用你的。有事我打文昕电话。"

"不是，这……"

顾云风瞥了眼欲言又止的舒潘，把车钥匙抛给他："怕什么，车给你开，手机会还你的。趁着现在还早，路上不会太堵。一会儿只能我自己去见许教授了。"

他抬头看了眼讲台，带着副黑框眼镜的许乘月手里拿一银色保温杯，将泡了枸杞的开水小心翼翼倒进敞口瓶盖中，小口小口喝着水，耐心向围了三层的学生解答问题。

这个场景有一种难以言喻的喜感。

讲座结束时已是下午4点，顾云风坐在第一排心不在焉装作翻书，终于等到教室的人群渐渐散去。他觉得自己在学校里晃悠有点显眼，毕竟是在社会上摸爬滚打几年的刑警，虽尽力掩饰，依然和旁边这些稚气未脱的大学生在气质上有所不同，就连比他大两岁的许教授，因为长年待在学校实验室，看起来也比自己年轻点。

整理下衣帽，他起身，径直走到许乘月面前，伸出左手自我介绍道："许教授您好，我是——"

"您是顾队吗？"

他发现许教授正盯着自己自然垂下的右手，目光如炬。他右手的掌心有一道不深不浅的疤痕，拦腰折断他的掌纹。

"我是。"顾云风笑着点点头，摊开右手掌，那道疤痕看着有点触目惊心，"小时候不听话，被我爸打的。"

2

顾云风刚刚没怎么听课，但一直在观察这许教授。他发现一个很有趣的事，许乘月上课几乎没有详细课件，也不看书，对着简洁得一塌糊涂的PPT能讲整整两个小时，其准确简练的用词与课本上毫无差异。

他这是把书都背下来了吧？头脑一流！就是人看起来太正经，显得无趣。

许乘月把拷贝好文件的U盘递给最后离开的学生，收起带来的电脑对顾云风说："昨天三所的领导跟我们实验室开会，说今天刑侦队的会来。"

"我看您也不太像学生，又故意留到最后，应该就是顾队了吧。"他黑色衬衣上别了枚银色的学校LOGO，衣袖都熨烫过，没什么褶皱，左手手腕戴着VCA皮埃尔系列的玫瑰金手表，右手依然握着他那银色保温杯。

画风瞬间从学术精英变成了养生老干部。

许乘月虽然戴着眼镜，但镜片一看就没有度数。顾云风有点奇怪，也没多问什么，他递给许乘月一张工牌说："这是我们队临时的警员证，有效期一年，您先用着。具体的情况市局和三所应该已经有过介绍，后面您需要和我们支队一同出外勤，您要是有空，就尽量过来。"

对方接过证件，仔细看了下自己的照片，点点头说："没问题。"

"那现在有空吗？"他急切地望着对方，有点担心案子来得太热情，把对方吓到。

"这么急？"

"刚刚才接到一起报案，案子归我们队管。"顾云风一脸遗憾，"所以许教授见我的第一面，就得跟着出外勤了。"

听到这个消息许乘月并没有什么特别的举动，抬手看了眼时间，刚好4点，嘴上说着刚好今天的课都结束了。

他还是一脸淡漠，没多少情绪。顾云风有注意他的表情，从最开始讲课到现在突如其来的外勤任务，许乘月脸上的表情绝不超过三个。

看来是个面瘫。

车钥匙给了舒潘他们，顾云风只好坐许教授的车去案发地点花南路。车里一直循环放着几首歌，甜美女声，听声音演唱者是同一个。

"这歌挺好听的，歌手是谁？"堵在中环时顾云风百无聊赖地找着话题。他坐在副驾驶位上，盯着后视镜中遥遥无尽头的车队。南浦大学距离花南路大约二十公里，他们的车才开了十分钟，紧接着就在中环上堵了半个小时。

"一个女团组合，叫AIR，最近热度挺高，这是她们上月刚出的专辑。"

"哦……"他看着导航上的预计花费时间从三十分钟变成四十分钟，再到现在的五十分钟。歪着脑袋问，"那现在这首叫什么？"

"这首是主打歌，《爱要无限大》。"

这几年音乐市场一直不景气，顾云风很少关注娱乐八卦，这个AIR他也没听说过，于是拿着舒潘的手机搜索了一下，才知道是几个十七八岁的小姑娘，去年开始出现在大众视野，长相可爱，声音甜美。前几天女团里有个女孩参加了今年的高考，网友们津津乐道地讨论着这姑娘能考上什么学校，整整两天都霸占着娱乐版头条。

到达花南路时已经是下午5点，那片荒无人烟的民宅前停了五六辆警车，有几个看热闹的围观群众站在警戒线前左顾右盼，没过多久就被直接请走。

"许教授以前有去过命案现场吗？"

"没有。"这是他第一次接触刑侦治安方向的课题，他跟在顾云风身后，跨过警戒线，走向未来。

跨过去的那一刻他知道，现在，接过警员证的许乘月也成了金平区刑侦支队的一员。他走向的，是未来需要被重新定义的死亡与新生。

"没去过啊……那你可以离远一点。"

许乘月摆摆手，"没关系，我对这类场景，天生免疫。"

他是真的天生免疫，高温下被塞进垃圾桶的尸体散发着恶臭，表面已经开始有蛆出现，他倒是面不改色，戴上手套蹲下身仔细观察起伤口。这些天他背了几本刑侦方面的书，他没经验，只能先看下书，避免自己像个白痴一样给别人添麻烦。

"顾队您终于来了啊。"舒潘看到他们过来，激动地要跳起来，伸出手要讨回他被顺走的手机。

顾云风戴上手套，仔细辨认着死者已被损坏的脸。死者为男性，年龄在40—45之间。尸长171cm，估计实际身高接近175。他检查了下四肢，双手手背手心都有明显伤口，伤口为利器所致，腹部和肩胛处共有两处刀伤，腹部伤口深约4—5厘米。

"现场什么情况？"他问。

"嗨，整个人被塞进了垃圾桶里，头朝下脚朝上，技侦处理好后已经把尸体拖出来了。"

"老秦呢？"给自己打了电话却没见着人。

"老秦回去了，说要接孩子。"

"这不是许教授吗！"舒潘一眼认出尸体旁蹲下身仔细观察的许乘月，"几个小时前，我也在教室里听您的课呢，不过有案子来了，顾队就让我们先走了。"

"您看看这是个什么情况啊?"

听到有人叫自己,许乘月愣了一下,实在对这冒冒失失的小伙没什么印象。他随即不好意思地摇摇头,"我就是一教书的,刑侦方面是外行,不然怎么来支队学习呢。"

"不过……我看他手上挺多伤,死者和凶手发生过激烈的搏斗吧?"

受害者现在平躺在铺了隔热层的地面上,他检查了下尸表情况,明显伤口共八处,其中六处都分布在双手上。

"而且,这刀伤并不深,出血量也不致死。"

"我说的正确吗,顾队?"许乘月抬起头问。

"嗯,没错。"顾云风蹲下身翻了翻,"死者双手除了刀伤外还存在表皮脱落,他用受伤的双手抓取过外物。"说着解开死者的衣领,"他的颈部有多条垂直于勒沟的抓痕,显然死因并不是失血过多。面部淤血,肿胀,存在水平环状绕颈勒沟,死因初步可判定为机械性窒息。

"死者身体健壮,身上只有两处非致命伤,看来凶手身手不行啊。"

看起来搏斗中行凶者对自己所携带的凶器一度失去控制权,从而采取了另一种方法杀死受害者。

"那凶器……"

"这个等具体的尸检结果吧。从这伤口看,可能就是普通的水果刀,使用的勒索……应该是麻绳?"

都是很普通的工具,能直接用水果刀去伤人还被对方空手夺刀,凶手很大概率是激情杀人,事前并没有做好充足的准备。

一阵热风吹过来,垃圾的味道混着尸体腐败的气味,把旁边一只瞎转悠的流浪猫吓得拔腿就跑。

南浦市最近几天昼夜温度都在30℃以上,味道也比平常更大一些。这处民宅过一年就会被拆除,现在这里没有任何人居住,路过的人也很少,找到目击证人希望渺茫。

"从现场尸僵情况看,死亡时间应该在24小时以上。这里发生过激烈的搏斗,但尸体附近又没有搏斗痕迹,一定是抛尸咯。"顾云风检查了尸斑的痕迹——激情杀人,毁坏尸体面部特征,转移尸体掩盖真实案发现场可能存在的证据。

147

"文昕,这附近有几个监控?"他转身问不远处穿着浅色制服的短发女孩。

"一公里内两处。"文昕跑过来,手里拿着个十年前流行的那种硬壳笔记本,"以尸体所在地为中心,向南200米处有一个监控,向北300米有一个。"

"这里一直没怎么开发,后来又面临拆迁,监控覆盖面不太够。"她解释说。

"那就扩大面积。"

这片地区待拆迁的房屋大约有二十多栋,都是两三层高的私宅,藤蔓沿着屋檐爬满墙面。这里离市中心二十公里,旁边还有大片农田。

私宅没有小区的概念,周边配套设施也欠缺,街道两边零零散散地分布着几个一米多高的垃圾桶和形单影只的路灯。

死者就是被头朝下塞进了中间某个垃圾桶,下午垃圾车经过这片区域,清理垃圾桶时,他的尸首才被人发现。

而报案人是跟垃圾车的环卫工人,据他所说,垃圾车每天会在下午两点左右按既定路线清理这一片区的垃圾桶。昨天下午这边一切正常,所以肯定是在3点他和垃圾车的司机离开后,凶手才把尸体转移到了这里。

"还有,直接去比对有犯罪记录人员的DNA,死者身上有多处旧伤,可能有前科。"

"是。"

顾云风抬头看了眼夕阳下沉的天空,天空层次分明地变着颜色,电线弯弯曲曲地胡乱缠绕着,上面停了不少麻雀。这类案件在凶杀案中算是比较常见,只要确定死者身份,就解决了一大半。凶手多半与死者有纠纷,调查死者人际关系,再找到第一现场,就能获得完整的证据链。

他脱下手套按了按颈椎,抬头的时候突然发现远处三三两两的人群里有个女人一直注视着自己,也注视着一旁同技侦人员交谈的许教授。

她带了一顶黑色宽檐的沙滩帽,遮住了半张脸,身穿红色丝绒上衣加黑色长裙,站在夕阳里,树影下。

8点左右现场勘查基本结束,街边一排路灯就亮了两三个,光线还忽明忽暗。顾云风提议一会儿回支队继续加班,说晚上鉴定结果基本就能出来，早日结束这案子还能让他们安心"摸鱼"。

他喜欢有什么事就赶紧做完，特别是不难的事情。

"不是，我们习惯了，当然没意见，但人家许教授……"舒潘立刻找到了新的理由。

"您抽根烟不？"说着他还递给许乘月一支烟，对方只是微微摇头拒绝了。

"哎？您跟顾队一样不抽烟啊，不会也从不喝酒吧？"他们这一行，压力大又常常昼夜颠倒，酒不一定人人都会喝，但烟基本是标配。所以顾云风是个异类，他不仅自己不抽，还不允许周围人在他面前抽烟。

"许教授现在不能喝酒，当然也不能抽烟。而且，依照医嘱，他需要在晚上10点前休息，所以很抱歉，他不能和你们一起熬夜了。"凛冽的女声在身后响起，她取下帽子，乌黑的长发滑过耳后，落在肩上。

这是一个多小时前就在此处注视他们的女人，瞳孔清亮，皮肤白皙，在顾云风眼里算是十足的大美女。她在室外这种高温下一直等到晚上，额头上的汗珠划过脸颊，被她轻轻用手抹去。

"西子？"许乘月露出个有点惊讶的表情，跟她打了招呼，"你怎么来了？"

"我听陆教授说你去现场了，有点不放心，就过来看看。"她用怀疑的目光打量着现场几位警官，用胳膊夹住帽子，从手包中拿出一包湿纸巾，递给许乘月。

一只蝴蝶扇着翅膀飞到她发梢上，大概是被她周身的香味吸引。

"小姐，你可以放心，我们是警察，不会让许教授遇到什么危险的……"顾云风有点无奈地揉揉太阳穴，随手帮她拿过黑色帽子。

"你们可能不太了解乘月的情况，他现在身体还比较虚弱，这几天天气挺热，我就不自主地开始担心了。"说完她紧绷的神经松弛下来，露出一个标准的微笑。

"我是应西子，乘月的家庭医生。"

3

挂钟的指针指向10，键盘的敲击混合着纸张翻阅声。空气中弥漫着咖啡、普洱和泡面的味道，但没有烟味。

"文昕，我之前让你整理过许乘月的资料，他有过什么重大疾病吗？"回到支队顾云风依然对那位家庭医生的话念念不忘：不能喝酒，不能抽烟，晚上10点前必须睡觉。规律精准的生物钟，健康乏味的生活习惯，活脱脱一佛系中老年男子。

"也不能说是重大疾病……"她想了几秒说，"一年前许教授遇到一起意外事故，受了重伤。"

"什么意外？"他吃着刚送来的加班餐，一荤两素加个汤，米饭有点硬，要不是没时间做菜，他肯定选择自己带饭。

"那时候许教授刚留校任职，还是普通讲师，在去年3月16号的晚上，他们师门聚餐，吃完饭后他回了实验室，因为想看星星就去了实验室的屋顶，结果风太大，不小心失足坠楼了。"

"看星星？风太大？"顾云风没忍住，笑了出来，"这是别人传谣的还是真事？"

"真事。"她迷茫地说，"许教授自己说的，还能找到采访视频呢。"

"他是文艺青年吗？"顾云风摇了摇头，"这就是单身狗一个人玩浪漫的惩罚，上天都看不下去了，派来一阵台风。"

文昕拼命点头，然后睁大闪闪发亮的双眼，"顾队，你怎么知道许教授单身？"

"不单身怎么敢让一美女做家庭医生呢？看起来也不是他女朋友。"

"那是顾队你正直，有些男人就喜欢这样做。"文昕一脸鄙夷地撇着嘴，"不过我也觉得许教授不会这样。"

"坠楼之后受伤严重吗？"

"很严重。他从实验室屋顶摔下去，楼层不高，三层。"

"三层楼的屋顶，相当于四楼了。"

"对，而且运气也不怎么好，颅内出血，昏迷不醒，送到医院没多久基本停止呼吸，直接被医生宣布脑死亡。"

听到"停止呼吸""脑死亡"几个词，顾云风惊愕地瞪圆了双眼，扯了扯嘴角，难以置信地放下筷子。

"脑死亡不就是真死亡了吗？有心跳无呼吸。"他对自己刚刚开的玩笑有点抱歉，"许教授现在能活蹦乱跳的，是手术后出现了奇迹？"

"是啊，许教授的主治医师没有放弃抢救，后来经过二十几个小时的手术，他恢复了呼吸功能，过了一个星期就醒了。"过去因为脑死亡在黄金二十四小时内抢救成功的人，很大一部分长久地陷入沉睡成了植物人，在确认脑死亡后被抢救过来，又在短时间内清醒的许乘月，可以算是奇迹中的奇迹了。

"不过有一件事很奇怪。"文昕侧过身小声在他耳边说，"这是听我鉴定科的师姐说的，许教授不是醒来后向警方描述了他坠楼的经过么，说自己当天聚餐喝多了酒，迷迷糊糊地跑到屋顶看星星，一脚踏空，才发生了意外。"

"但是啊，鉴定血液的酒精浓度后，师姐她发现，许教授根本没有喝酒。"

"嗯，这比较符合他的生活习惯，烟酒不沾。"顾云风解决掉面前的盒饭，准确无误地扔进两米开外的垃圾桶。

"所以，他肯定是隐瞒了什么事，不过碍于当事人证词，师姐的鉴定结果没写进去，其他人都不知道。"说着文昕还点开微信，把师姐发给她的消息拿给他看。

"是有点奇怪。"顾云风翻着聊天记录，不小心就瞟到些奇奇怪怪的八卦，甚至还有关于他的。他装作什么都没看见，点点头默认她的猜想，心里吐槽着，哪里是其他人都不知道，你还是知道了啊，指不定你的师姐还跟多少人说了这故事。

"然后的事情大家就都知道啦，许教授评上了副教授，连发好几篇 ISCS 还是什么 SCI……现在就来我们一线锻炼了。"

"啊啊——"文昕张开手臂伸了个懒腰，"生病也有生病的好，这不，人家现在都回去睡觉了。"

这丫头……顾云风随手卷起几张白纸轻轻敲了敲她的脑袋，"知道你们辛苦了，一会儿死者的 DNA 结果出来后，就放你们回去，明天可以晚点来。"

"哦哦顾队万岁——"她开心地在原地转了个圈。

一旁舒潘急匆匆地走过来，冲顾队招着手。他嘴里叼着根没点燃的烟，看到顾云风皱起眉，火速取出那根烟塞进裤兜里。

"老大老大，我刚刚碰到法医室的徐老师，他说死者的DNA鉴定结果出来了，邮件发给你了。"

他小跑着围上来，看着顾云风打开邮件，"真像您说的，这人前科不要太多，总共进去了六次，盗窃诱拐伤人抢劫，坏事都快做尽了。"

经过DNA比对，死者名叫关建华，外省人，年龄42岁，二十多年前来到南浦市打工，第一年就因消极怠工被开除，此后走上了偷鸡摸狗专门破坏社会稳定的道路。

"关建华最近一次入狱是四年前，罪名是电信诈骗，四十五天前刚刑满释放。"顾云风仔细浏览着此人的所有犯案记录，第一次入狱是二十年前，打架斗殴造成他人重伤，判了两年，后面还有抢劫和诱拐案，诱拐案判了十二年，最近的诈骗四年。

诱拐案……他点进去仔细阅读了案情，果然是十八年前的那起。

可以说，关建华这二十年就是在监狱中度过的，每次刑满释放，不到三个月就立即被捕，真心是把监狱当家，不用工作，光在混吃等死。

"能调取到关建华的通话记录吗？"他放下鼠标问。

"这家伙断断续续关了二十年了，和社会严重脱节……调不到。"

"他就没用过手机？"

"哎，就是这么回事。"这人当真是把日子活在了二十年前，此后的时光一切停止，有的只是罪恶的痕迹。

"那我得跟赵局说一下，申请调取关建华出狱后的所有监控录像。他见过什么人，去过哪里，做了什么事情，都得查清楚。"南浦市做了监控联网后他们的工作方便了很多，一张清晰的面部照片，就能取到此人一个月内被监控摄像头拍到的所有影像。通过监控影像，就能迅速获得对象近期的社会关系及行为轨迹，大大缩短走访所需时间。

不过这个存放历史影像的数据库，访问权限目前仅属于公安部三所。

顾云风拨通了打给赵局的电话，也许是太晚了，一直没人接。

权限审批需要经过一系列复杂的手续。第一层上报金平公安分局的赵川局长，第二层上报到市局，再经由市局领导审批后报到省厅，过个五六

152

层最终才能联系到三所领导层。

短则三五天，长需一个月以上。这不算什么复杂的案件，花费这么久的时间去申请可能并不需要的东西，也许是得不偿失。顾云风起身，倒掉没喝完的咖啡，准备回家睡觉。

走出支队大门时却突然想到，作为公安部信息科技项目孵化中心的公安三所，大部分课题都是和高校实验室共同研发的，而南浦大学的人工智能实验室，就是与它合作最紧密的高校方。或许，许乘月他们也拥有这个权限吧？

百花街2306号，南岛嘉园19楼。

南岛嘉园是许乘月居住的小区，内环的中高档小区，距离南浦大学老校区只有二十分钟的步程。

十五年前，他和父母搬来这里，这么多年过去了，这两居室的房子里也只剩下了他自己。

"西子，以后遇到这种情况你不用来的。"

今天的夜晚没有月亮，只看见一颗耀眼的长庚星。许乘月关上门窗，泡了两杯柠檬水。到处转悠着打扫卫生的扫地机器人转着圈回到角落，智能空调自动调节到人体适宜温度。

"以后我也会和支队的警官们长期相处，你这样——"他停顿了一下，"我会很尴尬。"

虽然身为智能识别领域的专家，但在刑侦方面他是彻彻底底的新人。一个亟须学习的新手，不跟随团队，而是随心所欲擅自行动……按照他的判断这是错误的做法。

"尴尬？"应西子有些疑惑地皱眉，在客厅的黑色真皮沙发上坐下，随即轻声叹息，"也是，我只是你的医生，没有权力管太多事。"

电视里放着法制节目，气氛营造得有些吓人，她伸手去拿书架上的遥控器，却看到里面满满一排刑侦类书籍，封面复古，书页老旧。

"科学家，你怎么也开始看实体书了，还是放着做摆设？"她问。

"遥控器是摆设，书不是。"他调到最新的热剧，"这些书是我爸以前的宝贝，前几天刚从箱子里翻出来。"

应西子停在书架前，认真仔细地看着里面多出来的书。

他其实不太习惯和这个女孩子同处一室，倒不是性别的问题，只是单纯觉得她看自己的眼神怪怪的，有时候陌生，有时候又饱含深情。

"看什么呢？"她伸出手在他眼前晃了晃，"伸一只手臂，我需要给你抽血。上次抽血还是一个月前，这几天有点忙，差点忘记了。"

"晚上抽血？"

"不测血糖和肝功能，早晚都一样。"说着她从带来的箱子里取出试管针头和其他必备医疗用品。

"你是最近有什么事吧？"许乘月把左臂的衬衣袖子弄上去，握紧拳头平放在桌面上。实木桌上摆了个透明花瓶，里面插满了白色康乃馨、紫色洋桔梗以及几朵深红色冒充玫瑰的月季。这是应西子订的，每周会送一次鲜花，他猜这大概是女孩子才喜欢的东西，他本人是一点兴趣都没有。

"还真让你猜着了。"她严肃的脸上突然露出了笑容，音色也变得柔和，"我爸妈后天要去北京出差，一家生物科技公司邀请他们去讲课，我也会跟着去。"

"今天如果不把你拉回来做个全身检查，后面在北京的大半个月我可没办法安心。"说话间她完成了静脉抽血，开始接下来的各种身体检测。许乘月配合着她的工作，心里却不明白这么频繁的体检有什么必要。

明亮的灯光下女孩子专注地记录着各项数据，她脸上精致的妆容因为下午室外的高温曝晒逐渐褪去。应西子是一年前陆教授介绍给他的家庭医生，说是介绍，其实是被迫。他不觉得自己身体有什么问题，但在陆教授的坚持之下，只好勉强答应。

毕竟——她的父亲应邝是自己当年事故后的主治医师，是他的救命恩人，在二十四小时内将他从死亡的边缘拉回。他的女儿做什么，都是对的。

"好了，明天验血结果就能出来，我会发一份给你。我不在南浦的这几天……"

"按时吃饭，准点吃药，晚上10点就要睡觉。"许乘月背书一般念出这段话。应西子给他开的药，多是些刺激神经的非处方药，以保健功能为主。

"行，那一会儿我就先走了，有什么事情call我。"她满意地点点头，收拾好带来的医药箱，背着深蓝色的怪兽小包跟他说了再见。

但在离开前她忽然看到玄关处挂着一副相片，那是自己父亲和许乘月的合照，照片上的许乘月刚从昏迷中苏醒，目光凝滞，她的父亲笑得有些苦涩。

"乘月，这张相片你什么时候挂上去的？"她伸出左手，指尖拂过相片上两人的眉眼。许乘月那时候刚从死神手里逃离，短暂性地失去了五感，像个被掏走灵魂的躯壳。而当时的父亲，经过二十四小时不眠不休的手术，累得满脸沧桑。

他们在这样的情况下拍了这张照片。

"前天，收拾房间的时候突然看到，就买了相框装裱起来。"

许乘月走到玄关，也看着这张生死之际的合影。那时候的他就像一个刚刚苏醒的婴儿，在地府走了一遭，喝了半碗孟婆汤，却幸运地被拦在了鬼门关。

"去年那件事故，你真的是失足坠楼的吗？"转过身，她凝视着他的眼眸，仿佛在期待对方有什么不一样的回答。

"你真的会喝酒吗？真的……会跑到屋顶上看星星吗？"

但她又一次失望了。他只是诧异地看着女孩，重复着在警方和所有人面前说过无数次的话："是的。我不会骗人，永远不会。"

高跟鞋的声响在楼道中渐渐远去，空气中还隐隐弥漫着蜜桃的香水味。

应西子每次并不会在他家逗留太久，毕竟他一个人住，孤男寡女容易说不清楚。他一口饮尽泡好的柠檬水，重复回放着她刚刚的神情。

许乘月将近三十年的人生中绝大多数时间都埋头于科研，他有着极强的学习能力，却难以揣测他人的心思。他隐隐约约感受到了应西子刚刚的失望，可事实就是那样，那天发生的事情他记得异常清晰，不可能去说谎。

只是，她为什么希望自己不是意外坠楼呢？

节选自长篇小说《启明》，晋江文学城2018年6月首发，尚未完结

作者

竹宴小生，中国作家协会会员，青年编剧，山西文学院第五届优秀签约作家代表。代表作有《白露为霜霜华浓》《天后进化论》《亲爱的鸵鸟小姐》等。

评鉴与感悟

科幻小说，一直是小说发展长河之中一颗璀璨的明星。而在主流科幻小说里，又大体分为两类。硬科幻小说，在行文当中强调科学技术，突出科幻的理论性，并以此来推动故事情节的发展。相比较之下，软科幻小说则更着重于幻想的成分。作为近年来科幻小说的重要分支，它们饱受青年读者的喜爱，大多以科幻的因素作为故事成立的前提条件，但在根本上，仍通过优质的结构和情节来取胜。

软科幻小说大多以用幻想的形式，表现人类在未来世界的物质精神文化生活和科学技术远景。而随着科技的不断发展，科幻小说也承载着人们愈发缤纷的梦想，伴着读者在幻想的世界里自由飞翔。

由青年作家竹宴小生所创作的长篇小说《启明》，正是一本软科幻刑侦佳作。该作的背景设置在近未来的年代，一场不被当代社会伦理所允许的秘密AI实验，两个为执着于追寻真相的青年侦探、实验者、警探，以及隐藏在后的黑暗力量，三方势力的周旋，在2023年的一方天地之间悄然展开。

小说采用了双男主以及双故事线的叙事方式，视角开始于许乘月的一场坠楼意外。他因未知的原因从所属的实验室楼顶坠下，经过医院的会诊抢救，他奇迹般地苏醒。然而，真正导致这意外事故的原因却在许乘月的心中，成了未知之谜。

手术一年后，许乘月成为AI侦探项目的负责人，进入金平区公安分局的刑侦支队，以临时警员的身份参与案件侦破工作，遇到了直系上级顾云风。两人之间产生了微妙的化学反应，在调查案件的同时，两人不断加深对彼此的了解。而顾云风受托重启调查许乘月的坠楼事件。至此两个男主聚头，双线的结构正式启动。顾云风和许乘月此类的男男组合，在近年来的小说市场上饱受欢迎，实际上这种搭配套路能够追溯到推理小说的始祖《福尔摩斯探案集》之中。

而在《启明》一文中，随着秘密被慢慢地揭开，两个青年干探的命运也不断交织在一起。由于双男主设置，作品必须对人物心理和成长变化有良好的把控力。这一点上，青年作者竹宴的发挥极佳，在她的笔下，两位男主，一静一动，性格互补，在探案和冒险的过程之中，因屡次的并肩作战而不断试探磨合，培养彼此的默契，最终达到巧妙的情感平衡。其人物的成长和变化，于克制之中带有十足的细腻，形象立体，深入人心。

读至结尾，读者往往会陷入许乘月的选择之中，试图为整个故事写出一个属于自己的完美结局，这正是优秀科幻作品的魅力。优秀的科幻小说也像优秀的浪漫主义作品一样，扎根于现实，反映现实中的矛盾和问题。恰如本作之中，主人翁许乘月在逐步接近真相的过程中所面临的身份认同危机一样。我是谁？从何而来？到何处去？这三个关键的问题似乎不仅仅是纠缠在小说角色身上的阻碍，更是值得每一个当代人去思考的哲学思辨。

合上书页，当主人公做出了他的判断，故事外的我们又是否能为自己的抉择无悔？（吴雨晴）

民国篇

醒来甚是爱你

/哑树

1

蒋初微初到昆明时，这里刚下了一场大雨，密实的雨将昆明城的草木淋了个干净，饱胀的花骨朵在分中摇曳得分外动人。

时值惊蛰，加上下了一场春雨，冷风无孔不入地钻进毛孔里，直让人跺脚呵气。偏偏蒋初微着一件单薄的蓝阴丹士林旗袍走在拓东路的大街上。一位白族姑娘挎着花篮，里面整齐地放着缅兰桂，花朵呈半微黄，衔着晶莹剔透的露水，好看极了。

"都说昆明是花城，果然是这样，"蒋初微俯身拿出一朵花别在耳朵里，"连北京的把兰儿都有。"

跟在蒋初微身后的丫头小秋拿着一件衣服满脸着急："是是，初微小姐快把衣服穿上吧，可别受凉了。我听说西南联大的女大学生最时髦的打扮就是一身阴丹士林旗袍搭红色套头毛衣了。"

蒋初微正想拒绝，听到这话眉眼露出笑意："是吗？那我穿上。"

天空渐渐暗下来，被铅灰色的乌云压住，眼看山雨欲来。小秋急急地把毛衣递过去，这时她们两人身后传来一句漫不经心的低沉的嗤笑声。

蒋初微扭头一看，对方牵着一匹枣红色的瘦马，穿着一件干净的白衬衫，下摆扎进一条猎裤里，脸上的表情似笑非笑。

"你笑什么？"蒋初微瞪他一眼，细细的眉毛挑起，在这张白皙的脸上倒添了几分潋滟之意。向雁名不语，一手抄进裤兜里，淡淡地打量眼前的小姑娘。

蒋初微剪了一个时兴的齐耳短发，耳朵上别着一朵淡黄色的小花，一双盈盈眼眸中蕴了三分水色，偏斜着眼睛瞧他。

向雁名见她脸上渐露恼色，右手虚握成拳在嘴边轻咳了下，脸上恢复了正经的神色："姑娘，刚才不好意思，我是刚来昆明城的，你可知道映时春饭馆在哪？"

小姑娘一听，喜上眉梢，看来自己看起来还是挺像当地人的。她也没去计较方才的不悦，伸手拢了下衣服，大方地说道："映时春在武成路，你要是想尝昆明的至味……油淋鸡，热油灼熟，收汁出锅，沾上花椒盐，皮酥肉嫩，我还没——"

"你去品尝吧。"蒋初微性子急，幸好到嘴边的话在舌尖打了个转及时圆了回来。

向雁名扯了扯嘴角，轻声道谢后牵着瘦马迈着长腿离开了。

街上熙熙攘攘，卖糖人的老人在锅炉前忙活着，亦有卖豆花的老太太笑眯眯地吆喝着，惹得小孩拉着大人不肯撒手。蒋初微看着那个瘦高的身影渐渐缩成一个点，渐渐消失在视线中，不由得轻呼一口气。

其实那些昆明的特产、至味之类的都是蒋初微从书上看来的。她初到昆明，当初不顾家人反对来到云南，还特地买了硬座乘坐绿皮火车一路从北平赶来。

1937年，日寇全面侵华，平津沦陷。次年，清华、北大、南开被迫南迁，成立了这座国立西南联合大学。蒋初微一向崇尚自由民主，只有她自己知道，当时被西南联大录取的时候是有多兴奋。

2

蒋初微去联大报完名没多久，就被父亲叫回了翠湖旁的一处旧居。蒋初微开门而进的时候，蒋父正在院子里喂鱼。透明的玻璃鱼缸里放着一把鲜绿的水草，小鱼吃饱了后停在水草旁晒太阳。

院子里一树梨花开得正娇，洁白的花一小簇一小簇地绽放着，花香自来。蒋父穿着一身素衫，语气还算温和："一切都安置好了吗？"

"嗯，已经报完名了。"蒋初微接过父亲手里的小漏网。

蒋父双手背在后面，语气停顿了一下："滇涵运输方面出了点问题，我得亲自过去一趟。你也别去住那宿舍了，住在甘熙居就好。"

"可——"蒋初微试图劝说父亲，却被他大手一挥给止了下来。

几只麻雀停在梨树上，一声声清亮的叫声划破了此刻的平静。蒋父轻咳一声，继续道："向家老幺你还记得吧，与你有娃娃亲的那个，他现在在西南联大担任物理助教一职，等下带你和他去吃顿饭，以后有什么事可以找他……"

蒋初微带着几分恼意："我不要，现在是民主自由的年代，谁还认这娃娃亲一说。"

"我和向家人都认。"蒋父的语气不容置喙，"你赶紧换件好看的衣裳，待会儿我们就去。"

蒋初微鼓着脸回屋换衣服去了，纵使她再怎么主张自由，但她不会当场与父亲起争执，因为她很敬重父亲。自从战乱之始，在小家和大家之间，蒋父义无反顾地选择了后者，在云南待了好几个年头，一直负责运输这一块。

一切收拾完毕后，蒋父带着蒋初微来到正义路近文庙街交叉处的兴记。蒋初微还未好好逛过昆明城，一想到美食在前，先前的不快早烟消云散了。

兴记招牌立在门前，许是风霜的浸染，部分朱红色的油漆已脱落，可这依然阻挡不了饭馆的好生意。蒋初微被领进一个有着松烟翠竹图案屏风围成的小包间。

蒋初微率先看到的是对方利落的下颌线，视线往上一移看到那个熟悉的冷峻脸庞。她待在原地，竟挪不开半分步子。

桃木桌上摆着向雁名泡好的雨前茶，热气从紫砂壶中飘出来。蒋父推了推自己女儿，示意她赶紧入座。蒋初微这才反应过来。

向雁名主动伸手问好，两人寒暄了好一阵子这才坐下来。向雁名着一件双排对襟衬衫，露出精致的锁骨，显得愈发气质卓然。

蒋父推了推身旁的人，笑笑："这是小女。雁名你还记得吧，小时候你还抱过她……"

"父亲，别说了。"蒋初微脸色羞赧，之后她伸出手，语气平静，"初次见面。"

向雁名愣了三秒，伸出手眨了眨眼："你好。"

蒋父点了本地的几个招牌菜，有汽锅鸡、米线饵块、雪花蛋……每上一道菜，蒋初微的眼睛就比先前的还亮。

3

昆明讲究"小锅米线"，小铜锅底下添一把木炭，文火慢煮。向雁名挽起衬衫袖子，将米线扔进调好的锅汤里，一边与蒋父商量事情，一边还细心地将煮熟的饵块捞到蒋初微面前的小瓷碗里。

蒋初微是对他有抵触心理的，她一向不认这种幼时定下来的亲事，总觉得十分荒唐，加上他那天无礼的笑声，对他整个人就更没什么好印象了。

所以即使是细心帮她布菜，蒋大小姐紧绷的状态也不会有所松动。

"雁名，你在昆明待了也快两年了，有时间带初微去逛逛。"蒋父笑吟吟讲道。

蒋初微正吃着米线，听到父亲的话，一下子就被呛到，接着是不停地咳嗽，白皙的脸上咳得面红耳赤。倏忽，一只手伸过来，端着一杯白水。蒋初微接过来的时候顺势瞪了向雁名一眼。后者一脸淡定，而她灌了几口水才停止咳嗽。

在回去的路上，蒋父一脸的赞赏："向家那小子，我以前看他爱玩得很，如今是愈发稳重了。初微，你觉得怎么样?"

"不怎么样，以后别撮合我和他的事了。"蒋初微忍不住出声，说完也不管蒋父说什么，把头转向了车窗。

蒋初微越想越生气，这向雁名怕是一早就认出了她，一开始就在戏弄她。明明在昆明生活了这么久，还假装不认识路，这人也太过分了。

好在新学期开始了，蒋父去忙运输了，她终于落了个清闲，和小秋住在甘熙居，往返于两点之间也是极不错的。

蒋初微念的是西南联大中文系，与向雁名这个物理助教是八竿子打不到一起的。唯一一次撞见了向雁名，他用试卷卷成万花筒的样子敲了她的脑袋。蒋初微用余光瞥了一眼，急急地拉着身边的女同学快步朝前走。

向雁名也不闹，站在原地淡淡一笑，看着她仓皇逃去。倒是物理教授瞧见了，拍了拍他的肩膀："这女学生是谁，怎么避你如瘟疫？"

"家里的一小姑娘。"向雁名漆黑的眸子闪现笑意，似盛满了亮晶晶的水。

"你跑什么？刚才向助教同你打招呼呢。"女同学一脸的疑惑。

蒋初微左手抱着课本，用右手捋了下耳边的碎发，一脸平静地说："我为什么要同他打招呼？"

"喂，薇薇，你估计是刚来，不知道向助教的受欢迎程度，他可是整个西南联大最年轻帅气的助教，而且在学术方面……"女同学说起向雁名简直如数家珍。

蒋初微亲昵地揽住同伴的手臂："走走，我们去尝一下西校舍食堂那边的八宝饭。"这才止住了同伴的碎碎念。

蒋初微吃了才知道，说是八宝饭，其实是用荷叶包裹着蒸的红米与乌米饭，加上墙壁掉下来的碎屑，组成了几种颜色而已，这分明是联大学生对此的戏称。

4

过了好些日子，蒋初微才真正领略到那位女同学说的向助教魅力之大的说法。蒋初微先前借了一本手札，这会儿正准备还回去，路过理学院的时候正值下课，一群醉翁之意不在酒的女学生围着向雁名。他也不恼，颇具耐心地回答问题。蒋初微看着被簇拥的向雁名，低声说了句："花孔雀。"

谁料向雁名这时抬头，朝不远处的她看去——被抓个正着。蒋初微嘴巴张了张不知要说什么，只得捂着发烫的脸再次跑开。

可真正让蒋初微意识到对向雁名有别样的情愫的时候，还是在校外的一家茶楼里。

蒋初微的古代文学教授给他们班布置了个任务。都说西南处最盛名的是围鼓，干脆让他们去泡茶馆听一天的曲儿，写一篇文章，字数文体不限。

周六，蒋初微独自一人从西南联大出来，拐到文林街，走进一家大茶馆。一进门便看到楼下摆着荸荠紫漆的八仙桌边上几乎坐满了形形色色的人，有的干脆捧着书慢慢等着戏曲开场。

蒋初微挑了个视角稍好的地方坐下来。只见暗红色的幕布缓缓拉开，十几个玩友围坐在一起，有的打鼓，有的吹笛，有的拉琴……他们演唱着生旦净丑末，别有一番韵味。

众人纷纷拍手叫好。蒋初微正听在兴头上，耳边忽地响起一声经过处理的声音，温润中带点柔醑，从二楼传来。

原来是向雁名。

他着一件烟灰色的西装，内搭的衬衫敞开一个扣子，看起来有几分随意的味道，但他左上口袋处的酒红丝巾翻折完好，没有一丝褶皱，明显是看重这次的场合。

蒋初微很快找到了答案，他身旁坐着位年轻的女子，细嫩的耳朵上挂着欲滴出颜色的玉坠子，象牙红的乔其纱旗袍衬得她身材曼妙，旗袍领口处还有绲边花褶。两人看上去姿态亲昵，不时耳语。

忽然，蒋初微听不清台上的人在演唱什么了，心里有一种不知味的感觉生起，像是自己一直以来的所有物被人抢了去。她低头看了下自己的打扮，不禁懊恼起来。自己身上穿的是深蓝布罩袍，因为经常穿，洗得绒兜兜的，已经泛了灰白，像一张灰蓝老旧的信笺封面。

向雁名薄唇轻启："他年横空连理枝，人弃朱颜花弃树。"似有心灵感应似的，向雁名朝楼下投去一瞥，与蒋初微的视线在半空中撞上。向雁名怔在原地。

而蒋初微的心底一动，像是潮湿的洞口忽地生出了零星火光。她抚住心口的悸动，率先别过脸去。

有谁能知道，向雁名无意哼唱的《绿荫记》的一句唱词，在多年后竟然一语成谶。

曲罢，围鼓结束，喝彩和鼓掌声起。几盏好茶下口，戏剧也看了，好心情也有了，众人纷纷离开。

向雁名侧身跟身旁的女子说了什么，两人亦打算离开。向雁名下楼的时候，眼神忽地锐利起来，朝暗处看去，转瞬眼底风波抚平，归为平静。

蒋初微还没走，坐在远处轻轻啜了一口茶。向雁名同着那名女子，目不斜视地从她身旁经过。

鬼使神差地，蒋初微忍不住出声："向雁名。"

向雁名高大的身形微微一顿，警觉地看向暗处。他虚揽着那个女人的腰欲往前走，女子嗓音轻柔："是不是有人喊你？"

"你听错了，"向雁名声音冰冷，随即语气缓和，"你不是还想尝南巷那边的鲜花饼吗？走吧。"

"好。"

明明是晚春，轻风拂柳，蒋初微身上也穿得足够厚实，偏偏心底生出一股冷意。这世上最怕什么，怕的是汤显祖那句"情不知所起"，教人神伤。

5

发生这件事后，蒋初微照常学习，生活。周末得空的时候，蒋初微同小秋一起四处闲逛，看看昆明人的生活方式，有时候在湖边待上一天，看着远处层叠的青山与薄雾，生出一种当下美好，守住寸寸河山的感慨来。

蒋初微不停地暗示自己，她一向都是讨厌父母之命的，主张自由开放，所以向雁名本该是路人，是浩浩人生中的一段插曲。但偏偏向雁名那张冷峻的脸庞时常在她脑海里出现，还有他和那名女子亲昵的谈话神态。

事情的发展超出她的意料，并改变了她对向雁名的看法。日军朝昆明城轰炸，昆明的防空力量薄弱，所以联大一向有"跑警报"一说。

初来的联大人不知道跑警报分好几种，包括蒋初微也不知晓。后来当警报响起的时候，有位哲学系的同学跑过来慌张地大喊："五华山挂上了三个红球，怕是快要紧急警报了。"

这一讲，教室里纷纷炸开了锅，大家一时间慌乱不已。忽然，向雁名走进教室，脸上的表情镇定自若："鸣音一短一长是空袭警报，现在到紧急警报还有一段时间，我们赶快撤离。"

联大大一新生在向雁名的组织下，未出现混乱哄跑的场面，都是有序地撤离。蒋初微站在队伍中看着红旗下认真说话的男人，只见他挽起袖子，将学生按就近原则分队，从北门或大西门出发。

向雁名走到队伍中，在同班长说话的间隙，若有若无地将视线朝她投去。蒋初微的眼神与他在半空中交会，却又迅速移开。她悄悄攥紧了衣衫的一角不言语。之后听到向雁名低沉的声音响起："注意多照顾你们班的女同学，特别是你们班的蒋初微，身体瘦小。"

蒋初微听闻，看着脚尖翻了个白眼，你才瘦小……

她被同学推搡着往前走，走到通往滇西的那条小道上才反应过来，自己最钟爱的那本诗集忘了拿！

蒋初微见同学们紧张的神情到了郊外后都放松下来，有的还开始探讨学术问题，她预想紧急警报要真来的话，也要好久。于是她趁同伴不注意，又悄悄折了回去。

向雁名领着一群学生进防空洞的时候，双眼环视了一圈，发现没有看见那个瘦弱的影子时，眸子忽地沉了下去，眼底是风雨欲来的征兆。"蒋初微呢？"

没等其他同学回答，向雁名便拎着外套毫不迟疑地往外走。向雁名赶到的时候，蒋初微正欲拐进校舍里，她猛然感到一股力量攥住她的肩膀往外扯，一股冷冽的气息包围了她。

蒋初微被扯得生疼，声音中不禁带着几分怒气："谁呀？"

"蒋初微，"向雁名咬牙喊她的名字，眸底掀起一股怒气，"你不要命了是吗？"

蒋初微扭头一看，是向雁名，他肩膀处的衣服估计是进洞的时候磨破了，沾着灰土的脸上还带着焦急。

"怎么是你……可是我的诗集……"蒋初微气势弱了下去，但还是想要自己的诗集。倏忽，警报声急促起来，连续短音。

向雁名一把拉住她，以半拥半强迫的姿势抱着她往外撤离。蒋初微挣扎道："我的诗集……"

"听话，"向雁名低声吼道，随即又缓了下语气，"你要诗集是吧，这事过了之后我给你誊抄一遍。"

蒋初微不再挣扎，任由着他拥着她快步撤离。警报不断拉响，日军派飞机来轰炸昆明，大都是起威胁作用。飞机朝下投下一颗炮弹的时候，向雁名将蒋初微紧拥在怀里，不自觉地闷哼了一声，接着带着她快速撤离。

蒋初微周围全是他身上散发着的类似于冷木的味道，她抬头望了望向雁名下颌，在这炮弹流火里、乱世浮生中，竟然感受到了一丝幸福的味道。

6

向雁名在翠湖休养了大概小半个月，蒋初微和丫头小秋轮流照顾他。记得蒋初微初看到他的伤口时，不禁倒吸了一口凉气，不知道这样的疼痛，一路上向雁名是怎么忍下来的。他的后背被灼伤，衣服和血肉连在一起。

蒋初微用剪刀剪开衣服时，手一直在抖，倒是向雁名的大手按住她，语气带着宽慰："没事，这点儿小伤不算什么。"

等到真正包扎时，蒋初微看着那一大块的伤口，一直忍着的眼泪扑簌簌地落下来，嗓音哽咽："对不起，我不该任性的，要不是我……"

是夜，暖色的灯光打在向雁名的眉眼上，包扎好伤口后他背靠在软垫上，脸上带着懒洋洋的表情："别哭了，再哭，我欠你的诗集可没了。"

蒋初微破涕为笑，蕴着水汽的盈盈大眼瞪着他。这一瞧，两人都安静下来，空气都变得旖旎起来。小秋最不识趣，也不知道发生了什么，兴冲冲地推门而入："药熬好了，先生可以喝了。"

一时间气氛被打破，蒋初微站起来去端药，轻声道："小秋，我来吧。很晚了，你早点休息。"

向雁名休养的这段时间，蒋初微会经常陪他出去晒太阳。西南的日照足，待一会儿就会出汗，两人便会坐在湖柳岸边休息。这时候向雁名会跟她讲许多联大趣事，比如著名的物理金教授是如何上课的，又谈及有学生在预行警报的时候去郊外看书，一路高歌李白的"仰天大笑出门去，我辈岂是蓬蒿人"，直至夕阳落山的时候才回来。

蒋初微爱吃梨，向雁名经常削梨给她吃。向雁名的手指修长，指甲是健康的月牙色，皮色翠绿的宝珠梨随着他手里的刀打转掉下来一圈又一圈的果皮，蒋初微咬一口，味甜多汁，弯着眼睛对他笑。和向雁名相处一段时间，才真正了解他这个人。向雁名上知天文，地理亦通，最重要的是他还做得一手好菜。

有月亮的时候，向雁名就做上几道昆明的至味，桃木桌往院子里一摆，竟也生出几分情调来。向雁名对她说："初微，世人皆喜欢追求自由，可是这自由是建立在国度之上的。"

"自由即力量。"向雁名语气懒散却透着认真。

蒋初微若有所思地点了点头，意识到这话题有点凝重，便转了其他话题："哎，你最欣赏哪种感情啊？"

向雁名将手肘随意地撑在膝盖上，语气是一贯的漫不经心："朱生豪和宋清如吧。"

蒋初微一听，眼睛就弯成了两轮明月，嘴角上翘的弧度泄露了她此刻的心情。她心里默默念道："我也是啊，和你一样。"

夜色温柔，微风轻轻吹过，蒋初微抬眼看了看头顶散发着淡淡光芒的月亮。

"今晚月色真美。"蒋初微鼓起勇气说出这句话，随即去偷看向雁名的神色。很隐晦的一句告白，让蒋初微心跳如擂鼓。

向雁名脸上怔忡了一下，很快又恢复平静，他抬头也看向莹蓝的天空，久久没有接腔。

蒋初微不知晓他是否听懂她这句告白，但是她一点也不后悔。因为这段宁静而安稳的岁月在乱世中是难能可贵的，蒋初微十分珍视它。

7

意外来得猝不及防，日寇在滇缅公路进行了长达一个星期的轰炸，蒋初微父亲作为滇缅运输的总负责人在一次轰炸中英勇献身。

蒋初微听到这个消息的时候差点晕倒，幸好一旁的向雁名及时扶住了她。一排穿着军服的中国远征军手捧着蒋父的遗物，朝蒋初微行了一个标准的军礼，眼神肃穆。

青山埋忠骨，大抵说的就是蒋父这种人。蒋初微捧着蒋父生前常穿的那套军灰色工服，久久说不出一句话来。最后是向雁名温柔地拍着她的后背，轻轻地说："哭出来会好一点。"不知是哪个点触碰到了蒋初微，她泪如雨下，哭得像是失去了整个世界。

蒋初微一直在父亲的庇护下长大，终究还是不能再做他眼底任性的大小姐了。从今往后，她孤身一人，没人会在她面前念叨着女孩子多读点书终究是好的，亦没有人叮嘱她要注意保暖。

之后蒋初微强撑着精神同向雁名一起在五华山下给蒋父立了块石碑，选在了一处青山环绕、鸟语花香的地方。石碑上贴着蒋父的照片，蒋初微只要看一眼，心口仍会泛酸，继之掩面而泣。

蒋初微脸色苍白，唰地落下两行清泪："向雁名，我没有家了。"

向雁名俯身用指腹轻柔地给她擦拭眼泪，将她揽进怀里。蒋初微靠在他怀里，感受着他有力的心跳，听见他温声说："初微，你还有我。"

青草枯黄，空气渐冷，昆明很快进入了冬天。隔蒋父去世那件事过去很久了，蒋初微在向雁名的陪伴下也重新振作起来。

天气晴朗的时候，蒋初微望着冷清的翠湖生出一种无端的愁绪。向雁名看着远处说道："春天很快就会来了。"

须臾，向雁名单膝跪地，骨节分明的手上举着一枚朴素的银戒："初微，让我照顾你吧。"在中国的大好河山、霭霭青松下，向雁名的眼神无比认真。

蒋初微久违地弯起了月牙般的眼睛，浅笑道："好。"

他们的婚礼仪式很简单，在这种情势下，也不好大费周章地请双方的亲友来，只好各自写了一封家书寄到北京去。小秋是他们的见证人。

红烛相映，百岁永好，两人在一方天地下认真看着彼此，朗声念誓词："喜今日赤定结绳，谨以白头之约，书向鸿笺，好将红叶之盟。此证。"

蒋初微看着眼前眉眼冷峻的男人，心想她终于嫁给了爱情，终于不负此生。

8

起先昆明城的日子还算太平，蒋初微和向雁名过着相敬如宾的日子。向雁名这个人向来有趣，他在院子里亲手种下蒋初微喜欢的大马士革玫瑰，沾着湿气的风吹来的时候，馥郁的香气飘满了整个翠湖。

1941年，日寇对云南的轰炸越来越猖獗，陈纳德将军率领的飞虎队在西南一带对其进行掣肘，初战告捷，局势有所缓和。可这些时日向雁名回来得却越来越晚，有时甚至是半夜，蒋初微给他留了一盏暖黄色的灯光。每次等她被惊醒披衣而起的时候，向雁名还没来得及洗漱，就在那把太师椅上阖眼休息。

蒋初微心疼起他来，眼前的人并不如当初，是翩翩气度的公子，现在的他穿着浆洗得发旧的深灰色衣服，眼底黛青，脸上尽是风霜之色。

与此同时，向雁名对她也愈发冷淡起来，有时候他办着公，胸腔发闷的时候会点上一支烟，青蓝的火焰下映着他若有所思的神情。

战事越来越吃紧，空袭警报也响得更频繁。一次蒋初微他们在东校区上着课，日本人的飞机不期而至，顷刻间，西校舍那由学生用红砖茅草盖起的读书屋就被轰炸得遍地残骸。

夏虫的鸣叫将夜晚糅进夏天里，向雁名风尘仆仆地赶回家，亲自动手做了几道蒋初微爱吃的菜。几盏梅子酒下肚后，向雁名一开口才发现自己的嗓音沙哑无比："初微，现在战事紧张，你到香港去。"

"我不走，你呢？"蒋初微心一紧，急急地表明自己的心迹。

向雁名夹了块青椒放进嘴里咀嚼，一时间口腔辛辣无比。他露出那种纨绔的无所谓的表情："你还记得当时在茶馆和我一起看围鼓的女人吗？她是我的初恋，现在她回国了……"

"轰"的一声，蒋初微感觉自己全身的血液都在倒流。她经历过无数次的跑警报，有时侥幸逃脱，有时受伤，但从未像现在这样无措，感觉有无数架飞机在耳边飞过，产生耳鸣。

蒋初微攥紧衣衫，勉强挤出一丝笑容："雁名，你别开玩笑了。"

"我没有开玩笑，你走吧，近两日我也得动身了。"向雁名表情冷漠，也不愿意再继续这个话题。

当晚他们分床而睡，蒋初微彻夜无眠。是啊，她怎么忘记了向雁名心底还有一抹白月光，这份位置不容他人侵占。当时在茶馆，向雁名对那名落落大方的女子有多温柔，如今对她就有多残酷。

乱世浮生中，她曾经拥有并将永远爱他就行了。

迟疑了三天的时间，蒋初微决定放他走。向雁名启程的时候，她起了个大早，为其收拾好细软。灰蒙蒙的天，蒋初微洗了个冷水脸，狠狠掐了自己一把，脸色由苍白到渐红，她才满意起来。

她站在门口送别向雁名，倒是小秋轻声哭泣求先生别走。

任凭岁月淙淙，蒋初微也忘不了这一幕：昆明的天泛着混沌的鸭蛋青，向雁名穿着一件飞行夹克，提着行李箱大步朝前走去。

"初微，别等了。"

"我会等下去。"

9

昆明的草木绿了又绿，蒋初微在年岁中日渐成长。起先她留在昆明，直至昆明城被袭击，她才匆匆逃离，逃得不远，就在昆明城旁的一座小镇。

1942年3月，日军对缅甸发动了突然进攻，英军溃败，仰光港大批没来得及转移的物资被日军缴获，随后日军向北推进，5月攻入云南境内，占领了怒江以西的地区。

迫于战事不利，飞虎队和相关机械师、制造人员等从垒允撤退，来不及转移的飞机及相关工厂设施尽皆自毁，同时部分机场和基地也一并陷落。

其中死伤惨重，包括向雁名在内。

那名茶馆里见过的女子找到蒋初微的时候，她才知晓这一切。

原来向雁名在西南联大的物理助教职位只是兼职，他将自己的理想和抱负都给了这个国家。

向雁名的工作是航空运输，主要职责是为军队空投物资、药品和食物等。这类工作危险系数高，不仅因为是在战时，还得根据气象条件计算空投物体的重量和投放时间等。

他临别前冷淡的一句"别等了"，几乎让她心碎。是啊，他预想到了最坏的结局，所以让她别等了。

"节哀，作为他的同志，我和你一样难过。"那名女子叹了一口气，拍了拍蒋初微的肩膀，"这是他生前为你誊抄的诗集。"

是一本勒出毛边的老旧羊皮手札。蒋初微盯着上面冷峻的字迹眨了眨眼，落下一滴泪，接着泪如雨下，哭得像是失去了整个世界。

向雁名没有食言，为她誊抄的第一首便是朱生豪致宋清如的情话，自己添了些东西进去：

我是蒋初微至上主义者，我想要在茅亭里看雨，假山边看蚂蚁，看蝴蝶恋爱，看蜘蛛结网，看水，看船，看云，看瀑布，看蒋初微甜甜地睡觉，不要愁老之将至，你老了一定很可爱。

蒋初微，醒来甚是爱你。

终

多年以后，战事平定，国家开始重新建设，往事如云烟，一切开始朝好的方面发展。20世纪80年代初，蒋初微这个名字红遍了香港，她是风靡中国的女性小说家，她以女性独特的视角描写了一个又一个冷静而又炽烈的故事。因为文风独特，她的小说、散文集被译为东南亚多国文字。

她年龄五六十岁，偏偏生活得肆意。嘴巴涂上巴黎新拟的桑子红，一身浅釉色的旗袍，裙边上的青荷染开了她姣好的脸庞，头发有条理地绾在后面，眼神清明，经常去跳舞。

蒋初微年轻时亦谈过几个男朋友，但一谈婚事，她便不再有兴趣，匆忙提分手。后来记者采访她的时候，蒋初微发了好一会儿呆。

随即她大方地答道："我这一辈子只结一次婚。"

蒋初微极爱让男朋友念诗，当念出"醒来甚是爱你"时，她会习惯性地弯起眼睛，表情愉悦。然后她轻轻闭上眼，又回到了往事之中。

乱世浮生中，那个有着狭长眼睛的男人紧紧将她拥在怀里，穿越炮弹流火，只为护她周全。

"这辈子，我会带着对你的怀念活下去。"蒋初微轻声呢喃。

选自《花火》杂志2018年10月A版

作者

哑树，期刊作者，生于南方，喜欢看电影和一些杂书，坚信去花果山真的能等来六耳猕猴。风格偏文艺，在学着治愈自己，更希望笔下的字能让人欢喜。长篇《我见尤甜》即将上市。

这是一个发生在战争纷乱年代荡气回肠的爱情故事，读完心绪久久无法平复。

初见文题，想必很多人都有熟悉之感，必是读过"醒来觉得甚是爱你"一诗的同道之人。没读过也没什么影响。这首诗是被大家称作最会写情话的朱生豪先生写给挚爱宋清如的。朱先生对宋清如浓烈的爱意，已浸染到诗中每一字每一句。

恐怕也没有比这句广为人知的经典情话更适合做文题的了。故事女主人公蒋初微最爱的便是朱生豪先生的这首情诗，甚至在敌寇轰炸的危险时刻也舍不得丢下心爱的诗集，乃至于做出傻事，冒着生命危险返回去取。而故事最打动人心的还在男主角向雁名，理智的他及时劝回蒋初微，做出事后亲手抄录一本诗集给她的承诺。在故事结尾，等候爱人已久的蒋初微得知向雁名为国捐躯后，也终于见到他承诺抄录的诗集，感受到他对自己刻骨铭心的爱意。看到蒋初微说自己此生只结一次婚，会带着对向雁名的记忆活下去，一遍又一遍听着"醒来觉得甚是爱你"回味过去，我的泪水再也忍不住。

爱情一直是亘古不变的经典话题，无论是梁祝化蝶相伴的凄美，还是牛郎织女鹊桥相会的短暂甜蜜，无数的文学作品中，都有着对爱情的经典阐述。一段荡气回肠的爱情故事，不只是闲暇之余的消遣，也是对读者爱情观的一次反思重塑。

不仅是爱情方面的荡气回肠，故事在其他方面也还有很多出彩的地方。《醒来甚是爱你》全面再现了战争纷乱年代打动人心的一面。渴望知识、艰苦求学的莘莘学子，孜孜不倦育人的西南联大，还有面对危机团结起来的各个阶层乃至国家。千金小姐刨去娇气痛苦蜕变，有能之士前仆后继为国捐躯。在民族大义面前，一切都变得那么渺小，他们不是不爱，不是不愿去过自己想要的生活，只是为了国家，为了子孙后代，甘愿奉献出自己的一切。

女主人公蒋初微塑造得很成功。也许一开始，她作为娇小姐的行为表现不是那么讨喜，可是随着故事的推进，她的形象渐渐变得鲜活生动起来。父亲为国捐躯，她第一次面临人生危机，然而她扛过去了，和向雁名结为伉俪；丈夫恶语相向，为"初恋"逼她离开，她难过至极，却为爱不悔，相信丈夫有苦衷，甘愿等待下去；最后当她得知爱人逝去的噩耗，依旧没有自怨自艾，也没有为爱相思消人瘦，她努力活成最好的自己，也把那段深沉的爱恋当作人生最美好的回忆。可以说，她展现了一个女性自立自强、积极乐观的一面，值得所有人深思。故事也在家仇国恨和女性自强的描述中得到了升华。

能打动人心的故事在我看来便是最好的故事，《醒来甚是爱你》做到了，读过无悔。（张白琼）

大旗袍师

六月初七是沐云柳额娘的忌日，五年来，每逢此日她必告假，天大的演出，尊贵的客人，都不能让她迈出闺门一步。

这天也不例外。

沐云柳清早便被噩梦惊醒，枕头潮湿湿的，不知是额头上冒出的冷汗，还是眼角滴落的泪水，她长吸了一口气，直直地坐起。

天刚有亮的意思，在这三伏天难得的清爽。窗台上她将养的一株茉莉，适时开了花，在这样的日子能闻到这芬芳，也算是知恩图报的慰藉。

沐云柳摘下一朵开得最好的，对着镜子戴及耳鬓。她和额娘长得有七分像，即便只有七分，也足以让她成为不施粉黛的清秀佳人。

她有时会庆幸从自己的脸上能看到额娘的影子，这样在想念之时就像能得以相见般。可有时又会因此而悲从中来，就像这又让她的噩梦变得历历在目。

五年前那个火光通天的晚上，那场灭门之灾，并没有因为时间的洗礼而褪色，反之让她越发觉得她是背叛家族的弃儿。

她是满人，上三旗，腊月羊。

生她那天还天降大雪。伴随着她的第一声啼哭，送信的人来报，大清亡了。

本该锦衣玉食的人生瞬间被篡改，除了从阿玛、额娘那儿承袭来的那份骨子里的八旗子弟的清高与骄傲外，别无一物。

儿时的记忆只有逃亡，北平容不下就去天津，天津待不了就跑河北，一路下来像是过街老鼠。

三不五时就能看到阿玛又被打得鼻青脸肿地回家，那时她还小，不明白为什么没做错事却落得如此境遇。阿玛就把她抱在怀里哭，说这是消业障。

阿玛本是一介书生，虽然是在宫里行走，也不过是修修文书，素不参与政事，可依然在劫难逃。风雨欲来，谁都难辞其咎。

额娘总告诉她，忍吧，守着云开见月明，总有一天大家会淡忘，满人汉人，不会因为谁当权就有所分别。

可终究额娘是没等来天下大同的这一天，五年前的晚上军阀贸然前来，不知是谁告了恶状，一众人拿出剿匪的阵仗，要肃清她手无寸铁的一家人。

她被额娘藏在米缸里。当她听到外面的响动，好奇地轻抬起苫在头上的盖子时，正好看见那幕让她刻骨铭心的情景，就在那不到三寸宽的缝隙里，额娘被人一刀封喉，血流如注。

在厮杀声中，她惊吓得号啕大哭，就算引来了人，要死也算死在一块了。

可上天捉弄，却让她遇到的人是吴培群。

他当时还不过是直系军阀的一个小兵，是在这军营里难得的无心恋战之人，当他听到哭声，看到一个小女孩蹲在里面时，便动了恻隐之心。远处有人问他是否发现了什么，他只敷衍过去，跟沐云柳使了个眼色，让她别哭。

她躲在里面不知过了多久，等到吴培群半夜来救她的时候，她早因缺氧和惊吓过度而晕厥。再次醒来已经被他带在身边。

一路的照料让她暂缓丧母之痛。吴培群为了救她甚至冒险出走军营，这份救命之恩让她永生难忘。她年纪虽小，但知道感恩，她想说以身相许，可说出的话却是他听不懂的满语。

到了上海，他把她暂作安顿，定下五年之期便再次上路。

于是她这五年，任颠沛流离，任世事变迁，就算违背了家族的气节，宁可乞讨卖唱也要活着等他回来。

他没说会去哪里找她，可她笃定他会掘地三尺赴约而来。

沐云柳想着往事历历在目，过眼烟云有如昨天。她拿出张仲亭给她缝制好的旧式旗袍，整整齐齐穿戴好。

虽为满人，竟是第一次穿满族旗袍。这一生她都不敢透露半点，将死之日还有什么忌惮。

他没来。

她自不必等。

没有对言而无信的埋怨，只有些许遗憾没能再见他一面。想着若不是这五年之约，她大概早已命丧黄泉。一千八百天的等待，是满怀希望的苟活于世，如今时辰已到，也该即刻启程。

刀片从手腕划过，她怕未伤及动脉，又重重地补了一痕，一时间血犹红莲，花开遍地，浸得那件颇有轮廓的满族旧服乖乖地贴在她身上，像是与她融为一体。

这一刻，她不是张仲亭印象里那如茉莉花的清丽之人，她有多肃穆就有多轰烈，她是红莲是火焰，生时不能肆意，死后便要绚烂。

她意识渐渐模糊，闭眼的瞬间，清风拂面，恍若听到额娘说，团圆了。

一早张仲亭就听马经理说沐云柳请辞，心里一阵忐忑，昨天还好好的，怎么说辞工就辞工了呢，莫不是遇到了什么麻烦？他想起昨晚在百乐门闹事的殷少将，该不会是他从哪得知沐云柳满人的身份，去为难她？

想到这，他便顾不得礼貌，只担心沐云柳的安危，向人打听到了她的住处，二话不说就要去一探究竟。

厦门路洪德里，两旁树木郁郁葱葱，沿街叫卖的小贩兜售着刚出锅的玉米。除此之外，再无他人。那叫卖声清脆，就显得弄堂更加安静。

张仲亭把写有沐云柳住址的字条握在手里，可由于紧张，手心里出的汗把上面的几个字浸得模糊不清，他只能一一辨认，为此还走错了几户人家。

终于按图索骥找到了，却怎么敲也敲不开她家门。

正在张仲亭犹豫着是不是人不在家时，一直坐在旁边吹着过堂风的隔壁大姐扇着扇子过来凑热闹。

"你找隔壁那位沐小姐？"

"是啊，不过看样子她好像不在家。"

179

"她在家。今天热，我打一早就坐在这了。她没出门，你敲吧，保不齐是年轻人懒睡还没起。"

张仲亭得知她安然无恙，就放宽了心，刚才担心她是否安好的勇气就又消退了，有些抹不开情面，怕落得一句多管闲事。

正犹豫着要不要回去，隔壁大姐又说："小伙子，你是她男朋友？"

"不不，只是朋友，嗯……同事而已。"

"大姐多句嘴，你要是跟她关系还不错，就敲门进去看看。昨晚她回来，我就见她好像神情恍惚。平时吧，这姑娘虽说性子冷淡，不爱跟人说话，可见了面也会打声招呼。昨天却魂不守舍的，她簪子掉地上，我拾起来递给她她都没接，径直回了房间。"

说着隔壁大姐从兜里翻出她的发簪。张仲亭一看，确实是她平时常戴的那支，就依着大姐的话又敲了敲，还说了声："沐姑娘，你在吗？我是张仲亭。"

里面还是不出声。大姐也在一旁帮忙，提高了音量喊道："沐小姐呀，在不在？"

可还是没有半点响动。大姐一拍扇子，神经兮兮地凑近张仲亭耳边说："坏了，不是出了什么事了伐，这样喊不可能听不见的呀。"

两人你看看我，我看看你，迟疑片刻后"哐哐哐"一顿狂砸门，然而门还是不开。张仲亭心中便生出不好的预感，也顾不得什么了，直接用身子撞开了门。

沐云柳静静地躺在米白色的地毯中央，猩红的血迹触目惊心。隔壁大姐一声尖叫响彻空巷，惊了窗边的茉莉，刚开的花跌落一地。

云柳，你不要死。

"嘀，嘀，嘀——"

"病人家属！谁是病人家属？三床的病人醒过来了。"沐云柳被从急救室抬出来九个小时后，终于睁开眼睛。来给邻床打针的小护士总算松了口气，连忙去给家属报喜讯。

可她哪有什么家人。

沐云柳盯着天花板，从鬼门关前走一遭像是沉沉地睡了一觉，再次回到这心无挂碍的世上，只觉得多余。

白色的窗帘被微风吹起，在她脚边翻起几朵浪花似的波纹，恰好掩住了倚在墙角的那件被血染成褐色的旧式旗袍。

旁边床有人对她指指点点，声音不大不小，她刚好可以听到。

"早上就是这个姑娘……哎呦喂可真是吓死我了，你是没见那阵势，穿得那叫什么呀，肥肥大大的，就跟清朝人似的，我还以为是活见鬼了。"

"这……这该不会是殉道士吧？"

"谁说得清她到底是什么人，万一再来个造反分子被上面知道了，这家医院还想不想开了？要不是送她来的那个小伙子跪在地上苦求，院长动了恻隐之心，是万万不会收她的。看，就是他，就是他！"

说着，张仲亭捏着一把缴费单小跑进来。护士找到他时，他正在办理住院手续，一听是沐云柳醒了，忙不迭地赶来。

他走到床边，在被吹得鼓鼓的窗帘前看着沐云柳。

她也看着他，一身的血，从脖颈到前胸、腹部……都是。

沐云柳第一次笑，风轻云淡得像是吃了晚饭在弄堂遛弯似的，"这么看，倒像是你该躺在这。"说着便指了指自己新换上的干净病号服，又指了指张仲亭满是血迹的衣裳。

不知为什么，张仲亭觉得沐云柳笑起来时像比平时年轻了几岁。她不过二十，因为太严肃了，从不像陶芙珊那样有太多的表情，打扮也多素净，看上去还以为有二十二三的年纪了。

原来她笑的时候，眼睛是眯起来的。

原来她笑的时候，周围的颜色都有了芳香，白色的窗帘是百合香，绿色的墙围是青草香，就连正在输的红色的血都是玫瑰香。

他几乎是无意识地伸手抚了抚她有些凌乱的头发，轻声说："给你做的旗袍差一点就成了寿衣，我这裁缝还没上岗呢，你是想叫我就此转行吗？"

"若是真就这么去了，穿得如此体面，也算死得其所。你不该救我，下次我再难觅这样称心的衣裳了。"

"我赔给你，只是你要等我。等三十个春夏秋冬绣百鸟朝凤，等三十个风霜雨雪折金丝盘扣，等你百年归老，我用你的银发为线嵌日月明珠，配你唇心一点绛红，才算善终。"

沐云柳因失血过多，短暂的清醒过后，又侧着脸埋进张仲亭的掌心睡去。而他则保持一个姿势好几个小时，什么也不做，只看着她均匀的呼吸，就觉得光阴弹指一挥，天色日新月异，宇宙斗转星移。

张仲亭哪里还顾得上什么告假，连招呼都没打。陶芙珊清早起来就闯了个空门，哪哪都找不见他人。本以为是白天出去逛了，她百无聊赖地守在窗边，一直看楼下人来人往，可等到百乐门晚上开始营业他都还没回来。

平时伺候沐云柳的跟班今天被派去盯曼丽的场，谁知那歌女曼丽不小心，刚一下台就把好好的一件旗袍刮出一道口子，那边还有客人在等她敬酒。这不，跟班小妹只好跑来找张仲亭帮忙。

一开门却只见到陶芙珊像泄了气的沙包，堆在椅子上。

"大，大小姐。怎么只有您在这，张师傅在吗？曼丽的旗袍坏了，我想找他帮忙补一下。"

"我也想知道他在哪，别说曼丽了，你要是能帮我找到他，我给你放一天假。"陶芙珊晃荡着腿，蔫头耷脑地抱怨着，怎么想怎么不对，又问："哎，你不是跟着沐云柳的吗？怎么跑曼丽的活？"

"大小姐好记性，我确实是跟沐姑娘的，只是您还不知道吧，她辞工了。"

"什么？好端端的，她怎么不声不响就走了？看她也不像朝三暮四的人啊。"一听到新闻，陶芙珊又来了兴致，八卦的力量让她满血复活。

"肯定不是去了别处。沐姑娘的性格大小姐您还不知道吗，那是出了名的淡泊名利，要不是她无心争强，以她的姿色又何至于到如今还不温不火。大概是因为她自己的事吧。"

"哦？她什么事？你知道？"

"这我倒是不清楚，只是每年六月初七姑娘都要告假，她来这都五年了，无一例外。我本以为今天也不过是休息一天，可她连对我都没讲，结果早上马经理竟说她是辞工。"

说着说着跟班小妹就觉得委屈，毕竟也算是跟了沐云柳五年，虽说平时没什么过多的交谈，但她一心一意伺候，生怕性格柔弱的主子被人欺负，没少出头。到头来连她走都没跟自己打个招呼，只觉得一阵心凉。

张仲亭整日不在，沐云柳又突然辞工，怎么两个人同时消失，有这么巧？

陶芙珊忖度半天，也觉得怎么想他们也不可能在一起，她可是亲眼见到这两个人之间连说句话都那么牵强，能有什么联系？于是便打消了念头。

傻等不是办法，还不如下楼去看看有没有熟人来，凑凑热闹。

一楼的舞池天花板便是二楼舞池的玻璃地面，这是效仿纽约最高档的歌舞厅而建，别说上海，全世界都是最前卫的设计。

因此能上二楼的宾客，自然是三教九流中的上位段。一般来说陶芙珊只要是玩，一般都会去二楼，能跟她交好的人，不用说也都是非富即贵，所以二楼的玻璃舞池时常就成了名媛千金王孙公子的派对所。

但今天却不同，据说从俄罗斯请来的舞蹈团被安排在较为宽敞的一楼表演，既然张仲亭不在，还不如去看看演出。于是陶芙珊就入了一楼。

表演尚未开始，众人自顾自在舞池跳着慢舞。陶芙珊随便找了个人就下了舞池。跳舞不要紧，谁料好死不死地刚好望上天花板，又好死不死地居然正好就看到了顾维德，最后好死不死到头的是顾维德也正看见了她。

冤家路窄。

陶芙珊没有一丝犹豫，白眼、中指、口水伺候上，隔着玻璃和一层楼的挑空，都能燃起熊熊战火。

面对如此挑衅，顾维德又岂会当缩头乌龟，就算百乐门是这丫头的主场又如何，他顾大少爷都没在怕的！

顾维德身手之快甚至让陶芙珊怀疑他是不是直接从二楼蹦下来的，眨眼之间就从她头发上撸下了头绳。

陶芙珊瞬间披头散发，不顾千金形象怒吼一声："快来人，抓狂徒！"

一听大小姐被非礼，那还了得，谁活腻了敢在太岁头上动土。一众人拎着棒子便赶来，必须以暴制暴。

这边顾维德和陶芙珊厮打在一起，混战到陶芙珊的头发都起了静电，及腰的长发就快要根根站立。顾维德也没取得半点优势，新置办的意大利手工皮鞋丢了一只，衬衫还被撕了一个大口子，好巧不巧露出了胸点。

保安队几乎是用棍子活活拦下顾维德的猛攻，陶芙珊一见来了救援，就刻不容缓地补了两脚，不偏不倚正中……嗯……命根。

非常好。

这次换顾维德虎啸龙吟一声吼："快来人啊，抓流氓！"

一分钟后，全上海最顶尖的警卫员齐聚于此，和百乐门的保安队楚河汉界各为其主，不知道的还以为是警察来抄陶五爷的场子。

但双方家奴一见，方知这分明是小两口打架嘛……

于是，虽说在阵仗上不敢违背主子，可你来我往之间，都是心照不宣的走亲戚的面色，像是下一秒就能推杯换盏闲话家常。

可这两位当事人却不这么觉得，誓要拼个你死我活。

"陶芙珊你脑子坏掉了?! 你还敢踢这里! 我这宝贝有个三长两短，你也跟着断子绝孙!"

"顾维德你能不能要点脸! 大庭广众之下你看你说的是什么流氓话，你爱死不死，跟我没有半毛钱关系!"

"你就逞能吧，我看你还能蹦多久，等你进了我顾家，我让你给我的爱犬揉腰捶背，天天给你吃剩饭，睡库房!"

旁边一个警卫员实在听不下去了，自家少爷再怎么跋扈，也不能在百乐门这地界儿对自己没过门的老婆这么威胁。虽然两家都知道自己孩子的德性，但终归要嘴下留情。提及此，便上前好言相劝："少爷……算了吧，您跟少奶奶置什么气，咱们都知道您是最嘴硬心软的人，可这毕竟不比在家，让别人听了去……还以为您真能给陶小姐气受呢。"

"我呸!"

"我呸!"

这二人不约而同齐声叫板，吓得警卫员再不敢多嘴。

"谁是你们少奶奶了，顾维德你都要美出鼻涕泡了吧，还你们家爱犬，就你这样的，你们顾家用上古神兽抬八抬大轿我都不嫁!"

二人相遇的第一百零八个回合，又以不欢而散告终。

但这只是表面，事实上顾维德极其享受这样的打闹，他私下里称之为"打情骂俏"。

出了百乐门，他虽然被陶芙珊狠狠凿了一拳，但脸颊传来的疼痛的酥麻感却让他觉得好像能直接麻痹心脏——销魂得很。

一路上他手里都攥着从陶芙珊头发上揪下来的头绳，一会儿绕几圈绑成戒指样戴在无名指上，一会儿又摘下来套上手腕，摆弄来摆弄去，就是闲不下来。

身边的警卫员看他表里不一的样子，忍不住劝："少爷，您说您这是何苦，明明喜欢陶小姐，每次见面还都闹得不愉快，再这么下去她还能嫁到咱们顾家吗，我听说婚期又推迟了……"

"就你话多，就你话多！"顾维德是极其不爱别人提起陶芙珊推迟婚约之事的，说着就拿起戴在头上的帽子甩了警卫员几下。

偏不巧，一个不留神，陶芙珊的头绳也顺着力道甩了出去，掉在灯光昏暗的小路上……可上哪去找。

左右都找不到，气得顾维德捶胸顿足，好似丢了什么东海龙王赏的宝贝一般。

市长府邸。

顾维德刚一进门，就发现家里又是高朋满座。父亲顾锦戊见他这样一副鬼样子，只觉脸面丢尽，大声训斥道："又跑去哪里鬼混，成何体统！"

说着抬起拐杖就对着他狠狠一指。旁人当然上前劝阻："市长大人切莫生气，公子还是少年贪玩的年纪，难免尽兴了些。要我说，只有这样出去天不怕地不怕的孩子，才能成大器。"

"哼，他还孩子，都二十二了，我二十二的时候都中了举人。看他这副吊儿郎当的样子。真是慈母多败儿，让他母亲给惯坏了。"

这些话顾维德早听得耳朵起了茧子，根本不当回事，反正父亲横竖都看不上自己，索性也不恼也不辩，随他去好了。

坐在双人沙发上的警察厅高厅长说："听闻维德和陶家小姐的婚事又延期了？"

顾锦戊没作声，脸色阴沉。高厅长反倒起身，凑近他耳语了一番，只有开头的两句被顾维德听到。他说，"要说这延期也不一定是件坏事，如今形势紧张……"

一听涉及陶芙珊的事，向来不喜掺和父亲政事的他也不顾避嫌凑过去，想要知道个究竟。

那边说了一会儿，顾锦戊频频点头，像是高厅长所言正中其下怀。然后他总结性地说了一句，"高厅长所言极是，我也正有此意，所以并不急维德的婚事，静观其变吧。"

祖母得知孙子回来了，就差了丫鬟来叫，顾维德随了去。临走顾锦戊还在后面说："都不知道跟叔父们打个招呼，我怎么养了这么个不懂事的儿子。"

一般这种时候顾维德也就由着他说了，但今天他却停下脚步，回身站在那里。

顾锦戊还以为今天这小子终于肯低头，没承想他说："父亲，我不管政事，不在乎时局。您只要记住，我顾家的少奶奶只能是陶芙珊，不管她父亲得势或失势，显达或衰败，都不会左右这门亲事。在她之前我从未想过娶妻，在她之后也不会再有别人。"

"混账东西！你可真有出息，被个黄毛丫头治得服服帖帖……"

任凭顾锦戊怎么骂，他全当耳旁风，也没去祖母那里请安，径直回了房间。他躺在床上，才觉得被陶芙珊的拳脚打得浑身酸疼，看了眼被撕得稀巴烂的衬衫，只觉得好笑。

顾维德定了清晨的闹钟，想着明天赶早再去那条路上找找陶芙珊的头绳，没过多久就睡过去了。

另一边陶芙珊找了整整三天的张仲亭终于露面。这几天里他担心沐云柳又想不开，日夜守在她的身旁，寸步不离。

直到早上，沐云柳看到一份送来的晨报，不知上面的什么消息让她精神百倍，不仅一改往日愁容满面，还精心梳洗打扮了一番，主动跟张仲亭说："你放心吧，我不会再做傻事，老天垂怜，看来还没到要我死的时候。"张仲亭这才放心。不过即便他好奇地拿起那份晨报，也没看出来什么端倪。

把沐云柳安顿好，接下来张仲亭便要全力以赴应对福瑞泰的试衣考核。

他一回百乐门，就一头扎进布料堆里，抱着从福瑞泰领回来的那匹毛哔叽，像是在给它甄选登对的情郎一般找边饰。

这毛哔叽不比绸缎可以变着法地嵌花边，由于本身的含毛量缘故，导致整体布料过于厚重，张仲亭找遍了边饰也无一能与之搭配。

这种布料本就是舶来品，好不容易得来，以往都是有脸面的富贵人家用来做秋冬装。虽说料子厚重些，可好在多是太太们做，人到了中年发福的年纪，哪怕做出来的衣服略微臃肿些也不太计较，加之原先小县城的人本就没见过什么世面，有毛哔叽可穿就很满足，什么花样不花样的。反而安慰自己，花哨的东西多了喧宾夺主。

可这件却不一样，怎么说都是将军府的订单。让张仲亭举棋不定的还有一点，这本是难得的料子，可偏是给将军府的丫鬟缝制，太过花哨不符合丫鬟身份，会让旁边的主子难堪，可若做得过于朴素又难入将军府法眼。

这可难住了张仲亭，对着这匹深褐色的毛哔叽横看竖看，就是下不去剪刀。他在脑中过了遍市面上所有旗袍的样式，也没有头绪。

暖袍多肥大臃肿，腰身松阔，袖口宽大，下摆较长，这样的旗袍在当下已不流行。加之丫鬟的日常工作所限，大袖口哪里适合做工，伺候老爷太太忙里忙外什么活都做，穿着首先要轻便灵活。不合适。

论实用性，秋季穿马甲旗袍再合适不过，较普通的旗袍长度短一些，过膝盖两三寸左右，人穿上显得利落些。只是马甲注重前襟的花样，从刺绣到盘扣无一不考究。做得太好，用在丫鬟身上过于隆重；做得不好，又显得自己技艺不精。也不行。

倒袖旗袍同样不适合这件衣裳的主人。倒喇叭型的袖子过于夸张，丫鬟穿着它干活也容易添麻烦，碰碎古董架上的花瓶，沾上擦地水，都太正常不过。看来也不是能选择的。

总之，张仲亭想到了不下十种旗袍样式，又都被自己一一否定。于是他换了一种思路，将考虑项细列出来，再按照具体要求来考虑哪种样式最佳。

从整体剪裁上来讲，这必须是一件较为合身的旗袍，适合丫鬟的年纪，免得过于臃肿又肥大，不便于干活。轻便灵巧是做这件旗袍的宗旨，在这一思想指导下，后面的思路就很容易理清。

比如领子不能高，否则做弯腰低头的工作，会有勒颈之感；袖子不能大，必须是较为收紧的开口，免得成为举手投足间的障碍；腰身可以微微收紧，不仅在视觉上符合审美标准，也削弱了秋冬衣的厚重之感。另外，旗袍不宜过长，刚刚过膝即可，便于行动。

这几点要素提出来后，就一目了然了，符合要求的款式不过马甲旗袍和短袄半裙，只是此前马甲被张仲亭担心花样设计问题而淘汰，做成短袄半裙又……张仲亭一时拿不准主意了。

这时陶芙珊拎着家里小厨房刚出炉的三两点心来找张仲亭兴师问罪。

当百乐门这边终于传来消息说张仲亭回来了，她饭刚吃到一半就跑了过来。陶五爷在后面直喊"女大不中留"，可也没挡住她。

"你去哪了？"陶芙珊装作生气，一脸的埋怨和愤怒，可嘴角的那丝喜悦却出卖了她。她不敢多说话，生怕一张嘴就露了心迹。

张仲亭还在专心衡量马甲旗袍和短袄半裙的利弊，心不在焉地应付了陶芙珊两句。她不顾大小姐形象，和他并肩坐在布料堆里，一把抢过那匹毛哔叽，像是能帮上忙似的说"我看看！"

陶芙珊掐指一算，还剩一周的时间就要交福瑞泰试衣样品，难怪这小子跑回来了。难不成这几天他出去采风找灵感了？想到这，她就更没有心思追究他这三天的行踪了。同时她也被张仲亭的认真所打动，跟着为这匹毛哔叽出谋划策起来。

"在想什么呢？说来听听，我帮你参谋参谋。"陶芙珊一歪头，冲着张仲亭眨眼睛。

"嗯，就是福瑞泰的这件丫鬟衣裳，我拿不定主意是做成马甲旗袍，还是短袄半裙。"张仲亭没指望陶芙珊能帮得上什么忙，她一个外行人又能提出什么意见来。

可陶芙珊很果断地就给出了答案："自然是短袄半裙。"

"你又没当过丫鬟，怎么知道短袄半裙比马甲旗袍合适？"

"我没当过丫鬟，可我家丫鬟多啊——"陶芙珊差一点就说漏嘴，幸好及时刹住车，临时改口，"我表姐当过丫鬟，她时常跟我介绍经验的。"

"那说来听听。"

陶芙珊煞有介事得像教书先生一般，详细介绍了马甲旗袍之于丫鬟的不便之处，大抵跟张仲亭之前料想的相差无几。但她最后点睛之笔的总结说得很有见解，她说："层次尽量减少，方便而利落，就是一件得体丫鬟服的评判标准。"

张仲亭觉得颇有道理，就不再犹豫，果断决定做短袄半裙。陶芙珊从未做过衣裳，自己的建议被采纳，顿时有了参与感，兴致大开，非要给张仲亭当帮手不可。

正在张仲亭对样式毫无灵感时，陶芙珊又起了玩心，其实是想到家里有很多丫鬟服可以给他做参考，是好心，但还是不忘给日子找点乐子，物尽其用。

于是陶芙珊对张仲亭循序渐进地引导："仲亭啊，你说你现在的苦恼所在，是不是出于对上流人家丫鬟衣裳的不了解，怕稍有差池拿捏不好，就会过犹不及？"

此话一语中的，张仲亭附和道："是啊，不瞒你说，我才从嘉禾县来，就算是见过丫鬟，最大户也不外凌家。你也见过的，跟上海滩的权贵们一比还是落后太多。将军府我又何曾有过接触，哪怕在这百乐门见过不少小姐太太，可丫鬟却接触不多。我一时把握不好分寸，也不知能去哪里参考。"

正中下怀，陶芙珊继续说："那要是我有个办法能让你见到很多的丫鬟服，你可愿意同去？"

听了这话张仲亭眼睛一亮，他并非是想抄袭，只想借鉴一下，瞧瞧名门高院家的丫鬟服是什么样子的，免得闹笑话，于是便兴致勃勃地问："当真？"

"当真！我何曾骗过你！"说罢陶芙珊就把张仲亭从布料堆里拉出来，声称要带他去见世面。

张仲亭担心会影响她的工作，还问："那你今天没有演出？还有，这么晚了，我们能去哪里拜访参观，不打扰人家吧？"

"你怎么跟个和尚念经似的，快走啦。"虽说陶芙珊没给张仲亭念叨的时间，可见到一个伴舞经过，还是画蛇添足地跟那人说："我今晚有事，咱俩换班。"

他俩到了陶公馆门口天已大黑，可陶公馆却灯火通明，在整条路上格外显眼。

陶芙珊特意把他带到后门，这样张仲亭自然就看不见正门匾额上的"陶公馆"字样。其实是陶芙珊杞人忧天，就算他见到了，也断不会联想到这是她家。毕竟她出身清贫的形象已经深入人心，更何况这样的房子，哪会是一般人能住的。

他不知用意，还以为这是陶芙珊表姐做丫鬟的那户人家，就问她："我们这样贸然前来拜访你表姐，会不会给她添麻烦？毕竟她只是个丫鬟，会有待客的权力？"

"谁说找我表姐了？哦……对对，这确实是表姐做工的那家。只是你懂的，丫鬟嘛，哪能招待自己的朋友。所以啊，我们……嘿嘿嘿。"

"我们怎么样？"

"我们自然是走后门，悄悄地进去，趁人不注意看一圈就走。"

"你又要像上次去凌家一样偷偷进去？"张仲亭千算万算没想到陶芙珊还是恶习难改，早知就不该来。要说上次是为了救她不得已而为之，这次说什么也不能再助纣为虐了。

可陶芙珊却捂住他的嘴，"别出声，再有十秒、八秒、七秒……就会熄灯。等这里熄了灯，谁还能瞧见我们？"

张仲亭被她捂住嘴，"呜呜呜"说了半天也没有一个字是清楚的。等灯火既灭，陶芙珊拽着他就要爬上后门栏杆。

可她都上了一半了，张仲亭还是站在原地，任陶芙珊怎么向他招手都不肯跟上。

陶芙珊知道讲道理已是拧不过他，就将他一军，出乎意料大喊道："抓小偷啦！有小偷啊！"

她这一喊吓得张仲亭慌了神，没想到陶芙珊居然能做出贼喊捉贼的事，要是有人来抓，那还了得，他着急地叫陶芙珊快下来。

可陶芙珊突然泰然自若地坐在栏杆上，威胁他："你不跟上，我就不跳下去，横在这等着人赃并获。"

最后张仲亭见她又犯起浑来，担心她出事，到底还是骑虎难下随她去了。

陶公馆的守卫听到后门响动，急忙跑来，老远就认出是自家大小姐又在胡闹。这等旁门左道的事大小姐平时没少干，看她笑嘻嘻的样子也知道又是在寻开心。因此，守卫们根本没当回事，回到大门处继续站岗。

陶芙珊当起自家的小偷来，自然轻车熟路，一路畅通无阻。张仲亭可没有她那么享受，一边生气她自作主张让自己成了鸡鸣狗盗之辈，一边又心惊胆战唯恐被人发现。他越是这个样子，陶芙珊就越开心，这正是陶芙珊最大的乐趣，也是她为什么明明不费吹灰之力就能把家里的丫鬟服送来给张仲亭看，可还是要带他"入室为贼"的用意。

整个陶公馆只有微弱的廊灯亮着，可即便是这样，还是能清楚看到一楼大厅墙上赫然悬挂的那张真人大小的陶芙珊的画像。

她本以为熄了灯就不怎么明显，没想到还是能看清。从一楼上到二楼的丫鬟房，仅有这一条路，要怎么不被张仲亭发现呢，真是让她绞尽脑汁。这次本来想寻张仲亭的乐子，没想到竟搬起石头砸了自己的脚。

二人越发接近那幅画，那张和陶芙珊一模一样的画像近在眼前。

她四处张望，看到正对着楼梯的一间丫鬟房开着门——正好可以为她所用。她蹑手蹑脚贴着墙壁走，就在快转弯能看到画像时，她回头紧张兮兮地对张仲亭下令："趴下！"

"什么？"张仲亭不明白她的意思——为什么要在大厅趴下。

陶芙珊指了指楼上，能依稀看到光。她在嗓子眼里发声，说："你看楼上，有扇门开着，咱们这样走目标太大，易被发现。"

张仲亭一听竟有这样的风险，赶快拦住陶芙珊，"我们还是走吧。"

可陶芙珊已经率先匍匐在地。

怎奈为时已晚，九姨太在四楼走廊上，一边嗑着瓜子，一边对大厅发生的这一幕看得真真儿的，随口嘟囔了一句："这祖宗又在耍什么猴？"可也没敢多管闲事，生怕坏了大小姐的雅兴，自己平白无故又挨数落。

终于绕过画像，陶芙珊带着张仲亭藏在被一株灌木遮挡住的角落，从灌木叶的缝隙处，二人盯着丫鬟们一个个由自己的房间下楼而去。

"她们怎么都走了？"张仲亭问。

"每晚十点，管家都要给这些丫鬟开会，总结一天的工作情况，再分配下明日各自的任务。我就是算准了这个时间才带你来，这样我们就有半小时的时间逐一参看她们的衣柜。"陶芙珊说得一气呵成。这些规矩十几年来从未变过，她岂会不知道。

为了方便管理，陶公馆的下人房也有排序，从右手边开始，分别是侍奉陶五爷的丫鬟香怜、香怡的房间，然后是二姨太的丫鬟香芝的，三姨太的丫鬟香云的……直到九姨太的丫鬟香竹的。这其中独缺陶夫人丫鬟的房间。因其早年去世后陶五爷再无续弦，故也就无从谈起了。此外，为方便伺候，大小姐陶芙珊丫鬟的房间被特别安排在阁楼侧房。

说罢她拉张仲亭进了第一间房。这是在丫鬟里地位最为高等的香怜、香怡的房间。她们是一对双胞胎姐妹，早年被陶五爷领养，吃穿用度自然比别人好些。无论是在衣服用料还是样式上，都显得高人一等。

为区分这对相貌相似的姐妹，即便同款，香怜领口的扣子都特别用红玛瑙制成，香怡的则是绿猫眼，这样一来看颜色就能分清谁是谁，免得给主子徒增麻烦。

陶芙珊肆无忌惮地从左手边的衣柜里抽出一件夏令时的旗袍。荷叶绿色的镜面缎上印有白色碎花，而衣襟上的边饰却反其道而为之，成了白色的底反转为荷叶绿色的碎花，既有所统一，又相映成趣。盘扣倒是简单，没有过于繁琐的花样，自领口一路沿襟向下，每隔三寸便是一个，直到下开衩处，不多不少总共十个。

陶公馆每一季所有丫鬟用人小厮等的衣裳都要换新，每一季又有四套轮换，所以这一件尚新，无论是盘扣还是面料都保持良好，不至于折了它原本的容貌。

张仲亭看着陶芙珊手上香怡的这件夏衣，仔细打量了一番。果然是大户人家的手笔，所有细节的处理都恰到好处，设计上也符合夏季的清爽，不张扬，不出挑。能想象穿着它站在主子身边，既不会折损本家的面子，足够体面，又不会让众人的目光被一个丫鬟引了去。刚好又是那种夏日的荷叶香，不细闻不觉芬芳，一品味又知不俗。

"再看这件！"陶芙珊又从一旁的五斗橱里抻出一件旧衣裳。今年的新衣还没送来，去年的多少也就有了些参考价值。

"想起来了，这件我见她穿过。她好像很喜欢，经常穿。"陶芙珊自言自语道，本想以此来暗示张仲亭可以参考下它之所以被主人喜欢之处，却不料到底还是说漏了嘴。

张仲亭问："你认得这旗袍的主人？还知道她常穿？"

"啊啊，她叫香怡，是我表姐的好朋友，自然是见过几面。"她胡乱地把衣裳往张仲亭怀里一塞，忙打岔，"瞧你，怎么净关心些没用的，带你来是唠闲嗑的吗，快看快看。"

张仲亭展开这件旗袍，虽称不上别致，从款型到边饰却也干净利落，可算得上小巧。不见人，就知道穿此衣的定是手脚麻利的姑娘。

旗袍是棉麻布料的，米洛色的底配着一寸宽的酒红格子线，上有七分袖，能过肘又不繁缀，将小手臂末端露出，正是最纤细的部分，既可显出身材苗条，又能一改面料带来的沉闷感。齐膝的长度正是初秋优选，早晚冷些也扛得住微凉，晌时高温也利于通风，尤其在很多人已为秋季准备及脚面的长旗袍时，齐膝会在视觉上更透气，更显活泼。

最重要的一点，张仲亭不能确定，问了问陶芙珊："你可有听说这姑娘的主子是谁？"

"这家的老爷喽。"

张仲亭抿嘴，像是猜测全中，道了声："难怪。"

"怎么了？"

"这件旗袍最大的优势你知道是什么吗？"

"什么？"

"玲珑又不动声色。"

陶芙珊听不懂张仲亭的评价，追问起，他才又解释说："伺候老爷自是不担心抢了主子的风头，但却要比其他房的丫鬟在穿着上更谨慎，稍有差池就会被人诽谤别有用心。你看这件旗袍没有半分装饰物，就连颜色都极不起眼。太过花枝招展，恐怕会被姨太太们扒一层皮，落个狐媚的骂名。"

陶芙珊素来只觉张仲亭呆头呆脑的，没想到分析起事情来能这么全面，不禁对其有了新的认识。顺着他的话，她像是受到了启发，问道："那岂不是丫鬟服就怎么丑怎么做？"

"你看啊，这就是这件旗袍的用心所在。表面上它确实不起眼，但却很耐看，小巧的设计适合年轻姑娘的身型，小臂小腿的外露既不张扬又能突出身材优点。可见一件好旗袍不仅取决于它覆盖面上有多华丽，还要注意的一点是适当退让，把一定空间留给身材本身。就好像绘画中的留白。"

"原来如此，就只是件如此普通的旗袍，竟也有这么大讲究。"陶芙珊在一旁听得连连叫好。

张仲亭将衣裳叠回原处，说："很多巧匠就是太过于想要彰显自己的本领，将旗袍做得锦绣奢靡，可忘了穿衣本身不是为了衣裳好看，而是穿衣者自己明艳动人。过犹不及大概是这个行当里上层旗袍师的通病。"

张仲亭不好自己翻姑娘家的东西，私闯闺房就够有违道义了。因此他全程都只看看陶芙珊拿出来的旗袍，自己绝不动手。

而陶芙珊呢，一向肆意妄为，拿了东西都是随手乱扔，哪里有再整整齐齐送回去的习惯。张仲亭就不得不跟在她后面，一件件把被她翻乱的衣裳尽量原封不动叠好，物归原处。

这边张仲亭刚把香怡的衣柜收拾好，那边陶芙珊又开始捣腾香怜的。

她平时也不会怎么留意丫鬟们的衣裳，最多也就是跟在身边的香雪能让她瞧上几眼，其他人都是过眼烟云。别说丫鬟，就连那几个姨太太她又正眼瞧过谁。

她一直以为香怜和香怡的衣裳全都一样，区别只在于领扣颜色。打开衣柜，乍看之下，香怜的也都和香怡的一样，就打算去下一个房间。

但心细如尘的张仲亭却看出了端倪。衣挂上挂着一件刚换下身的旗袍，初看时和陶芙珊拿起的第一件一样，是荷叶绿的镜面缎，区别是这件并非此前那件连身旗袍，而是短衣长裤。

由于裤子本身要素净才好，所有的花色便全都集中在短衣上。

荷叶绿底白碎花的底面做身，袖子则采用反转色白底荷叶绿碎花。这样的拼接，由于颜色统一，巧妙地解决了花色杂乱的问题，不仅如此，还让这件短衣有看上去像马甲的错觉，但又比马甲更简单，免去了层层相套带来的不服帖。

旁边那条搭配的荷叶绿纯色长裤同样是镜面缎，周身没有一点花纹，独独用了白线做绲边，也算呼应了上衣的配色。以长裤的静若处子，更显短衣之动若脱兔。

"这两个姑娘的衣裳看来并不完全一样，为其制衣的旗袍师傅虽采用同一布料，但在细节上都做了改动，像是镜有两面，各照出别样姿韵。"

听罢，陶芙珊就又翻出来香怜的衣裳，一件件比对过去，果然如此。

那米洛底、酒红格的棉麻布，在香怜这里，把香怡的小立领做成了无领；靛蓝色的冬袄也一人是斜襟，一人是对襟。诸如此类，无一例外。

张仲亭慨叹，原来一样的布料，竟可有这样的千变万化。莫说是裙裤之别，就是差一个盘扣或稍改一边衣襟，都能令衣裳改头换面，呈现出截然不同的风格。真可谓是牵一发动全身，每一个细节都能决定结果。

节选自长篇小说《大旗袍师》，迷鹿文学网2018年7月首发，已连载完毕

作者 —— 张芮涵，畅销书作家，吾里文化签约作者。曾创作《在残酷的世界里骄傲地活着》《你有香气，芬芳自来》《以你为名的世界》《钦天监里有咸鱼》等作品。以扎实的文字功底，写跌宕起伏的大故事。

评鉴与感悟 ——

在很长一段时间里，网络文学的创作都围绕着"总裁""王爷"等为主角展开，主题也多为爱情。但发展至今，文学形式越来越多样化，无论是从人物设定还是在选材上都有了一定程度的拓展。

首发于迷鹿文学网，由作者张芮涵创作的《大旗袍师》，就是开辟新领域新方向的一部作品。

在年代的选取上，《大旗袍师》的背景选为民国年间，介于古今交替的这一时期，让此作品在文学语言上有了更大的宽松度。并且乱世出英雄，在家仇国恨面前，故事的格局就会被放大，不拘泥于小情小爱，而是加入了民族大义的思想，不仅让故事看起来惊心动魄，更升华了作品的精神层面。

选择民国作为《大旗袍师》的故事背景，是张芮涵别具匠心之处。本故事以一代宗师跌宕起伏的一生，撑起一部旗袍的兴衰史，那么旗袍就是全文最核心的创作暴风眼。而旗袍作为国服，在中国历史长河里，最为鼎盛的黄金时期便是民国时代，也最具代表性。

这样一来就不得不继续谈到题材问题。《大旗袍师》是一部历史年代传奇向作品，主要描写旗袍宗师张仲亭的一生。这看似传记体的作品，却又突破以往传记体以人为中心的写作手法，使其感情也好，周遭变化也好，都为了推动他的旗袍事业而展开。这样就弱化了传统文体本身模式，而是以万佛朝宗式的理念，全部为故事本身服务。

在主要人物设定方面，网络文学的主角不单只是高富帅、白富美，进行着杰克苏*、玛丽苏等套路化的安排。当下网络文学作家们也在与时俱进地探寻着新的发力点，主角光环不只体现在不俗的家世、姣好的相貌，而是让这个附加于主角身上的亮点多样化。比如都市言情

---

*杰克苏："玛丽苏"一词的泛化，指男性作者出于满足自我欲望虚构出一个完美的男性主角。参看序言第3页有关"玛丽苏"的注释。

里，就会有各行各业在自己领域表现不俗的精英，而《大旗袍师》更是将梦想、励志等正能量元素放在主角身上。主要人物的形象也不再是单一平面化，而是具有性格弧度的。就像阴晴圆缺，每个人都有阴暗面，都有铠甲和软肋，这样一表，读者会更容易接受，从而增强故事代入感。

一部优秀的作品离不开故事本身。《大旗袍师》兼具人物、任务主线，也就是男主张仲亭的旗袍事业线和情感线。此书定位于弘扬传统文化，把国服旗袍重新推向大众视野。所以它本身应该是非常教科书般的刻板的故事，但为了加强作品的可读性，在原本基础上，作者又适当安排了张仲亭、陶芙珊、沐云柳三人之间的感情纠葛，迎合了年轻读者的喜好。喜人的是，这不仅没有弱化旗袍事业线，反倒因为巧妙的设定，而对其起到推波助澜的作用。

最后再来谈一下创作的专业性，这是很容易被以往作者所忽视的一个问题。当作品涉及一些专业方向的时候，通常容易露怯。比如写医生为主角的小说，作者对医疗行业知识缺乏等问题常有发生。但张芮涵所创作的《大旗袍师》可见下了很大的功夫来了解旗袍，从裁剪到针线，再到款式，以及演变的时间节点，她都掌握得很精准而考究，并以她扎实的文字呈现出来，让作品不止承载了娱乐功能。

综上可见《大旗袍师》算得上一部佳作，也代表着网络作家越来越重视作品的广度和深度，在传统文学之外不断探索新的出路。（汪洪）

古代篇

恰逢雨连天

/沉筱之

这日芒种休沐，没有廷议，不必赶时辰。

近皇城已是天明时分，朱悯达遣去羽林卫，命朱南羡与沈奚跟着，一齐往东宫而去。

不远处，奉天殿的宫婢正在灭灯，爬上长梯拿竹竿微微一钩，挂在檐下的灯笼就被摘了下来，远望去，好像一盏一盏星辰跌落。

朱悯达侧目看了眼跟在身后的朱南羡，问："那些锦衣卫，是柳昀招来的？"

朱南羡没有作答。

朱悯达冷哼一声道："朱沢微想杀你已不是一天两天了，他筹谋许久布此一局，请来的暗卫必定不是等闲之辈，南城兵马司不过一群草莽，如何与他们抗衡？再者，昭合桥头的断首残肢刀口利落，除了锦衣卫，还能是旁人干的？"

他说到这里，脚步一顿，负手面向宫楼深处，缓缓问道："那个苏晋，是个女子？"

朱南羡也蓦地停住脚步，他双手倏然握紧，却强忍着心中突生的愕然，没露出一丝情绪。

朱悯达颇意外地扫了他一眼，淡淡道："不错，有长进。"

早在沈峥凭空带出一名婢女时，他就猜到苏晋是女子了，联想到她这夜换过衣衫，以及在之前，在宫前苑偏房，十三为她拼死抵门不开。

朱南羡是跟在他身边长大的，旁人瞧不出的异常，他能瞧不出？

若非有天大的秘密要瞒着，凭十三的个性，怎么肯在那许多人前应了自己的亲事？

朱悯达又看沈峥一眼："你也知道？"

沈峥一本正经道："不知道，但姐夫这么一问，微臣恍若醍醐灌顶。"

朱悯达知道他又在耍花腔，懒得理他。

再一想，沈青樾虽强词夺理地为苏晋打了掩护，但他确实没看错人。

这个苏晋实在聪慧，当即便猜到沈峥的目的，硬是把自己说成了一个证人，将脏水一股脑儿全泼回在七王手下的吏部身上，如此摇身一变，变成自己手里一个必保的棋子。

否则，他才不管苏晋是男是女，左右是一只无足轻重的蝼蚁。

朱悯达想到这里，吩咐沈峥道："昨夜之局，虽被你一通胡话圆了过去，但马府的守卫、奴仆……知情者甚众。苏晋究竟是不是老七谋害十三的证人，她究竟是跟十三从马府出来的，还是被柳昀的巡城御史带出来的，有心人稍一打听便能发现端倪。你且理一理你的说辞，按照这个说辞去办，那些知道了不该知道的，杀了，一个活口也不能留。"

沈峥目色微微一滞，低声应了句："是。"

可过了一会儿，他却道："姐夫，这回士子案闹得这么大，一定是朱沢微背后唆使所致。苏时雨那名失踪的故友，八成是意外晓得了此案内情，才被朱沢微的人视作眼中钉。我们何不帮苏时雨一起追查晁清的下落，倘若找到了，一来，晁清可作为证人，证明朱沢微寻人滋事，诬蔑裴阁老与今科士子舞弊，挑唆南北两地关系；二来，还可为裴阁老、晏子言与今科士子平反——"

"荒唐！"不等沈峥说完，朱悯达勃然斥道，"南北两地的士子文章差异为何如此之大，你心里没一点分寸？那是立朝之初诛北人埋下的祸根！北方士子本就不平，早已开始闹了，朱沢微寻人滋事，不过是借着这个契机火上浇了点油罢了。之后要斩士子，杀朝臣，都是父皇的旨意。本宫若去寻那个晁清，堂而皇之地参一本上去，驳的是父皇这几十年来治国平天下的颜面，你说到时候是朱沢微遭殃还是本宫遭殃？"

"再者说，朱沢微这么大费周章，不过是想借今年春闱，拔除翰林那几个支持本宫的老学究罢了。如今父皇杀心已定，本宫再作挽回已是徒然，倒是昨晚这一出……"朱悯达的语气缓下来，"朱沢微不是想借父皇之手除掉几个翰林老臣吗？正好，本宫倒要看看他之后怎么跟父皇解释曾友谅设局伏杀十三的事。只怕到时，即便曾友谅不死，曾凭也别想有命活着了。吏部掌人事大权，曾家叔侄没了其中任何一个，看看是本宫心疼，还是他老七心疼。"

朱悯达这么说着，又在心里琢磨，今岁在宫中的皇子，十四虽是个蠢货，但最擅两头挑拨。他亲睹了这一晚大戏，回头再跟老七说，老七看着柔善，实则阴狠缜密，可不是个省油的灯。

等这两日过去，士子舞弊案有个了结，他跟老七还有一场硬仗要打。

势必要计划周详了。

思忖间已至东宫。初夏之晨，东宫宫苑草木繁盛，葳蕤生光，还未走到正殿，就见一金钗宫装的女子疾步迎来。她身姿娉婷，容色倾城，右眼旁竟与沈奚一样有颗泪痣，正是太子妃沈婧。

沈婧眼底乌青，想必等了朱悯达一夜，迎上前来款款施了个礼，问道："怎么去了那般久？"再看一眼跟在朱悯达身后的朱南羡，又关心地问，"十三可有伤着？"

朱南羡摇了摇头道："皇嫂放心，我没事。"

沈婧眉间忧色不减，正要嘱人备水备食，却被朱悯达一抬手拦住。

他回过身，对着朱南羡与沈奚道："你二人跪下。"

朱南羡习以为常，双膝落地，直直就跪了。

沈奚冲沈婧耸耸肩，跟在朱南羡身边跪了。

沈婧与朱悯达青梅竹马一起长大，自小最心疼这两个弟弟，看他二人一夜未睡的疲倦模样，不由温声劝道："殿下，这回就算了吧。"

朱悯达沉了一口气道："一个胡作非为险些丧命，一个企图瞒天过海，若不是看在你的面子上，本宫还该罚得重些。"

沈奚冲沈婧眨眨眼，劝道："二姐，我没事。姐夫今日火气大，只让我和十三跪几个时辰的确是罚轻了。你是没瞧见，方才在昭合桥，柳昀受了伤，血都要流干了，姐夫连看都不看一眼。"

沈婧微微吃惊，转头看了朱悯达一眼。朱悯达面色转寒，并不言语。

沈奚笑嘻嘻又道："姐夫，柳大人可是柳家后人，孟老御史的独传弟子，平日里连皇上都舍不得罚他。就说南北士子案，他与我一起谏言，我被打折了腿，他就停了一个月早朝，您这回这么折腾他，怕是不大好吧？"

朱悯达知道沈奚这番话实则在问自己对柳朝明的态度。

他也懒得瞒沈奚，直言道："柳昀跟你不一样。你怎么想，本宫瞧得明明白白，但柳昀这个人，心思太深，不能不防。原以为经苏时雨一事，他愿意为东宫效力了，如今看来，他竟是不够尽心。本宫不知今晚的锦衣卫究竟是谁招来的，但韦姜既然在昭合桥头跟着他左都御史杀人，想必锦衣卫能来跟柳昀脱不开干系。

"今日本该是全胜之局，锦衣卫这一来，搅得两败俱伤。若换了旁人，本宫早命人千刀万剐了，正因他是柳昀，是都察院的首座，本宫才只立了一个下马威。"

沈奚见他开诚布公，也挑明问："姐夫，那您觉得这锦衣卫果真就是柳昀招来的吗？"

朱悯达道："是，又不是。"

他背负着手，悠悠道，"柳昀此人，性情寡淡，于他而言，最好莫过于身处是非之外，这也是父皇如此看重他的原因。当日若非他拿都察院的立场跟本宫买了苏晋一命，今日也不必卷入这风波。所以，锦衣卫来的背后，一定还有人。"

他说着，勾唇一笑，"也不难猜，宫中十九位殿下，此人不是老七，若是老七，本宫的储君位早就是他的了；也不是十四，十四太蠢，卫璋不是傻子，怎会择他做主？余下的人其中一个，想躲在暗处要韬光养晦？可他野心这么大，连卫璋都想收服，总有一天会跳出来。"

沈奚一脸拜服道："姐夫真乃神人也。"说着做出五体投地之姿。

朱悯达冷哼一声道："收起你的花架子。"语毕，温声唤了一句，"阿婧。"将仍忧心看着朱南羡二人的沈婧的手置于掌心拍了拍，往殿门走去。

等朱悯达与沈婧的身影消失在殿内，沈奚拍了拍膝头，爬起来又推了一把朱南羡道："喂，你不是真要跪上两个时辰吧？"

朱南羡没理他。

沈奚又道："你放心了，姐夫最听二姐的话，等下枕边风一吹，保管心软，从小到大哪回不是这样？"

朱南羡仍没理他。

沈奚双眼一弯，正中要害："十三，苏时雨真是女子？"

朱南羡身形一震，别过脸盯着他。

沈奚挑眉道："这个苏时雨真是奇了。"又怂恿道，"那我现在要去找她，你想不想一起去？"

朱南羡愣了愣，他也站起身，低声道："不去，本王要回府了。"

沈奚自道边拔了一根狗尾巴草塞进嘴里嚼了嚼，看不惯他爱搭不理的样子，忍不住挑衅道："也好，你是该好好回府反思了，否则改日被指婚，诸事不由己，岂不万念俱灰？"

朱南羡身形一顿，头也不回地走了。

柳朝明不知该带苏晋去哪里。

原想将她送回京师衙门，可转而一想，那里龙蛇混杂，她一个女子，如何自处。

又想带她回都察院，但朱悯达定已猜出她是女子了，倘若东宫派人来将她带走，又该怎么办。

柳朝明生平头一回觉得如此瞻前顾后，思来想去不由望向苏晋。

她正掀了车帘往外看。

身上的外衫还是覃照林的，麻布粗衣实在碍眼。

也不知这些年她一个人是怎么过来的。

小吏帮柳朝明的伤上好药，车夫探头进来问："柳大人，回宫吗？"

柳朝明微一摇头："回府。"

至柳府，小吏叩开府门。

应门的老仆见了柳朝明，愕然道："大人回来了？"

柳朝明经年公务缠身，时常没日没夜地待在都察院，甚少回府，是以听了老仆这一声唤，府内顷刻就有人迭声接了一句："大人回来了？"

伴着话音，从里头走出两名随侍，其中一人苏晋见过，是当日在大理寺风雨里给她送伞的那位，叫作安然。另一人身着素白长衫，五官清秀，与安然有几分像，大约是兄弟两个。

两人一起迎上来，却在看到苏晋的一刻同时顿住，安然诧异地问："大人，这是您……请到府上的客人？"

柳朝明淡淡"嗯"了一声，吩咐道："阿留，你去给苏知事备一身干净衣衫。"

阿留称"是"，一脸好奇地又想说什么，被安然一个眼风扫过来，只好领命走了。

安然问："大人要在哪里见客？"

柳朝明看苏晋一眼："东院书房。"

柳府是素净的，大约因为主人不常在，府内连着下人统共不到十人，清寥得实在不像官居二品的左都御史的府邸。

东院书房不是柳昀常用的书房，里头的纸墨都是簇新的。得入内，阿留已经把衣衫备好了，一袭月白直裰，凑近了，还能闻到杜若清香。

柳朝明看到衣衫，愣了一下。

阿留笑道："苏公子，您身形纤瘦，这是大人少年时的旧衣，小的拿皂粉洗过几回，年年都会用香熏过一遍，公子放心穿。"

苏晋不由看了柳朝明一眼，柳朝明却将目光避开了去。

苏晋犹疑了一下，应了声"好"，将衣裳接过折身去隔间。

阿留跟在她的身后，又殷切道："苏公子，小的等下为你打水去吧？"

苏晋点了一下头："有劳。"

谁知阿留说完，并不退出隔间，反是走上前去要为苏晋更衣。

苏晋倏然退开一步，愣怔地看着他。

与此同时，外间冷冷传来一句："阿留。"柳朝明微蹙着眉，目光落在屋外，"出去。"

阿留有点没想明白，说道："大人自开府以来，除了沈大人几个不请自来的客，这还是头一回将人带回府上。我与三哥打幼时跟着大人，知道大人生性寡淡不爱热闹，但这接客之道，重在一个体贴热情，阿留却是懂得。"

他说着，又看向苏晋，殷勤地续道，"苏公子，您不知道，您可是大人头一回请来府上的人，是贵客。等下阿留为您更完衣，再为您打水。您身上穿的这身不太干净，阿留待会儿帮您洗了。对了，苏公子您喜欢吃什么，小的让刘伯去备着……"

他说起话来拉拉杂杂得没个完，苏晋与柳朝明无言地看着他。

好在安然赶来书房，看到阿留的老毛病又犯了，一手拽住他的胳膊，径自将他往外拉，一边道："跟我出去。"

阿留道："哎，三哥，我还没说——"

安然探进个头来跟苏晋赔礼："苏知事见谅，我四弟有洁症，又十分话痨，您多多包涵。"说着，一手捂了阿留的嘴，连扯带搡地将他拽了出去。

柳朝明也出了书房，将门合上。

苏晋刚把外衫解下，就听到外头安然一时没捂住阿留的嘴，絮絮叨叨的声音又响起："不是，柳大人，您怎么也出来了，不就换个衣裳么……"

柳朝明寒声道："找东西把他的嘴堵了。"

安然道："是，一定堵，堵一整日。"

少顷，苏晋换好衣裳，推门出去。

柳朝明负手站在一树女贞子下，细碎的白花坠在枝头，他身着朝服，长身玉立。

听到开门声，他回过身来，看了眼身着自己少年时衣衫的苏晋，一时没有说话。

苏晋走过去与他一揖："柳大人。"

日晖斜照，淡淡铺洒在柳朝明的眉梢，为本来十分好看的眉眼覆上一层光晕。

柳朝明"嗯"了一声："你可想好日后怎么办了？"

苏晋微一摇头："不知道，走一步看一步吧。"

柳朝明这才移目看向她，片刻，问："为何要入仕？"

苏晋抿了抿唇，有些惘然："当年阿翁冤死，时雨心里不甘不忿，一门心思想要为他讨个公道，讨回清白，是以才苦读入仕，可惜——"她语气一涩，"后来明白了些世事，看懂了些人情，才知道所谓公允、清白、正义，有时候只是当权者蛊惑黎民的手段，它们只能存于天下制衡、万民一心的法则之内，否则，一文不值。"

柳朝明问："所以你便得过且过？"

苏晋笑了一下："也不算，我既选了这条路，说什么也要走下去。那时已入仕，便一心想着把眼前的事做好。"

柳朝明点头道："脚踏实地，且顾眼下，也不失为一种生存之道。"然后他忽然问苏晋，"你幼时可曾听说过柳家？"

柳家乃大儒世家，自前朝一直屹立不倒，数百年出过无数将相王侯，虽也有在争权中流血牺牲的，但家族枝叶深广，从未伤其根本。

苏晋知道柳朝明问的柳家乃杭州他这一支。谢相的挚友孟老御史在兵起年间曾在柳家任师，谢相也曾去做客，颇受柳老先生敬重，算是半个旧交。

苏晋道："听说过，但幼时只知柳昀，不知柳朝明。"

谢相当年去柳府做客，曾见过柳昀一面，回来后，与苏晋的原话是："柳家有子，自字为昀，其人如玉，光华内敛。"

柳朝明问："你当年落难，为何不来柳家求助？"

苏晋低声一笑："当年落难，目睹至亲之人被残害致死，是谁也不能信了。且蜀中回杭州千里，我彼时不忿，只求苦读为阿翁洗冤，该要如何去？"

柳朝明默然片刻，才问："你……在朝中，还有什么心愿未了？"

"大人这话是何意？"苏晋一怔。

柳朝明却径自往下说道："想找到晁清？想杀曾凭和曾友谅以报他二人当年加害你之仇？还是想为谢相洗冤？"他顿了顿，"这些我可以替你去做，但你，必须离开。"

苏晋不解："大人要我去哪里？"然后她似有所悟，"大人要我离开京师，离开这个是非之地？"

她垂眸笑了一笑，"可是我离开了又能怎么样，我已孑然一身，在何处不是聊度此生？天下之大已无归处，还不如留在这个是非地，尽己所能做一些力所能及的事——"

"你可以去杭州。"柳朝明打断道。

他避开苏晋的目光，"我的故乡。"

"去杭州？大人的意思，是让我去柳家的学府谋生？"苏晋微微一怔，"大人图什么？是老御史临终前，大人承诺过要照顾我？"

柳朝明不知应当怎么答，觉得是，但一时间又觉得不像是。

心中思绪像纷纷雪，沾地即化，杳无踪迹。

"你身为女子，假作男子入仕已是离经叛道，难道还要在此处越陷越深？"

柳朝明说着，沉了一口气："昨夜之局，你已卷入太子与七王的争斗之中，以为这就算完了吗？朱悯达现已猜出你是女子，以他的性情，定会利用这一点再做文章，若做不了，你与他恩怨在前，他势必诛之而后快；朱沢微也非等闲之辈，你的身份如果叫他知晓，日后更会步步险局。若是太平盛世便也罢了，可现在陛下已老，藩王割据，势力林立。数百年前，西汉'七国之乱'、西晋'八王之乱'，历历在目，史鉴在前，党争愈演愈烈，少则一年，多则三载，整个朝堂必定如嗜血旋涡，无人幸免。你也一样，你若再往下走，势必深陷泥潭难以脱身，到那时堕于万劫之渊，恐怕连我也难以保得住你。"

风拂过，女贞子簌簌落下。

苏晋自这风中抬起眼，望着柳朝明："我若走了，大人呢？当日大人在宫前苑已拿都察院的立场跟东宫买了我一命，而今我成了太子殿下的证人，大人却要送我走？那大人以后要如何在东宫与七王之间立足？"

"大人，你我都是浮萍之身，早在踏入仕途的一刻，已陷在这泥潭之中，时雨不盼独善其身，只愿坚守本心。"她说着，兀自轻轻笑了，"大人不是还问我可愿去都察院，做一名拨乱反正、守心如一的御史吗？"

碎花拂落她的肩头，顺着衣衫滑下，跌在地上。

那是他年少时的衣衫，未及弱冠，意气风发，心怀大志。

奇怪她分明是个女子，他却像在她身上看到了彼时的自己。

柳朝明移开眸光，目色沉沉地看着躺在泥地上的女贞子，轻声道："来都察院的事就此作罢。"

"你只当我，没说过这话。"

苏晋的身影微微一滞："大人？"

柳朝明却不应她，拂身走往长廊，问道："安然，厢房备好了吗？"

安然自廊外探了个头出来："备好了，苏知事这就要去歇了吗？"然后对苏晋一笑，"小的这就带知事大人过去。"

柳朝明微一点头，余光看到苏晋在那株女贞树下默立了片刻，朝他深深一揖，折往厢房处了。

安然将苏晋带到厢房，又巫巫转回书房，看到柳朝明竟还站在长廊处，不由上前道："大人，小的无能，没法为大人分忧，且还有一桩事，说出来怕更添大人愁闷。"

柳朝明拧眉扫他一眼："但说无妨。"

安然咽了口唾沫道："是这样，方才沈大人不知何时来了，猫在书房外听了半日墙角，眼下正在正堂等着您。"

沈奚挑着把折扇，正凑在正堂右墙细细品一幅新挂上的《春雪图》。

柳朝明一脸冷寒地走进来，也没跟他搭话，走到案前沏了盏茶，才问："你来做什么？"

沈奚心中不悦。

朱南羡对他爱搭不理便也罢了，柳昀也对他爱搭不理。

合着他前前后后折腾一夜竟里外不是人了？

沈青樾拿腔拿调："哦，我来替十三殿下把苏时雨抢回王府。"

柳朝明端起沏好的茶，并不吃，回过身看着他。

这就要端茶送客了。

沈奚的脸皮厚得像城墙，非但不走，还堂而皇之在八仙椅上坐了，懒洋洋道："怎么，只许州官放火，不许百姓点灯？柳大人招来锦衣卫，将了东宫一军，我这'太子党'不也没当着太子殿下的面戳穿你？"

柳朝明听了这话，将茶搁下，往沈奚左手旁坐了，悠悠道："沈大人是怎么看出锦衣卫是本官招来的？"

沈奚以手支颌，眨眨眼："我说是直觉，柳御史信吗？"

柳朝明侧目扫他一眼，轻描淡写道："信，且本官还相信，在猜到朱十三带走的婢女是苏晋后，沈侍郎费心寻来一个替身，其目的仅仅是为了帮太子殿下泼七王殿下的脏水，并不是为了给自己留后路。"

沈奚微微一愣。

柳朝明此言可谓一语中的。

确实，他早也猜出朱南羡从马府带出的婢女，除了苏时雨不作第二人想。

当时的情况下，只有两种可能，其一，苏时雨是男扮女装，其二，苏时雨本就是女子。

如果是第一种可能，苏时雨便没什么见不得人的，在太子盛怒之下，她大可以说出在马府的见闻，保自己一命。

如果是第二种可能，那她就是欺君之罪，朱悯达一定容不了她。这样的局面下，他先找来一个婢女，帮苏晋在面上囫囵过去。她若足够聪慧，接下来便会借题发挥指认吏部，变成朱悯达手上一颗可用的棋子，如此东宫才会留她一命。

但无论是哪种可能，他沈青樾都不用亲自出面指认吏部。

沈奚确实是太子党，但这多半是因为沈婧的缘故，否则凭他的智计，在这群王割据、各方势力林立的朝堂下，未必不能如柳昀一样先作壁上观。

乱流之中，立场若站得太早太坚定，几乎等同求死。

昨夜他早勘破马府之局，若他真想将马府中七王心腹一网打尽，大可以让羽林卫先锋先将马府围得水泄不通，什么下毒的暗杀的一个也跑不出去。

退一步说，就算有人跑了，他都不用苏晋出面作证，只要一碗茶的工夫，他就可以凑齐假的证人和证据——毒酒血刀，然后一一摆在曾友谅跟前指认他。

但他不愿，他不要做这个出头鸟。

所以他让苏晋来。

这就是沈青樾，凡事都要为自己留一条后路。

反正在他看来，这里留一丝缝，那里留一道口，凑在一起狡兔三窟，指不定哪天就成了他的容身之处。

他这点心思，连朱悯达都未曾参破，还以为他在尽心尽力地办事呢，却不料被柳朝明看透了。

沈奚"啧啧"两声，摇头道："柳昀，你知道我最讨厌你什么吗？你平时摆摆高深、装装莫测便罢了，我最讨厌你现在这副洞若观火、锋芒毕露的样子。"

柳朝明淡淡道："彼此彼此，沈侍郎一步百算，更令柳某心折。"

沈溟凑近道："让我猜猜，柳大人今日的戾气为何这么重？"然后把折扇往掌心一敲，恍然道，"哦，可是因为我把苏时雨推到了风口浪尖上？"他往椅背上一靠，挑起扇子指点江山，"你也不想想，她这样的身份，迟早要在刀山火海里蹚一遭，昨夜若不是我，若不是她够机敏，指不定已经死了呢。"

话虽没错，听起来却不入耳。

柳朝明转脸看着他，忽然道："沈侍郎今日这么心浮气躁，是太子殿下又命你杀人了？"

沈溟从来无所谓的神色在听到这一句后忽然变得凌厉，笑容一下便收了："柳御史气度高华，难道手上就没沾过血？"他负手起身，冷笑了一声，"大家都不干净，谁也别说谁。"

柳朝明平静道："正是。沈侍郎自在帐中运筹帷幄，都察院的事，比千里更远，侍郎便不必管了吧。"

沈溟回过头来，双眼忽然一弯："柳御史所言甚是，帝王有帝王的制衡之术，我等臣子也该有自己的求存之道不是？"

二人既达成一致，柳朝明这才问："说吧，你来什么事？"

沈溟负着手，看向堂外灼灼夏光，默了一默道："晏子言快死了，说想见苏晋一面。"

柳朝明一愣："还是没能多拖几日？"

沈溟嘲弄地笑了一声："陛下什么性情，你我岂能不知？这回宽限了两天，已是天大的恩情了。"

柳朝明点了一下头："节哀。"

沈溟苦笑了一下，他走到堂门前，盯着浸在日晖里的草木，懒懒道："有什么哀不哀的，我们一起长大、一起在翰林进学的许多人，晏子言也不是头一个遭到这种事的。每回尽力去求情，哪回真救了人？我只是没想到，旁的人或是被冤或是真出了岔子，终归有由头可寻，他从小心气最高，末了竟要死在这心气上了。"

他言语之间颇丧不堪，柳朝明不由抬头看向他。

幼时在翰林进学，沈奚年纪最小却绝顶聪明，颇得晏太傅、文远侯所喜，所以晏子言从小便嫉妒他。

沈青樾又是个"你既然讨厌我，那我更要气死你"的脾气，两人从小到大不知打了多少回架，从泥地里打滚到对簿公堂，沈奚往东，晏子言便往西；晏子言说对，沈奚便说错。

外人一直以为他二人这是结下世仇了。

直到发生南北一案。

晏太傅致仕后，徒留一个虚衔，晏家两位兄长知道圣上乾纲独断，各上了本折子以后便也没信儿了。

没想到最后为晏子言奔波的却是沈青樾，连被打折了的腿伤都还没养好。

柳朝明问："什么时辰行刑？"

沈奚道："明日晨，在正午门。"

柳朝明道："等等吧，苏时雨才睡下。"

阿留的嘴虽被堵了，仍为苏晋备好了膳食，打好热水。

苏晋奔波数日，终于能一洗风尘。

这一日睡得格外沉，柳府内外弥漫着淡淡的杜若香，香气怡人，入眠后连梦都没有。

苏晋这一觉从天亮睡到天黑，醒来时已是夜半。安然进来说户部的沈侍郎已在柳府等她一整日了，要带她进宫见晏少詹事。

苏晋虽没想明白晏子言为何临行刑了要见她，但思及人之将死，并未推脱，跟沈奚上了马车。

暗夜中，刑部大牢门口点着灯火，往下走一条深长的甬道，两侧皆是铁牢，黑漆漆的，偶有月光透过高窗照进来，能看到牢里关着的囚犯。

沈奚带苏晋从大牢的后门而入，一旁的刑部小吏举着火把引路，走到一半，沈奚忽然顿住脚步，递给苏晋一小坛杏花酿道："你去吧，我就不去了。"

苏晋愣了愣："沈大人？"

火光与月色洒在沈奚身上，一双桃花眼低垂着，眼角泪痣格外夺目。

他低低笑了一声道："其实他也没说一定要见你，只是听说你没从晏子蓁入手查晁清案子，跟我提过一句想要当面谢你。"

苏晋道："这也是受沈大人所托。"

沈奚默了一默，似乎在想该说些什么，终是一叹："他一辈子清高，把尊严看得比什么都重，眼下落得这副光景却让我瞧见，想必觉得不堪。每回我来，他都要与我吵上一架，当是不愿再见我这个仇人了。"

他又道，"你不一样，你与他相交不深。他快死了，有什么不愿与我说的，也许愿与你说。"

黑暗中只有火光，甬道深长，晏子言的牢房要走到尽头。

他似在闭目养神，听到牢门的动静，蓦地睁开眼，看到苏晋，愣了愣道："是你。"然后他沉默一下，往苏晋身后看了一眼，轻声问，"只有你一个人吗？"

苏晋还记得上回见晏子言的样子。

长眉凤目，白衣广袖，宛如古画里的魏晋名士。

而今再见他，几乎要认不出来，一身脏污的囚袍遍布血痕，瘦骨嶙峋的样子哪还有半点昔日风采。

苏晋点头道："我来送少詹事一程。"

说着，进得牢房，将手里的酒坛放下，借着上路饭余下的酒盏，为晏子言斟了一杯。

晏子言接过，一笑道："多谢。"然后不无遗憾道，"可惜前日受刑，不知怎么舌头坏了，已尝不出味道了，酒色虽好，却品不出是什么酒。"

苏晋道："是杏花酿。"

晏子言握住酒盏的手一顿，眸色暗下来，忽问："沈青樾果真没来吗？"

苏晋不知当说什么好。

晏子言兀自笑了笑："他每年开春，都会亲手酿几坛杏花酿。我这辈子，从未夸过他什么，唯一的一回，大概是去年开春意外尝了他的杏花酿，说了一句，酒不错。"

苏晋道："沈大人说，他每回来看少詹事，您都要与他吵一回，今日他就不在您跟前碍眼了。"

晏子言晃了晃手里的杏花酿，仰头一饮而尽，"哼"了一声道："我才懒得跟他吵，我就是看不惯他每回来一副少言寡语的样子，从小到大非要气死我的劲头到哪里去了？嬉皮笑脸玩世不恭的劲头到哪里去了？我不跟他吵两句，只怕他会闷死。"

苏晋垂眸道："有些话我眼下提或许不应当，但清明如少詹事，不会不知圣心所向，倘若少詹事您不自请审查士子舞弊的案子，或者查了以后，立场站得模棱两可一些，也不至于如今日一般。"

晏子言笑道："这话沈青樾也提过，气极的时候，还嘲笑我非要跟他对着干，死了活该。诚然我最初的确是为了跟他对着干，才认定南方士子舞弊，自请查案，但是，"他一顿，语气蓦地变得十分笃定，"你若亲眼见到这些士子之死，亲眼见了他们苦读一生的才华与希望被轻贱，被侮辱，你站在我的立场，难道不该为他们讨回公道？宁溘死以流亡兮，余不忍为此态也。"

晏子言抬目注视着高窗一角，轻叹："我晏子言，从小到大，天赋不及柳昀，智巧不及沈青樾，但我从来坚守本心，对我而言，是就是，非便非，便是蒙受不白之冤又如何？我信逝者如斯，也信苍生民心，我相信总有一天，青史会还我一个公道。"

这一刻，他虽一身脏污囚袍，但苏晋仿佛在他的眼神里看到了他昔日不可一世的风采。

她顿了一顿，轻声道："亦余心之所善兮，虽九死其犹未悔。"

晏子言愣了一下，忽然一笑，道："柳昀一直看重你，想必是想收你去都察院，你愿去吗？"

苏晋忽然想起柳朝明那句——你就当我，没说过这话。

她摇了摇头道："我不知道。"

晏子言待要再说什么，牢门的锁忽然一响，"哐当"一声，是时辰到了。

两名刑部的差役走进来，为他带上脚铐，低声道："少詹事，请吧。"

晏子言点了一下头，拾起那坛杏花酿，为自己斟满一杯酒，起身走出牢门，却又回头："为什么不？你胸怀锦绣，有经世之才，不如跟着他，

213

做一名拨乱反正的御史。这天下万马齐喑，终归要有人发出声音。但愿我死后，终有一日，有御史，有闲人，为我提上一笔，让晏子言、许元喆这样的名字，能早日在青史中重见天日。"

然后他顿了一顿，又是一笑："苏时雨，余处幽篁兮终不见天。"

路险难兮独后来。

悟道虽迟，幸而未晚。

甬道两端都有门，北端是入口，南端通往正午门外。

晏子言走到门口，忽然回过身，看向长道无尽的深暗处，举起酒杯，高声道："斗了一辈子，这一役，可是我略胜一筹？"

火光幽微，暗处似有人在轻叹。

晏子言一笑，仰头将酒一饮而尽，酒盏置于地上，低声道："跟他说，今生做了一辈子仇人，累了，来世做知己吧。"

言罢，再也不回头，大步流星往午门外走去。

苏晋看着他的背影。

她原认为晏子言高傲自矜，曲高和寡，现在看来是她错了——若一个人纵然一身枷锁亦能坦然无悔，当是名士无双。

行刑队走到正午门外已不见身影。朝阳初升，沈奚不知何时提着杏花酿也来到轩辕台，轻声问："他方才，可有留话？"

苏晋点了一下头："少詹事说，与沈大人做了一世仇人，累了，来世，愿为知己。"

沈奚看着远处矗于在长风中的巍峨宫楼，一时无言。

片刻后，他弯身拾起被晏子言置于地上的酒盏，斟满一杯杏花酿，对着宫楼无尽的风声处遥遥举杯，仰头一饮而尽。

苏晋作别了沈奚，往承天门而去，心中不断想着晏子言最后的话——

"但愿我死后，终有一日，有御史，有闲人，为我提上一笔，让晏子言、许元喆这样的名字，能早日在青史中重见天日。"

做一名御史，当真可以明青史，清吏治，洗冤屈吗？

得到宫门处，身后忽然有人唤了一声："知事大人。"

是京师衙门赶车的杂役阿齐来了。

阿齐道："知事大人，周通判跟府丞大人打起来了，刘大人让小的在承天门这儿等您——"

苏晋心中有不好的预感，没等他说完，跳上马车道："是出了什么事？"

"小的也不清楚，似乎是跟知事大人收留的阿婆有关。"

苏晋怔了一瞬，脑中莫名像是有什么东西轰然炸开，她不再说话，当即一扬缰绳，打马扬尘而去。

退思堂内乱糟糟的，案椅倒地，周萍一脸乌青，被两名衙差死死制住，却依旧目眦欲裂。

孙印德脸上也挂了彩，听了这话，"哼"着冷笑一声道："跟本官有关系吗？老太婆不知从哪听来的她孙子舞弊被抓，一直缠着本官为他洗冤，本官只好跟她说句实话。再说了，陛下的圣旨早就下来了，她的孙子早也死了，她七老八十的，活着也是拖累，本官说的不对吗？她孙子该死，让她跟着她孙子去，也好一了百了。"

此言一出，连一向圆滑的刘义褚也是满脸铁青，手中的茶盏几乎要捏碎了去："孙大人，老吾老以及人之老，说者无心，听者有意，你这么告诉她，跟撺她赴死有何区别？"

孙印德轻蔑一笑道："撺她赴死？她投河自尽，是本官推下去的？"

"你说什么？"

苏晋站在退思堂外，怔怔地问道。

然后她看了眼被衙差制住在地，满目悲愤的周萍，又看了眼一腔愁哀的刘义褚，蓦地折转身去，亟亟赶回自己的屋舍。

屋中雅静，比她前日离开时更要干净一些，大约是元喆的阿婆为她收拾过了。

桌案上放着一双鞋垫，是阿婆比着她靴子的大小为她做的。

是了，当日她为了让阿婆住得安心，便请她为自己纳了一双鞋垫。

苏晋紧紧地将这鞋垫握在手里，缓缓地吸了一口气，然后决然折回退思堂。

退思堂中，刘义褚与孙印德仍吵得不可开交。苏晋站在堂门，轻声唤了一句："皋言。"然后问，"阿婆怎么没的？"

周萍听了这话，目色中的愤懑忽然化作无尽的哀楚，哑声道："怪我。昨日上午，我看到阿婆一个人出去，她走得很慢，一边走一边抹眼泪，我本已留了个心眼，还问她可是出了什么事，她说她只是想元喆了，没想到后来……"

"没想到后来，阿婆直至傍晚都没回来，我和皋言这才着人去找，却在淮水边找到她的尸体，捞上来时，人已泡涨了。"刘义褚接着道，转头盯着孙印德，终于遏制不住满腔怒意，"我与皋言本已为阿婆置好棺材，姓孙的竟不让我们把阿婆接回来，强命衙差在城外找了个地方将阿婆的尸身匆匆扔了，把我与皋言绑了回来！"

孙印德厉声道："你还想接回来？也不怕旁人以为是咱们衙门闹出命案了？明日不用上值了？"

"那你就任她暴尸荒野？"苏晋冷目注视着，寒声道，"孙印德，我将阿婆留在我的屋舍，不求你帮忙照顾，只求你能积点德，不管不问便好。你以马府之局把我支走，回过头来就是这么积德的？"

孙印德怒喝道："大胆！你小小从八品知事，竟敢对本官颐指气使，小心本官上奏朝廷，告你不敬之罪！"

苏晋冷笑一声道："你可以上奏朝廷，把我治罪又怎样，大不了是冤屈之人的名录上再添一笔。我倒是想问问孙大人，到底有何脸面告诉阿婆，许元喆是因舞弊而死，是该死的？"

孙印德道："苏晋，你不要信口雌黄，许元喆是皇上亲下旨点名道姓的乱党，凭你一口一个冤屈，足以判你忤逆圣上，千刀万剐不足以赎罪！"

苏晋振袖负手，平静又坚定道："此南北士子一案，元喆何其辜？冤死的士子何其辜？为公允二字牺牲的贞臣义士何其辜？清白自在人心，纵有人背后作祟，纵皇天不鉴，鲜血四溅或可一时障目，却遮不住天下苍苍悠悠众口，终有一天，那些冤死的人都会重见天日，反是你——"

她向孙印德走近一步，看入他的双眼，痛斥道，"你身为父母官，上愧于苍天，下负于黎民。贡士失踪，你怕得罪权贵不允我查；士子闹事，你避于街巷不出；血案再起，你为保自己不受都察院问责结党投诚七王，设局险些害死十三殿下！而正是今日，深宫之中尚有义士毙于刀下九死不悔，你却在这儿计较一个自尽的老妪会不会污了你的清白？你还有清白在吗？实在觍颜人世，行若狗彘！"

孙印德听到最后一句，暴怒道："你是什么东西，竟敢这么跟本官说话？！不要以为你背后有左都御史，有十三殿下护着你，你就可以为所欲为！你以为只有你有靠山，你大可以现下就去都察院投状告本官，且看看能否动得了本官！"

苏晋看他一眼，淡淡道："不必，要惩治你，不假他人之手。"说着，她径自绕开孙印德，往衙门外走去。

孙印德嘲弄道："不假他人之手？你不过区区知事，本官看你还能掀起什么风浪。难不成还能爬到本官头上不成？哦，你怕是不知道吧，再过几日，本官就要高升了。"

苏晋脚步一顿，回过头来道："那就给孙大人贺喜了。另还盼着孙大人记着，无论你用何种手段，爬得多高，我苏晋，总有一天定会让你跌下来，摔得粉身碎骨，给那些平白冤死的人陪葬。"

苏晋觉得自己一生从未有一刻像现在这样清醒而坚定。

幼时家破人亡的不忿与不甘在见识过世态炎凉宦海浮沉后化作乌有，只剩满心的怅悲与惘然。

哪怕那年被吏部构陷，也仅凭了求生的意志，一步步从死人堆里爬出来。

如果说从前的执着与奔波只是为了心中的情与义，那么今时今刻，仿佛如溺水之人攀上浮木，堕崖之人挽住山蔓，跌跌撞撞往前走，竟能看见浮光。

正如柳朝明所说，暗夜行船，只向明月。

哪怕要蚍蜉撼树，哪怕会螳臂当车。

苏晋守在承天门外，也不知等了多久，才见柳朝明的轿子从里头出来。

苏晋走上前去，站在道中央，拦了轿子。

安然命人停了轿，柳朝明走出来，看了眼苏晋，屏退了轿夫。

是日暮黄昏的天，有风吹过，夹道两旁荒草蔓蔓。

苏晋双膝落地，面向柳朝明直直跪下，垂眸道："恳请大人，收时雨做一名御史。"

柳朝明本想拒绝，却在她的眉间看到了异乎寻常的清晰与决绝，话到了嘴边，化作一句："为何？"

苏晋道："太子既已知我身份，那我只有两种结果，一则，死；二则，留我在朝中，做一枚有用的棋子。"

柳朝明静静地看着她，轻声道："本官是问，为何要做一名御史？"

暮风拂过，苏晋自这风中抬起眼，眸光灼灼，像是燎原之火："明辨正枉，拨乱反正，进言直谏，守心如一。"

"大人之志，亦是时雨之志。

"今生今世，此志不悔！"

节选自长篇小说《恰逢雨连天》，晋江文学城2017年11月首发，已连载完毕

作者

沉筱之，晋江文学城签约作者，曾创作《公子无色》《一念三千》《恰逢雨连天》等作品，文风大气沉着，文笔凝练深刻，时而幽默动人，时而催人泪下。

评鉴与感悟

《恰逢雨连天》是晋江文学城古言人气作者沉筱之的最新力作，一经连载便受到诸多读者追捧好评。这个故事发生在暮春秦淮的雨天，主人公苏晋因故友失踪，卷入南北士子一案，在汲汲寻求真相的过程中，她失望地发现上位者各有图谋，为己欲或为稳固民心，不惜斩杀清白读书人与义士，从而立志成为一名拨乱反正的御史。苏晋承家学渊源，胸怀锦绣，在这条踽踽独行的守志之路上，遇到柳朝明如明月般倾毕生之力为她披荆斩棘，朱南羡如烈阳尽一生之爱为她伶仃人生洒下春晖。但时局危矣，藩王割据，政见相左，唯愿动荡与乱流之后，能迎来破旧立新的盛世天地。这是一部大女主的权谋题材，主人公苏晋以瘦弱女子之躯，几近波折，终在以男子为主的封建王朝占得一席之地，位极人臣，施展自己的理想抱负，为国为民谋取福祉。她自立自强的励志人生十分振奋人心，堪称古代板女性职场奋斗史。

故事是虚构的，或多或少却可以看出一些历史的缩影，南北榜之争、君权相权矛盾、藩王利弊、监察制度、屯田制度、民族大融合、迁都、打击倭寇、海航贸易等等，看完全文，就仿佛看尽了大半本史书。可以说，这是作者立足于中国古代封建王朝制度变革的一次文学加工再创造，真实再现了一个盛世王朝的来之不易，既得有圣明之君，也少不了治世良臣，更缺不了守卫疆土的大将。除了历史缩影故事还夹杂着诸多儒家道家法家等思想，有反思有升华。

这个故事的人物塑造很值得人欣赏，不再是一味地黑白是非分明，孰好孰坏如何划分也不再是作者一两句话就下了定义，是非功过全留给读者自己体会。不管是哪个主要角色，作者都写出了他们的特点，苏晋、朱十三、柳昀、沈奚、朱四以及各自追随他们的人，他们不管是一开始就定好目标，还是迷茫之后顿悟方向，最终都有了自己要坚持走下去的路，并为此不断做出努力，哪怕头破血流，压上自己的命，也从不后悔自己的抉择，他们的追求与付出无一不撼动着读者的心。

打动人的还有贯穿全文的情和义，对家人的守护，对爱人的相守，对知己的相交，对同仁的相携……小至家，大至天下，我们看到了一群有血有肉、至情至性的人。令人泪目的情节比比皆是，含冤而死的士子，追寻正义、慷慨献身的俊杰，共赴黄泉的太子夫妇，在阅读中，你会一次又一次被故事情节带动情绪，无法自拔。

作者沉筱之文风大气沉着，文笔凝练深刻，故事格局宏大，架构磅礴，情节跌宕起伏又不乏生动幽默之处，人物鲜活，跃然纸上，并随故事成长蜕变，既刻画了细腻的儿女情，又写出了天下棋局的荡气回肠，是一部不可多得的佳作。（张白琼）

权　后

/绿袖

　　我要保的是我们一族的荣华富贵、权重望崇、杖节把钺，这是我们盛家每一个人的职责，以前它是我的，现在，是你的了。

1

　　盛脂怕冷，冬至那天还起了雾，她跟着盛家的长辈们跪在正阳门外。重雾遮盖的正阳城门灰扑扑地耸立在眼前，城墙上黄底黑虎的一排皇旗被雾打湿，垂了下来，在雾气中仅能看见模模糊糊的黄色。过了不久，有朦胧的光划破了雾霭，车马辘轳声遥遥传过来。

　　盛脂低着头，如释重负，暗想：可终于来了。

　　两列侍卫明火执仗，霎时火光冲天，驱散了雾霾，让人得以一窥全豹。被明黄的帷幔遮得严严实实的龙辇缓缓从眼前经过。冬至已至，君王需至天坛祭祀，祈愿来年庄稼收成好。

　　龙辇后面紧接着便是凤辇，盛脂等的就是这个时候。果然，摇摇晃晃的凤辇走到盛家这里停住了，一只雪白、纤长的手撩开重重帷幕，清淡狭长的眼从撩起半边帷幕的凤辇里望出来，看到盛脂后，里面的人笑了笑，说："脂儿，上来陪陪本宫。"

　　盛脂手脚冻得冰冷，她爹在旁边警示地瞪了她一眼，她规规矩矩地站起来，踩着小碎步，走过跪伏的人群，上了凤辇。

盛宓最疼爱的就是她这位小侄女，所以她一上车，就不由得撒娇，向盛宓伸出双手，说："姑姑，可冷死脂儿了。"其实还好，她穿得厚，伸出来的一双手白白嫩嫩的，没红分毫。

盛宓看了她一眼，将手中的小火炉递了过去，又抬手摸了摸她的头。盛脂顺势腻歪几下，没一会儿就睡了过去。

盛脂再醒过来的时候，是在一间厢房中。外面的天色稍暗，盛脂走到窗边朝外望了一眼，黑沉沉的天一层一层地压下来，屋子里很暗，大概是要下雪了。姑姑估计是怕吵着她，所以屋子内的宫娥都遣下去了，显得越发静，只有时漏一声一声传出，已是申时了。

她推开门走出去，御驾已经到了天坛，这里大概就是其后的皇寺——专供皇家每年来祭祀的时候住宿的。盛脂现在她姑姑所住的院落，院落里还有一棵很大的红梅树，花开得早，现在枝头已簇簇得像是有人拿朱笔一滴一滴地滴上去似的，枝干上还挂满了祈福的荷包，流苏坠子正在寒风中晃动着。

盛脂仰头看着那荷包，这才觉得冷——她起来的时候只穿着单薄的襦裙，比她平时穿得少多了。

她正抱着双臂瑟瑟发抖地准备转身离开的时候，有人从她身后抱住了她。两只手臂环在她的胸前，又紧了紧，温热的气息就在她的发顶处，低沉的笑声缠绕柔和，像是从紧贴她的胸腔中发出来一样。这个男人的语气中带着戏谑，笑问："怎么站在这里？穿这么单薄，不冷吗？嗯？"

盛脂脑子空白了瞬间，等她回过神来，浑身的汗毛都立起来，扯开嗓子尖叫了一声："啊——"

盛宓听见尖叫声带人过去的时候，盛脂并没什么大碍，只是脸色苍白得要命，立在门槛那里，浑身像是冷的，抑或是怕的，微微发着抖。贺稷也在，一身龙袍未换，长身鹤立，站在离盛脂几尺远的红梅树下，仰头，负手，似乎正在专注地望着树上挂着的祈福荷包。

听见盛宓这边的动静，贺稷转过身去，眼睛含着笑，望着盛宓说："你去哪儿了？"

盛宓垂首行礼，目光不动声色地从站在门槛边瑟瑟发抖的盛脂身上移到了面色无虞的天子身上，回道："臣妾在西厢房。"

贺稷"嗯"了一声，然后抬头望了缩成一团，看上去有些可怜的盛脂一眼，神色不动，只漫不经心地说："朕去了天坛之后就直接来你这儿了，也没着人提前知会一声，倒把你院中的小丫头吓了一跳，"他顿了一下，又说，"这丫头什么时候来你身边的？朕怎么没见过？"

盛宓垂眉低眼，微微笑了起来，恭敬守礼，开口解释说："这是臣妾的侄女，没见过世面，惊扰陛下了。"

天子顿了一下，再开口时，语气中带着点愉悦和些许怀恋，叹息了一声，说："怪不得，她很像你。"

像十六岁的盛宓，让他在看到她的背影时，恍若岁月流转一般，以为是在承德二十三年，可那已经是十年前了。

2

天子对盛脂的兴趣来得比想象中要快，天坛祭祀结束后，这位天子回到宫里不久，就召见了她的父亲。她的父亲脸色铁青地从宫中出来回到府上，第一件事就是让人把盛脂带过来。

盛脂懵懵懂懂地望着她父亲，一点也不明白他此刻的盛怒是从何而来的。

盛毅在屋子里如同困兽般转了两圈，然后凌厉地望向盛脂，问："你什么时候见过陛下？"

盛脂愣了片刻，将冬至那天发生的事情说了。

盛毅又转了两圈，急躁地问："你姑姑知道这件事？"盛脂点了点头，忐忑地问："怎么了？"盛毅叹了一口气，过了很久才说："陛下召我进宫，说今夏的选秀，他希望你能进宫。"

盛脂张大嘴巴，过了好半天才反应过来，猛地说："我不要——"

不要说盛宓是她的姑姑，更何况……更何况她已经有喜欢的人了。她拉住盛毅的袖摆，央求着："爹，我不要进宫，我不要……"

盛毅叹了一口气，目光凝在她的脸上，眼神怅然，仿佛在透过她看别人："不知道你姑姑知不知道这件事。"

屋内烛火摇曳，光晕一圈一圈荡漾开，像初春乍破的湖面一样，涟漪慢悠悠地漾开，不知波纹的终点是在何方。

其实这件事盛宓知道，贺稷在召见盛毅之前，就问过盛宓的意思。他们少年夫妻，如今他想纳她的侄女，当然会征求她的意见。在她默许了之后，这位天子才召见了盛毅。

盛毅是隔天下午进宫觐见盛宓的。当天大雪弥漫，肆虐的寒风卷着雪花，盛毅从宫外走到永和宫的时候，身上落了一层薄雪，脸冻得青紫。永和宫的太监亲自取下他的披肩一边为他掸雪，一边说："盛大人，娘娘恭候多时。"

永和宫的地暖烧得很旺，一进殿就有暖风拂面，盛毅冻僵的脸也缓和了些。盛宓坐在长椅上，殿内的琉璃羊角宫灯烛光大炙，映着窗外簌簌落落的大雪像搓棉扯絮一样。她侧对着盛毅，看上去十分柔和。盛毅听她的声音在大殿里呢喃，轻声说着："你看，今年的雪真大。"

盛毅沉凝了半晌，并没有接话，只是直截了当地说："我为了盛脂来的。"他的语气很不安，惊诧中带着压抑的怒气，"她是你看着长大的！"

盛宓轻轻笑了出来，缓缓开口："盛家是百年世家，从元宗始，过辉宗、文宗、秀文宗一直到如今，从七品县官到如今的大阁士，但凡是盛家的子嗣，都要肩负盛家的荣辱，每个人都一样。"她的声音轻得像在私语一般，"盛家的子嗣，不能只享受这个姓氏带来的荫护，还要学会牺牲……"

她终于肯抬头看向盛毅，苍白的脸上那双眸子闪着不正常的光，像是讥诮："这些话，你忘记了吗？哥哥。"

盛毅踉跄地后退了数步，张开嘴又闭上，语气晦涩："可是盛家现在有你。"

盛宓笑了笑，像是笑岔了气一般，突然撕心裂肺地咳嗽起来，然后将捂住嘴角的帕子放开。琉璃灯光芒流转，她将帕子掩进袖子中，淡淡地开口："哥哥以为陛下冬至的时候为什么会将盛脂错认是我？"她顿了一下，不知道是想起什么，又补上一句，"皇恩如此浩荡，哥哥切莫辜负。"

盛毅难以置信，抬头望向盛宓，她的眉眼在烛光的映衬下显得越发美，可是凉意从他的四肢开始蔓延，他说："你故意的？你恨我，你还记得！我以为……我以为你早就已经忘记他了——"

这个话题不适合继续说下去，他顿住了，然后转换了语气，称得上是哀求了："你明明知道脂儿已经许配人家了，她喜欢的是宋家那个公子，你是知道的——"

盛宓笑了起来，"哦"一声，然后说："她和宋辉的婚事，只是你和宋大人在谈笑时说的，一无下聘，二无媒书，所知寥寥，不能作数。难不成，你想告诉陛下？"

盛毅愣住了，这话自然是不能和陛下说的，这个时候说出来，陛下只会以为这是盛家不想送女儿进宫找的托词。这样的猜疑，盛家、宋家，能经受得住吗？

不过盛宓话音一转，冷冷地讥笑着说："哥哥倒是提醒了我。"

盛毅惊诧地问："你想做什么？"

可盛宓并没有回答。蜡泪顺着琉璃脚架淌下，盛宓闭上了眼睛，直到盛毅离开也没有睁开。

盛脂在家里闹了很久，可是自从盛毅从永和宫回来之后，便咬紧牙关，甚至从宫中请来了礼教嬷嬷，为她进宫做好准备。

盛脂闹翻了天，哭得眼睛红肿，她不相信一向宠爱她的姑姑会变得如此冷情，她觉得是她爹在欺骗她，所以当晚她就请旨入宫，可是盛宓不见她。

3

盛脂的年纪小，是被盛家众人捧在掌心中长大的。她不懂，陛下是姑姑的夫君，为什么会愿意和她共享？为什么会同意让她进宫？

盛脂见不到盛宓，无法向她求情，便趁盛家的人不注意，偷偷溜了出去，找到了宋辉。

她和宋辉青梅竹马，两家又门当户对，两家的家主在私底下早已经说好了，再过两年，就结为儿女亲家。盛脂早上溜了出去，盛家还没遣人出去找，暮云合璧时，她就踏着满地的残雪失魂落魄地回来了。

盛毅舍不得说重话骂她，由着她回房。等到晚上，她房里的嬷嬷去看，这才发现她发了烧，昏昏沉沉地躺在床上，脸上都是泪。盛家赶紧请了大夫。

不知道是不是她出门的时候受了寒，这一发热，她一连五六天都躺在床上，意识昏沉。直到盛宓知道这件事，带着太医从宫中赶了过来。

盛脂醒过来的时候，瘦得一张脸只有巴掌大，嗓子干哑。她看见盛宓竟然坐在床边，目光定定地看着自己的脸。她看不透盛宓眼中的情绪，只是见她醒过来后，接过了身后的宫娥递过来的茶，亲自喂到她的唇边，可她头一扭，避了过去。

盛宓没生气，轻声问："生姑姑的气？"

盛脂到底是小孩子心性，顿了一下，才问："为什么？"她久病不愈，声音嘶哑，转头望向盛宓。她和盛宓很像，唯有一双眼睛不像，盛宓的眼角很长，眸光流转间是清清冷冷的漠然；可是盛脂的眼睛是少女的杏眼，大而圆，漾着泪光的时候，看上去极为委屈、可怜。

盛脂双眼含着泪看着盛宓，问："姑姑，你为什么将宋辉调到极北去？"

盛宓恍惚了一下，半晌后又笑起来，烛光忽闪间，她抬手将盛脂的被子拉至她的下颚处掖好，语调轻柔："就为这个病了这样久？"

盛脂不想理她，抬眸朝盛宓望过去，盛宓正在出神，尖尖的下颚连着修长雪白的细颈，线条很美。

她的姑姑很美，即使她已过花信，岁月也未在她身上留下什么痕迹，她依旧很美，也是她见过的人中最美的。盛脂其实一直看不透她的这位姑姑，怎么说呢，盛宓对她很好，又贵为一国之母，整个盛氏都要靠她的庇佑。盛宓从年少起就陪在天子身边，少年夫妻，天子虽然坐拥后宫，但仍然没有哪位妃嫔的宠爱可以越过她的姑姑。

因为天子对盛宓，不仅是宠爱，还有尊重。

可是盛脂不明白，她的姑姑，为什么不开心？

盛宓的性子很冷。盛脂记得小时候的一个上元节，她随着爹爹进宫给盛宓请安，那是她记事起第一次见到这位姑姑。她是盛家人，可是盛家族人以臣礼相待，而这位姑姑坐在高而远的主位上，面容冷寂清淡，什么神色都没有。那时她年幼，被吓得不敢说话，只是临走的时候，这位姑姑亲自将一个长命锁挂到了她的脖子上。

那时候盛脂离她很近，她被乳母抱在怀里，这位姑姑的冰凉的手擦过她的颈间，她瑟缩一下，然后将手里的暖炉递了过去，稚声稚气地说："姑姑手好冷，给姑姑暖暖。"

然后盛宓就笑了，可笑意在她的唇边稍纵即逝，她摸着她的头夸她："好孩子。"

后来盛家的这些小辈里，盛宓最疼的就是她。

盛宓回过神，脸上的笑容一点一点收了起来，只望着盛脂，似怜悯、似嘲讽，语气冷淡得仿佛在与一个陌生人说话："盛脂，我要保的是我们一族的荣华富贵、权重望崇、杖节把钺，这是我们盛家每一个人的职责，以前它是我的，现在，是你的了。"

盛脂听完她的话，干裂着唇说："什么荣华富贵、权重望崇，你就是舍不得你一国之母的身份而已，你想让你的亲侄女去维护你这个权力。你在意的不是盛家，是你自己。"

"你在意的，只有你自己。"

少女以往亲近的眸子里都是憎恨和厌恶，和眼泪一起盈满眼眶，似乎一触就能漫出来一样。

盛宓站起来离开了。

盛毅候在门外，似乎想进来，可能又听见她们的争执，所以犹豫了一下。他们并排站在檐角下，不知什么时候下起了雪，随着风从长廊刮到了檐下，落在了盛宓的裙角上，雪白的一小片，转瞬即逝。风将檐角下的檐铃吹得叮铃作响，盛毅开口道歉："盛脂不懂事。"

盛宓没有说话，只是出神地望着飞舞的雪花。盛毅望着自己脸色苍白死寂、似乎毫无生机的亲妹妹，睽违了十年的时光，他终于说出这句话："宓儿，是我对不起你。"

4

承德二十三年，是大旱的第三年。

先皇缠绵病榻，朝中权臣当道，朝外民不聊生。

贺稷因为对付权臣焦头烂额，京都之外又是官官相护，所以等到因为大旱活不下去的暴民来到阳城城门外，眼见拦不住的时候，下面的人才把这件事告诉了贺稷。贺稷当时是东宫太子，分不出心来整治暴民，所以派遣心腹盛毅前去，但还是要以安抚为主。

盛毅要去阳城城门外和暴民头子谈判，这也是盛宓会遇见黎粟的原因。

盛毅当年在去之前挺犹豫的，他手底下的谋士劝他："若暴民无主，群起而乱，公何脱身？公可先遣人出城打探，若无碍，公再前行。"盛毅也觉得这个方法好。这些暴民没有受过教育，根本没办法沟通，盛毅觉得自己如果贸然出城，就是一只兔子进了狼窝，有去无回。

刚巧盛宓听见谋士的这番话，十六岁的姑娘，当即嗤笑出声："数十万暴民，从北地一路往南，连破数十城，这样训练有素的暴民，会没有领头人？"盛毅觉得她仿佛是在嘲笑自己的胆量，"哥哥怕昏了头？"

盛毅只好端起哥哥的架子，威严地说："你一个姑娘家，不懂。"

于是，盛宓就溜进了盛毅派去打探城外情况的探子里，一起悄摸摸地出了城。

只是可惜，他们刚出城就被发现了。谁知道那些暴民都是拖家带口的，家家户户熟得很，他们三个陌生人刚走上街，就被发现了。

三个人被捆得结结实实的，押到了那个暴民头子那里。在见到黎粟之前，盛宓一直想象着这个暴民头子的模样，孔武有力，八尺有余，长得凶神恶煞，或许还会威胁她，要一拳打破她的头，手里的武器或许还会是一把榔头。

十几个民兵推搡着他们走到一块空地上，绿草如茵的草地上，规规整整地坐着二十几位年龄不一的娃娃，磕磕巴巴地念着"人之初，性本善……"一个身形单薄的男子站在最前面，身穿灰色的长袍，临风而立，左手拿着一本书，右手握着一支狼毫，似乎正在授课。

有个小女娃娃念着念着就哭了出来。这个男子连忙走上去，单手将那个女娃娃抱进了怀里，问："怎么哭了？"女娃娃哽咽着说"饿"，他笑起来，从怀里掏出一个白馒头。这下子好了，二十多个孩子也不念书了，一窝蜂地涌了过去，攀着他的腿闹。

长身鹤立的男子也不慌，用手里的狼毫往这些孩子脸上画过去，一人脸上出现了一道墨痕，那些孩子便呼啦啦地散开了。他注意到了被推搡过来的三个人，放下手里抱着的女娃娃，漆黑温和的眸子望了过去，活像个手无寸铁的斯文秀才。他笑了起来，挑着眉问："城里按捺不住了？"

227

盛宓就愣在了那一眼中。

黎粟并未为难他们，给他们松绑的时候，盛宓难免有些忐忑。他也不看其他人，像是一眼就看穿她是这其中最重要的人一样，温和地对她说："我们要的不多，也不会伤人性命。烦请小姐回去告诉你们家大人，黎粟诚邀一叙。"

盛宓当时一副小乞儿打扮，被他一言道破女儿身，也不慌，睁着一双眼睛，光辉流转间，她问："你想要什么？"

温和俊秀的男子眼里的厉光一闪而过，而后望向她身后的万顷晴天，目光逐渐变为怜悯："活着。"他轻轻地说，"我想让这些百姓活着，这样就好了——"

盛宓没想到他的要求如此简单，片刻没反应过来。那时她是衣食无忧的盛府小姐，虽无现在的极盛，但也权力在握。京都奢华无度，挥金如土，她不会明白为什么有些人连活下去都是个奢望。

直到后来，她才知道为什么。

盛宓回去后，盛毅花了三天的时间打探清楚了黎粟的身份。令人意外的是，他并不是乡村野夫，而是承德二十年的恩科第四名，那年的状元、榜眼及探花都是内定好的，虽然当年他排名第四，但是内阁是想要他的。

可他得罪了人，所以去了北方的朝龙镇当了一个七品芝麻官，毫无油水可捞。再后来就是持续大旱，先皇重病，朝中混乱，赈灾的粮食不知所踪，北方的人活不下去，这位朝廷命官便带着数十万饥民一路南下，来到了阳城城外。

来到阳城时，就只剩五万人了。

黎粟的要求很简单，给这些人一席之地，让他们活下去。

但是这是不可能的。一是灾民太多；二是城中权贵无法容忍与这些贱民共存；三是那时朝政混乱，实在是无暇顾及这些人。

所以有谋士出主意，在阳城护城河里下毒。

上游在城内，下游在城外，暴民依靠护城河的水为生，下毒当然是良计。

这个办法在请示了贺稷之后得到了默许。那时他关注的是唾手可得的皇位，所以他忙着制衡各大世家权力，没精力安置他的国民。

盛宓坐在檐角上。那晚的月亮很大很圆，高高地悬挂在半空中。趁着忙乱，她于深夜沿着月光洒满的小路溜到了城外。

她并不悲天悯人，也无意阻碍她哥哥的仕途，她只是在遥望月光的时候想到了黎粟的目光，温和中带着深深的悲哀。长风将他单薄的衣角吹起，显得他越发得消瘦，他说活着就好。

盛宓当晚回来的第二天，城外就发生了暴动。

5

这种暴动是黎粟都压制不住的，他们明白朝廷并不想赈灾救难了，所以在护城河里下了毒，当权者只想让他们死而已。

直到一个月后，这场暴动才逐渐平息下去，用数万人的生命争取了一个谈判的机会。

因为他们终于引起了贺稷的注意，他在焦头烂额的权势中心，终于抽出身来到了阳城。国家百废待兴，他因黎粟带领难民一路跋涉至南方而赏识他的才气和胆略，他想将黎粟收归己用，以后或许会成为朝廷栋梁。

直到他来到阳城，然后看见盛宓提起黎粟时候的表情。

那个十六岁天真烂漫的少女，崇敬的似乎就是这种悲天悯人的孤身英雄。艳阳当空，夏光炽热，一串串蔷薇花攀爬在她身后的红墙上。她笑得双眼眯了起来，夏意却从她的眼角眉梢泄露了出来。她拉着他的袖摆，以一种炫耀的口气向他喋喋不休。

"太子，你知道吗？我本来以为他只是个乡村野夫。你还记得承德二十年的恩科舞弊吗？要不是……他就是当年的状元……"

"他真的太斯文了。我看他教城外的那些孩子念书，他们只能记得书的前几句，把他气得扶额……"

"还有还有，有些孩子家人都不在了，就拉着他，把他当爹，一大群孩子追在他身后喊。他看上去狼狈得要命，哈哈哈……"

关于他的事，她似乎永远也说不完，末了还拉着他的袖摆，眨着眼睛，真挚地说："他是好人……"

盛毅幼时在东宫伴读，所以盛宓也在东宫待过几年，直到她长大后，就开始遵守男女大防。两人青梅竹马，她却一直把他当哥哥。

贺稷看着她纤细的手，将自己的手掩进了广袖中，用力地捏烂了一株蔷薇，淡红的花汁顺着他的指尖慢慢地流下来。他面上无虞，淡淡"嗯"了一声，在盛宓的手舞足蹈里渐渐将原来的心思淡了下去。

贺稷亲自召见了黎粟。

从承德二十三年到如今，整整十年的时光，知道十年前那场因为干旱引起暴动的人已经很少了，因为在那场暴动中的那些暴民，没有一个活了下来。

雪越下越大，落到她的裙角上，积了一层浅薄的白，朱红的裙裾从这白中透出稀薄的红意。盛宓像是站不稳一样，踉跄地后退一步，背抵着门。

盛毅想，要不是这扇门，她现在应该已经倒下了。这样想着，他的眼眶忍不住红了起来，说："我不该逼你，我知道你喜欢黎粟，可是……可是他已经死了十年了，你为什么还放不下？"

盛宓苍白的眼角透着红意，神色终于悲恸起来，她抬起十指，捂住自己的眼睛，说："因为我欠他几万条命，我不敢忘——"

盛毅一直以为盛宓喜欢黎粟，只是因为初见的好感及尊敬，可真正让这些情意在岁月的消耗中永不褪色、永不磨灭的，是深刻在骨髓之中的愧疚。

她对黎粟，除了深情难却，还有愧疚难安。

当年的阳城暴乱，可以说是难民被逼无奈走投无路的暴动，也可以说是走投无路之后的叛乱，前者是活罪，而后者是叛国的死罪。

当年的贺稷，就是以叛乱的标准来对待这些暴民的。那时她不知情，她的哥哥盛毅对她说："宓儿，你去城外找黎粟，说我要找谈谈。我代表殿下，愿意给这些暴民一条生路。"

6

盛宓欢天喜地地跑去找黎粟。或许是因为之前的护城河事件，黎粟对盛宓带着包容的善意和感激的信任。那晚无风无月，她穿着斗篷出城找到黎粟，笑意飞扬地和他说："我哥哥他们妥协了。"

盛宓到现在都还记得黎粟当时的表情，他闻言并没有表露明显的喜意，而是眉头微蹙着。盛宓仰头望着他，说："你相信我，这次是真的。

你的这些民，可以活下去的。"

黎粟沉思了许久，笑了起来，说："好，我信你。"

盛宓似乎觉得最险恶的时候已经过去了，她垂下头，耳边微风和煦，她的声音很是轻柔，问："安置好这些百姓你打算去哪儿？"

黎粟没回答她，只是抬手摸着她的头发："太晚了，你快回去吧。"说来也讽刺，久旱的天空无月，但是星光熠熠，光辉耀人，这些星光倒映在盛宓的眸子中，亮得惊人。她的脸上飞起一抹红霞，扭着手指问："你之前……有没有意中人？"

黎粟愣了一下，想忍住笑意，但到底是没忍住，大声笑了起来，笑得畅快肆意。他又抬手狠狠地揉了一下她的发顶，好半天才止住笑声，说："等安置好这些百姓，我再和你说。"

后来她兴高采烈地回去，走了老远还忍不住回头看。黎粟整个人立在星夜下，像一根临风而立的劲苇，他温和地笑着："快回去吧。"

盛宓记得很清楚，那晚无月无风，但星光很美。

隔天阳城开门，奉太子之令，每户难民的精壮男丁都要入城去搭建临时住宅区。被遗留在城外的孤儿寡母们都等着黎粟带着他们的男人出来，不问饥寒，只要刚好能过下去就行，可他们等来的，是一场厮杀。

过程无甚可讲，就是黎粟入城接受贺稷的召见的时候，盛毅带着从京都调来的禁卫军先围住在搭建临时住宅的男丁。那些男丁猝不及防，毫无反手之力。之后盛毅顺着护城河出城，城外的孤儿寡母们，一个不留。

盛宓忘不了，也不敢忘，那是她最后一次看见黎粟。召见的宴席上本来歌舞升平，黎粟提出的几点要求，贺稷也毫不犹豫全部应下了，直到一身戎装、浑身是血的盛毅推门进来，走到贺稷的身边，俯身低语了几句，退至一边。

贺稷笑了出来，望向坐在下方的黎粟，悠悠地说："孤又想了想，你提的这些要求，我恐怕都满足不了了。"

黎粟抬眸望他，说："殿下，我们可以谈。"

"不用谈了，"盛宓还记得贺稷的神色，他将手里的酒杯懒懒地抛掷到桌面上，脸色发光，一副胜券在握的模样，"你的这些难民都没有了，你要如何谈？谈什么？为谁谈？"

盛宓转眼就明白过来，冲了出来，抬起头失声尖叫："太子——"

盛毅连忙捂住了她的嘴，将她往门外拖。她被人拉下去的时候，看见黎粟静静地站在灯火通明的大殿上，面无人色，神色悲怆，淡淡地、缓缓地开口："那不是我的民，殿下，那是天子的民，是万民之民，是您的子孙——"

她朝贺稷的方向挣扎着，含泪嘶吼着："不——"贺稷的眸光从她身上一掠而过。最后她在泪眼模糊中，看见黎粟的目光朝她望了过来。

所以时至今日，她都忘不了，尽管他的面容已经斑驳、模糊，可她记得他的眼睛，漆黑如墨，就像那个永不会亮起来的黑夜一样。最后的他扯唇笑了笑，可是毫无生意。

或许是罪孽太过深重，三天后，大雨倾城，将阳城久经不散的血气洗刷得干干净净。

7

盛宓回到宫里后就病倒了。贺稷来看她，委地的帷幔，落足无声，他偏头问身边伺候的人："怎么一下病得这样厉害？"

宫里的人不敢瞒他，一五一十地说："恐怕是在盛府过的病气。"

贺稷嗯了一声，若有所思，从宫娥那里接过药碗，亲自去喂盛宓。她低垂着长睫，看着他，贺稷的鬓边已有白发，将近十年的陪伴，她忽然想起刚嫁给他的时候。

盛家镇压暴民，立了大功，贺稷来府上赏功的时候，顺便说了想迎娶盛宓为太子妃的意思。盛宓那段时间病得很重，只能在昏沉中泪流满面地拒绝。盛毅看不得她那副哀怨欲死的样子，将她拉扯至盛家的祖祠间里，让她跪在盛家列祖列宗的灵牌前，然后将那些牌位一个一个地指过去，厉声说："盛家是百年世家，从元宗始，过辉宗、文宗、秀文宗一直到如今，从七品县官到如今的大阁士，但凡是盛家的子嗣，都要肩负盛家的荣辱，每个人都一样。"

盛毅恨不得能一掌扇醒她："盛家的子嗣，不能只享受这个姓氏带来的荫护，还要学会牺牲……"

盛宓浑身无力，至今她都记得，祖祠的地板冰凉，冷意从她的四肢侵入，直至百骸。泪水一滴一滴地从她的脸上滑下，她还记得泪水打在地上的声音，响得像一道道在耳边炸起的惊雷。盛毅恶狠狠地逼视她："你要当盛家的不肖子孙？那你点头，你点个头，我今天就先在列祖列宗的灵前打死你，你死了之后我再自裁，也好过看盛家渐败。"

她只能哽咽着，仰起头。那是盛毅最后一次看他的妹妹哭成那个样子，凄厉哀号，瘦得不成人形："你是要我踏着他的血出嫁啊。"

盛毅高高扬起的巴掌，最终还是没有落在她的脸上，只无力地垂下了。盛毅也哭了："伴君如伴虎。太子即将登基，盛家的倾覆，皆在你一念间。"

盛宓跪伏在地上。隔年的四月初六，红妆喜轿，盛宓嫁的是九五之尊。

原来，时间已经过去十年了。

盛宓这是沉疴宿疾，来势汹汹，比躺在盛府的盛脂病得还要严重。盛毅进宫来看她，鎏金的长明灯昼夜不灭，他坐在盛宓的大殿里，沉默了良久，说："我准备请罪。"

盛宓病重，一言不发，只望着他。四十岁的盛毅泪流满面："我很后悔，盛宓，我很后悔。"

盛宓眨了眨眼，开口说："我没多少时间了，盛家也没有多少时间了。陛下也知道我死了之后，贤妃就会独大，王家就会越过盛家。所以陛下会在我死前，另宠盛家的人。盛脂一进宫，就能得到他的宠爱。你心心念念的盛家，你想的长盛不衰即可实现，如今你怎么悔了？"

盛毅捂住眼睛："你不知道盛脂多像你，多像十年前的你。哥哥错了，不想再重蹈覆辙了……"

盛宓偏过眼，慢慢笑出声来，声音嘶哑，说："你走吧。"

那是盛毅最后一次见他的妹妹。

终

盛脂在那年夏天还是没有入宫，或许是因为已逝的盛宓，圣上也未怪罪。

又三年后，盛府嫁女，和故人相似的眉眼笑意妍妍，遮盖在喜盖下。盛毅望着渐行渐远的花轿，老泪纵横，恍惚中还以为是多年前，故窗旧梦，故人未逝。

仿若所有的缺憾和愧疚，都在此刻得到了弥补。

选自《鹿小姐》杂志2018年8月A版

作者 ——

绿袖，《鹿小姐》杂志常驻短篇作者，古风爱好者，爱写各种资深渣男男主人设。代表作有《怯流年》《权后》。

评鉴与感悟 ——

在以前权谋宫斗题材的小说中，主人公行动线的出发点或为感情，或为复仇，利用感情、手腕、心机，站上权力顶峰完成逆袭。但实际上不难看出，主人公最初的出发点都是为了自己，强调自我感受。而随着网络文学的发展，权谋宫斗题材小说有了新面貌。强调自我感受退居第二位，探讨责任与牺牲的关系越来越成为广大作者们思考的问题，同时他们也将这思考放入作品中。相信读者也有很深的感触。《权后》一文便深刻讨论了责任与牺牲这个主题。

《权后》讲述了皇后盛宓为了盛家一族的兴盛和地位，牺牲自己的感情入宫为妃，最终成长为能庇护家族的一代权后的故事。

小说一开头用年轻的盛脂来引出皇后，通过对皇后威仪出场的描写感受到一代权后不容撼动的气场和地位，接着却笔锋一转，皇后凤仪天姿只是表面，其背后真面目早已千疮百孔。作者用不断转折的手法设定一个个危局，不仅增加了故事的丰富性，更是增加了故事的可看性。用盛脂抗拒入宫来引出皇后年轻时同样抗拒的过往，同时用盛脂类比年轻时的皇后，点出一个家族两代人的命运：无论过了多久都没有任何变化，牺牲都是一样的。最后结尾交代了两代女人不同的结局，用对比的手法写出两代女人同命同因不同果，更加突出了权后身上的无奈和悲凉色彩。悲剧是容易能够引起读者共鸣的，作者用多种写作手法，书写两代大家族之女的无奈命运，充分引发了读者的共鸣，随着情节的发展，更是在读者心里留下阵阵涟漪，读之难忘。

作者文笔细腻，以平静的口吻，通过第三方角度将这一从开头就具有悲情色彩的故事娓娓道来，一反宫斗传统套路，不似其他大多数的宫斗权谋小说把笔墨过多放在后宫腌臜之事的叙述上，而是重点刻画了主人公本身内心产生的变化，通过交叉叙事的方式将这一变化直观对比出来，让读者更能直观感受到一代权后陨落的悲情，也为将要踏上权力之路的懵懂少女生出担忧之情。而那一句"盛家的子嗣，不能只享受这个姓氏带来的荫护，还要学会牺牲"，直接点明主题，让人读之感叹权后表面荣耀的不易和背后牺牲全部人生的可悲。

《权后》引申出的责任与牺牲的话题具有很强的现实意义。纵观近几年热播大剧，无论故事背景是古代还是现代，都围绕赤子之心、个人责任、社会责任，牺牲小我成全苍生等主题展开深刻的讨论，观众对这些话题同样津津乐道。

长大的标志，就在于从张扬自我转变为奉献自我、保护他人，随着读完《权后》的最后一个字，读者与作者便一同完成了这一思想的跨越，完成了自我的成长与涅槃。（张琳）

斩君泽

/曼卿

淮扬烟水一夜散。

楚天遥

宣明二十五年三月廿日正午时分，蓬莱江陵郡淮扬府。

甘棠树绿荫如盖，雪白的棠梨花静静绽放，浮萍漫无目的地随着河水漂流。楚夫人经过前庭花园，看着花盆中枯萎的蓂荚草已经被昨天的雨水泡烂，她轻轻叹了口气走进堂屋，撕下历书上的一页。她不知道这一页，是多年后史书上一段腥风血雨的开始。

石板路生着滑腻的青苔。这一天整个蓬莱都熄火冷灶，亦不点灯烛。春天阴雨绵绵，带着些许凉意。淮扬府是蓬莱最繁华的城市，比起帝都肃羽城有过之而无不及，换作平时，林林总总的商铺开满了八条街，酒旗招展，茶楼飘香。还有淮水、沫河两岸飘扬的婉转歌声，兼有黄鹂苇莺啾鸣，翠柳摇枝送绿。

"今日乃离火节。"范夫子发完卷子，清清嗓子换了个语气，问："谁来答一遍，何谓离火节？"

一大群学生都高高举起手。赶紧回答完这个问题，就可以早点回家。大家恨不得直接念答案，然后带着卷子往外奔。

"楚天遥，你来回答！"范夫子耷拉着眼皮，指了指看着卷子发呆的少年。少年身穿明黄色桑波缎，站起来时腰间的三块玉佩叮当作响。

楚天遥看了看卷子上批着鲜红的"丙等"，正满脑子想着回去怎么向父亲交代，范夫子冷不丁这么一问，他半天没反应过来，木然地望着夫子不知道该说什么。大家也都盼着他赶紧说完下学，一时间学堂里寂静无声。

"问你什么是离火节。"旁边同桌用手肘捅了他一下，小声地提醒他。

"离……离火节……"楚天遥用食指关节轻轻敲了下太阳穴，他明明看过《蓬莱本纪》，这时候一个字也不记得。范夫子的脸色越来越不耐烦，拿着竹鞭朝楚天遥走来。楚天遥想起来，几天前才去晚萝茶楼听说书先生讲过"火屠西荒"的故事，看着夫子越走越近，楚天遥忙不迭答道："话说荼王为了报白虎杀女之仇，引南明离火下鹊山，火屠西荒，造成生灵涂炭。嗯……简短截说，荼王与玄武广华帝君同归于尽，玄禅大祭司立离火节。"楚天遥瞄着夫子脸色没那么难看了，才提了一口气，回忆起书上的话，背道："禁烟火，冷灯灶，备凉食，去朱红，停商贾，祈蓬莱再无战火。"

"有去听说书的精神头，没工夫背书？"夫子一鞭子打在楚天遥的书桌上，生气地说。

"啪！"清脆的一声响，把大家吓了一跳。楚天遥不由自主朝书桌边挪了两步，生怕夫子的竹鞭又落在身上。

"夫子，学生错了！"楚天遥赶紧认错。比起挨打，认错只要动动嘴皮子，还是别受皮肉之苦好，不然回去被娘看到还不得心疼死。

"哼！纨绔子弟！"夫子没好气地一甩袖子，懒得再多训他，喝道："下学！"

楚天遥这才如梦初醒，无奈地把卷子塞在《蓬莱本纪》里，跟《君泽律典》夹在一起，胡乱给自己系上白锦缎披风，右手握着一把扇子，另一只手捏着书脊随意晃荡。书页被晃得哗啦作响，卷子也就不知不觉飘在地上。

今天私塾下学早，大家三五成群返回府邸。楚天遥别了同窗，独自在淮水边慢慢向家里走。楚府上下正忙里忙外准备祭祀先祖，私塾本离家不远，腾不出小厮来接少爷回家，楚夫人索性清晨就嘱咐他下学趁早回。

"楚天遥，今天先生又骂你，胡子都气得翘老高！哈哈！"孙维模仿着夫子气哼哼的神情，对楚天遥嘲笑道，"《蓬莱本纪》这么容易还考个鸭蛋，你真是除了吃，什么也不会啊！"

楚天遥抬头一看，果真是孙巡捕家那个小混蛋，成天就知道取笑自己。他用扇子指着孙维，不服气地说："你比我也好不到哪里去，倒数第二！"

"哎哟，这天气还拿个扇子，装什么斯文，附庸风雅。"孙维摇头晃脑地做了个鬼脸，嘻嘻哈哈跑远。

楚天遥站在原地跺脚生闷气，看着手里皱巴巴的《蓬莱本纪》，越想越生气，每次读书读不了几行就头痛，回回考试垫底。夫子骂也就算了，连孙维这个倒数第二都看不起他。他恼怒地把书丢进淮水。此时春水湍急，不一会儿便把书冲得看不见了。楚天遥又后悔了，明天还得念书，丢了书本又得被夫子训，说不定告到父亲那里，还要挨一顿家法。

他思来想去，只好顺着淮水往下走，过了家门一里路，根本看不见书的影子，估计早就沉到水里了。楚天遥灰心丧气地踢了几颗石子到水中，看着水花恨恨地想，反正都是挨打，不如先去街上逛逛，寻点乐子再回家。楚天遥指间夹着扇子旋转，拐进通往长乐街的巷子。

刚进巷子，就见有个七八岁的小男孩在用火折子点火，玩得不亦乐乎。

"喂，臭小子，离火节不能见火！"楚天遥站在小男孩跟前呵斥道。

小男孩把火折子往楚天遥身上一扔，没好气地说："要你管！"

楚天遥跳着躲开，用扇子往衣服上扇了扇，火折子差点点燃披风。他"啪"的一声合上扇子，气冲冲地教训道："你懂不懂规矩！今天离火节，要禁烟火，不然会引来灾祸。你爹没教你吗？"

"哼，谁在这撒了把种子，冒出你这根葱？！"小男孩上下打量了他一下，甩甩袖子不屑道，还把地上被烧黑的树枝用力往楚天遥身上踢过去。

楚天遥捡起地上的树枝，照着小男孩的屁股打去，边打边训道："你爹不教你，我替他好好教你！"

小男孩倔强地踩了楚天遥一脚，挥起拳头往他肚子上狠狠砸去。楚天遥这下真气不打一处来，还从没见过这么横的小孩。他将扇子往腰带上一插，把小男孩推到墙边摁着，用树枝狠狠抽他的屁股。楚天遥虽才十四岁，却比小男孩足足高了大半个子，使了点劲便将小男孩摁得动弹不得。那孩子无法挣扎，撕心裂肺放声大哭。

突然，空中一股冷厉的气流裹挟着一颗小石子击中楚天遥右手手肘，他顿时手臂酥麻，握不住树枝，紧接着另一颗石子轻啸而来击中他左手。楚天遥还没来得及回过神，又是两颗石子击中他膝盖。他的腿脚一抽搐，瞬间不受控制地跪在小男孩身后。

那小男孩也不知发生什么事，都不敢回头看，赶紧朝着巷子深处跑去，还呜呜哇哇哭喊着。

楚天遥两手撑着地，满心不甘，四处张望是谁干的好事。谁料巷子口站着一位青衫女子，脸上蒙着薄纱，腰佩七尺宝剑，剑鞘雕镂雪纹，镂空处反射刺眼刃光。恍惚间，一阵春风吹拂起她青翠色的衣袂，她冷冷朝楚天遥瞥了一眼。楚天遥忍不住打了个哆嗦，感觉背上直冒寒气。

他咬牙站起来跑前去想跟那女子理论，走到刚刚能隐约看清对方面容的距离，便被那女子轻巧地踢跪在地。

楚天遥猝不及防趴在地上，然而离那女子仅有一尺距离，却感觉到她身上散发着常人所没有的冰凉寒气，冷若冰霜，使得他忍不住打了个寒噤，下意识地想避开她。

青衫女子不屑道："连点武功都没有，还欺负垂髫小儿。"说罢，转身飘然离去。

也不知道那女子踢到了哪个穴位，让他在冰凉石板上跪了足足一刻钟。楚天遥好不容易才恢复力气爬起来。他攥着拳头，窝心气堵得难受，怒气冲冲地使劲踩那些树枝，黑灰沾满脚上穿的云纹薄棉鞋，原本的白色披风也被弄得有些邋遢。可他满腔怒火无处发泄，最后只好捡地上的石头往水里扔，看着溅起的水花也不解恨。

淮水款款而流，楚天遥气得"咔嚓"一下用力过猛把扇子给折了。这下可好了，这扇子扇面上的画本是父亲亲笔所绘的得意之作，是他偷偷将扇子带出来把玩，回家可成了麻烦事。楚天遥看着断扇不知所措，眼看就要到日暮时分，再不回去吃晚饭怕真得挨家法。他想想，兴许躲到母亲背后，让母亲求求情可免了家法，于是便壮着胆子朝家走去。

楚天遥低头闷闷不乐地走了半里路，突然跟前窜出四个身着灰色粗布长衫的彪形大汉，他抬头一看，四人手中均拿着两尺长的竹鞭。

为首者敲了敲手里的竹鞭，凶神恶煞般说："堂堂郡守家的小少爷你也敢打，你是吃了熊心豹子胆啊！"

他吓得倒退两步，一不小心脚后跟被石板上突起的块垒绊倒，整个人仰面跌坐在地上，手撑着地面刚想爬起，却摸到滑腻的青苔，只好哆哆嗦嗦地向后挪动着，同时辩解道："郡守家少爷怎么了，今天离火节玩火就是不对，我教他规矩来着！"

"哟！"那家丁冷笑道，"都有人敢教训我们家少爷了，我看你也是骨头痒了，欠打吧！"

说罢，四个大汉扬起手里的鞭子，兜头打下去，这可比他父亲下手狠多了，一鞭下去皮肉见红，火辣辣地疼。十几鞭下来楚天遥吃痛大叫，赶紧从他们腿缝间窜出去，跟跟跄跄跑了几步，没跑两步又被摁下挨打。一向娇生惯养的他哪挨过这么实在的鞭打，哭着喊着拼命抱头逃窜，越挣扎打得越狠。

"你们欺负人！我要向郡守告状！欺负百姓！"他哭得鼻涕糊了满脸，但是嘴上绝不认错。

其中一名家丁干脆扔了竹鞭，一脚狠狠踩在楚天遥的手腕上，野蛮地说："给老子跪下认错！打不死你个贱胚，还敢犟嘴！"

楚天遥被这一脚踩得剧痛钻心，只听"咔擦"一声脆响，手腕那根细桡骨被踩断，疼得他眼泪喷出眼眶。那是他从未感受过的剧痛，以至于他忍不住大叫。那声音老远都能听到，周边的人纷纷探头看怎么回事。

石板路青苔上的雨水混着血，流出几条淡红色的小河。楚天遥喊到嗓子都哑了，浑身痛到已经感觉不到自己活着一般。忽然之间，他恍惚听到了远古百兽的长啸，巨大的力量在他的七经八脉膨胀，浑身每一寸骨头仿佛被千斤之力碾压而过。

他已经没有力气喊叫出来，甚至丝毫控制不住自己的颤抖。

但那哮吼声滚滚而来，他分不清这是现实还是幻觉。

那恐怖的颤栗又出现了，楚天遥瑟缩着不停发抖，极度害怕地抱住自己的头。

家丁踩在楚天遥手腕上的脚刚收回来，一下没站稳滑到在地。其他人赶紧把同伴扶起，嘴里还骂骂咧咧道："这小子还有能耐啦！"

淮水的水面开始抖动，鱼虾纷纷跃出水面，砸出巨大的水花。树上的鸟雀倏然间振翅高飞，发出嘈杂的鸣叫声，比菜市口还要吵闹。紧接着蛇虫鼠蚁四下乱窜，惊恐绝望地嘶鸣交织在一起，听得人心里直发慌。谁也不知道发生了什么事，可都觉得不太对劲。

这时候，周边突然叫喊声四起："地震了！地震了！地震了！"

"胡说八道！江陵郡几千年就没地震过！"

"哎呀妈呀，真的地震了！"

"快逃快逃！"

"这小子作祟啊！"

刹那，他胸腔里爆发出惊天动地的咆哮！仿佛炸裂的雷声。要击碎大地一般！

地面开始裂出缝隙，并且不断变深，有些逃命的人不小心跌落深坑之中。让人无法抵抗的晃动感磅礴而来，伴随着震耳欲聋的轰鸣声。砖瓦簌簌地向下掉落，将青石板地面砸出坑洞。人们惊恐交加，慌作一团逃命，鸡鸭扑棱着翅膀到处跑。所有可以倚靠的东西都失去了重心，碎裂声不绝于耳。

楚天遥感觉到一阵阵剧烈的摇动，晃得他天旋地转，他看着自己的双手，身体完全不受控制地颤动。转眼间围着他的恶家丁作鸟兽散，无数人疲于奔命，哭嚎声此起彼伏。他咬着牙勉强站起来，灰垩色砖墙在他身后噼里啪啦倒了一大片，就快要砸到他的时候，他使出吃奶的劲儿连滚带爬向前跑。墙在他身后不断倒塌，他顾不得身上的疼痛，加快脚步。巨大的声响轰然而至，他来不及想哪条才是回家的路，只能哪里没有倒墙就往哪里跑。此时，一幢茶楼径直朝他砸下来，四周实在避无可避，楚天遥干脆闭着眼睛跳进淮水里。

他在不到一丈深的水里划拉了半天。岸上哭喊声四起，烟尘漫天，淮水的水面不断有震颤的波纹荡开，大鱼小虾跃出水面。有些会游泳的人直接往河里跳，带着的泥土把清澈的淮水弄混。转眼间，淮水从大地裂缝里渗漏下去，水平面不断往下降。

平日里懒洋洋的野狗家猫个个窜得飞快，根基浅的小树花草被晃倒，横七竖八伏在地面。

须臾间，大地停止了震动。

原本到酉时才到黄昏，现在申时已经灰蒙蒙一片，遮天蔽日的烟尘几乎让人看不见太阳。

楚天遥哆哆嗦嗦走上岸，被凉风一吹更加冷得不行，忍不住打了几个喷嚏，浑身鸡皮疙瘩都起来了。他一看四周房屋倾塌，楼堂馆所几乎被夷为平地，根本连回家的路都认不出，于是攥紧了拳头，生怕这双手再颤抖起来。

不绝于耳的哀号声，听得他毛骨悚然。他不敢看那些浑身是伤的人，扯着湿漉漉的披风想裹紧点。看见前面有棵空心榕树，便脱了披风躲进榕树洞中，里面几只耗子尖叫着窜出去，他感觉脚底下还踩着什么软乎乎的东西，八成把耗子幼崽踩死了。可眼下只有这里能躲避，天已擦黑，四处一片昏暗。

他慌了，不知道该怎么办。

楚天遥蹲在树洞里发呆，想回家找不着路，可是又怕回家挨打，这么磨磨蹭蹭发了好久的呆，抬头一望，树洞口已经挂着月牙。

此刻他的伤口沾了水，犹如刀割蚁噬般疼痛，他长这么大还没遭过这样的罪，只得把头靠在膝盖上小声抽泣着，心里万分难过，万分懊悔，早听了母亲的话下课就回家，也不至于吃苦头。

"跟你说过多少次，不许在外人面前显露。这是妖邪之力，震坏东西事小，引来杀身之祸怎么了得！"

"败家子，次次倒数，楚家怎么出了你这个废物！"

"叫你去读书，又不是叫你去送死，哭什么哭！"

"不准习武！那等山野匹夫才学的玩意儿，别丢楚家百年书香门第的脸！"

"顽劣不堪，气死我了你！"

父亲的责骂在他脑海里盘桓，考了最后一名，挨了夫子骂，书丢了，扇子也折坏了，要是郡守一状告到父亲那里，还不知道今天会怎样。可他抬头看看外面，又没勇气走出去，夜风裹挟着凄厉的哭声，听得他心里直发毛。他想起母亲做的鲍鱼焖鸡，肚子咕咕叫了几声，眼泪不争气地涌出来。

　　楚天遥赶紧抹了抹泪，默默地想：父亲那么英明神武，家里肯定没事的。在这里躲一夜，明天一早回家。他边想边轻轻拍着自己胸口自我安慰，可右手腕一动就剧痛，只好无奈叹了叹气，搭在膝盖上一动不动。

　　这会儿外面飘过一个白影子，仿佛是件衣服凭空这么飘过去。楚天遥想起安婆婆给他讲的鬼故事，那些女鬼就是这个样子，他害怕地缩在树洞里，不由自主把头埋进臂弯，瑟瑟发抖。

朱奕

　　宣明二十五年三月廿日，是夜如斯，鹊山之上的帝都灯火幽微。

　　一只赤鹊扑棱着翅膀腾空而起，像火红色的彗星，在蓬莱山水间飞跃千里，落入了帝都肃羽城内的皇宫内。肃羽城的民众看到这只鸟，纷纷猜测到底它从西边带来了什么消息。大巫祝玄灵均站在星躔台上，在黑暗里他眉间闪出一点荧光，仿佛与帝都那几盏灯火交相辉映。

　　星躔台上听不到江陵的哀鸿遍野，玄灵均的视线也并未望向山河十二郡，他在俯瞰肃羽城中心亮起灯火的议事殿。从申时到现在，那破例而点的灯火还未熄灭。

　　沉默的帝王瞥了一眼玉晷——亥时二刻。他神色凝重。晚风凉如冰刀，扎在这些裹着华丽袍子的君臣身上。

　　议事殿虽然比不上天窑殿和勤政殿的富丽堂皇，却也是金碧辉煌。横梁上雕镂着雀羽花纹，窗棂上用红色釉漆在浅黄色琉璃上画满精美之至的图画，白天阳光透过琉璃照进来，使得殿内流光溢彩。此刻殿外明亮的白色月光融入了明黄色的烛光里。众臣也一言不发，谁都不敢先说第一句话，恭恭敬敬地跪倒。赤鹊正落在帝王的右臂上，啄食金盘里新鲜的牛肉。议事殿里弥漫着血腥味。

　　右相许廉徵偷偷抬眼，瞟了一眼王座上的朱奕。他对这事情颇有些不祥的预感，忧心忡忡地想，眼下正值国力昌盛时，帝君主政也无过无失，陡然发生如此罕有的事，只怕这天下已经在风雨欲来前的平静中，看不见的暗流在汹涌澎湃，但愿不要一波未平一波又起，否则纵然国库丰盈也经不起折腾。

朱奕坐在皇位上，铁剑横锋般的眉毛平直舒展，他用左手抚摸着赤鹊脖颈上金红色的羽毛，油光水滑如绸缎般细腻，可见在昔日饲主家养尊处优，生活优渥。

他不说话，是因为在想七天前发生的一件事。

天銮殿有一排花坛，种着一种叫作蓂荚的草，无论什么时候播种，皆只在正月初一发芽，历经一个月后开始结果。每月从初一至十五，每日结一荚；从十六至月终，每日落一荚。小月则荚焦而不落。蓂荚一年一生，皇室权贵家都用种蓂荚来记日子，千百年来都是如此，从未出错。七天前，殿前蓂荚尽数枯萎，旋即蓬莱四周的蓂荚也凋零败落，一时间人心惶惶。

"陛下，这是大凶之兆。自古以来，正史中仅有两次蓂荚皆枯的记载，一次是两千年前麒麟族灭族，另一次是一千年前我族荼王火屠西荒。蓂荚乃祥瑞之物，如今出现此番异象，陛下得早做防备！"右相许廉徵手握象笏，跪于陛阶前说。

许廉徵已经用词尽可能委婉，但连肃羽城的黄口小儿都知道，蓂荚皆枯意味着蓬莱要遭大难了，坊间开始有各种各样的恐怖传说。一说是荼王火屠西荒造下深重杀孽，昔日百万冤魂变成了一个巨大的妖魔，要杀死所有人；一说是二十多年前不小心死在无出结界的青鸾公主，魂魄回来要炸了肃羽城；也有的说法是两千多前被灭族的麒麟族还魂，要杀死四族皇族，重夺蓬莱霸主之位。种种传说不一而足，许廉徵自然都不会当真，但这却体现了子民对此深深的恐惧。

朱奕对此不是没有耳闻，所以才在早朝的时候提及此事。灾难未来之前，若民心先乱，只怕麻烦更大。他坐在凤凰王座上。那是有数千年历史的金色宝座，以涅槃火山的岩浆熔铸黄金，佩以远古神鸟的鸾羽和凤翎为饰，象征着朱雀王权，当朱雀统治整个蓬莱时，这把椅子也是蓬莱权力的象征。

"宣巫祝。"朱奕侧对群臣，声音清朗坚定，丝毫没有焦灼。

他把手背在后面，微微抬起下颌，视线转到屋顶上的百鸟朝凤图，脸上没有丝毫表情，臣子们完全猜不出他的情绪。

宦官尖厉的声音在天銮殿外回荡："宣星躔台大巫祝玄灵均入殿觐

244

见！"一声一声次第传去，直到天銮殿里的人听不见。

星躔台建在肃羽城后方的山峭上，那山峭属于鹊山附峰之一，君泽王朝开国帝君命人寻了这块视野开阔的地方，削平山尖整出一块平地，建造了这座便于巫祝们观察天象的观星台。

以许廉徵为首的这一班出身文渊阁的臣子，都对星躔台里的人向来没什么好感，认为巫祝除了每年祭祀大典露露脸祈祈福，总是故弄玄虚说些似是而非的话，是以俸禄养着的玄武质子而已。而以左相丛戎为首的这些从基层提拔起来的臣子，对巫祝则要尊敬得多，毕竟民间依然供奉蓬莱三位神祇：盘古、伏羲、女娲，三神教教主皆出自玄武族，巫祝是天意的化身，在民众心间地位甚高。

身着墨色长袍的大巫祝玄灵均一走进朝堂，就感受到了群臣用目光表现出对他的种种态度。他恭恭敬敬向帝君行礼后，昂首挺胸站在陛阶下。看他的面容依然是唇红齿白的少年郎，但他担任星躔台大巫祝已逾三十年。双眉正中生有一颗白色的"启明星"，这是玄武王族特有的胎记。

千百年来，玄武族人都丑陋异常，族人常常夺掠肉体以他人之貌示人，然而这位大巫祝，据说是极为罕见，自生下来就样貌非凡。

"蓂荚皆枯之事，大巫祝可卜出什么天意？"朱奕倒也不看他，就像问个平常问题那样。

玄灵均拱手作揖后，答："长庚星隐日，今年倒春寒来得太急，冻坏青苗较多，恐今年收成不利。"

"往日鹊山过了二月便不再下雪，今年雪下到三月，刚刚才化，天气确实有些冷。你的意思，蓂荚是冻坏的？"朱奕颇有些欣慰，却假装不太明白他的意思。

"回陛下，蓂荚本是草木，与寻常草木并无不同。四季往来，草木枯荣，即为天道轮回。"玄灵均作揖道。

许廉徵意味深长地瞥了一眼身侧的玄灵均，拱手退到自己右列群臣之首的位置。许廉徵身后的其他臣子面面相觑，想要交头接耳，碍于帝君威严，只是互相示以眼色，不敢轻举妄动。

"禀陛下，大巫祝所言极是。微臣兄长家在檀渊郡的良田上月刚播种，几日前被冻死大半，昨天兄长还来找臣借银钱去买种重播。蓂荚始终是草，一年还有一枯，这么冷的天，被冻死也不奇怪！"丛戎上前一步，毕恭毕敬地说完后，还忍不住瞟了一眼许廉徵。

许廉徵装作闭目养神，不理会他。

"大巫祝既已寻得缘由，诸位就不要再杞人忧天，布下告示昭告天下。礼部尚书和工部尚书要想想对策，帮助农民解决冻苗的损失。"朱奕挥挥手，满意地坐回了凤凰王座，看着陛阶下的玄灵均，悬着的心稍微放下。虽然他语气平和，群臣都听明白了他不怒自威的训示。

"臣告辞。"玄灵均看见朱奕微微朝他点头，便拱手行礼，飘然而去。他知道帝君要他来，不是把天下万民置于惶惶不可终日的恐慌中，而是借他的嘴安抚人心。

许廉徵看着玄灵均踏出天銮殿，满心疑虑，完全无暇顾及丛相正唾沫横飞地上奏青苗法。比起今年山河十二郡百姓能不能吃上饭，他更担心蓂荚之事会否有不可告人的阴谋。民心乱，天下乱，这不是个好兆头。

当天夜里，朱奕一个随从也没有带，便服简行到星躔台。

"灵均拜见陛下！"巫祝的双膝还没沾到地面，就被朱奕拉住。朱奕随意地说："没人，不用了。"

玄灵均顺势起来，掀开蒙在星躔上的绒布，一颗颗水晶圆球在各自星轨上缓缓滑动，但大多星都看起来如同静止。玄灵均摇动手柄打开天顶，星光倾泻在水晶球上，折射出璀璨的光芒，大多数泛着蓝色、白色，有一些泛着紫色、黄色。

但是，有一颗星泛着刺眼的红色。

朱奕指着那颗红色的星，问："就是它？"

"毕宿五原本与其他星并无二致，今日凌晨变为红色之后，蓂荚遂枯。"玄灵均回答。

"月离于毕，俾滂沱矣。"朱奕幽幽念起《诗经》中的句子。大意是月亮经过毕宿时雨季来临，此时正是早春三月，过不了多久春潮来临，届时阴雨连绵、檀渊河、金陵江及其支流涨水，免不了发生洪涝灾祸。这是由来已久的顽疾，代代都须得解决。不过十年前，他听从许廉徵的建议，在凤凰郡与江陵郡交界的兰溪县修筑碧水堰，两年前刚完工，洪水来袭有碧水堰拦截，如今水灾已经不是大问题。

玄灵均知道他还并不把这个当回事，便说了一句更扫兴的话："毕宿八星，主边兵弋猎。"

"有人想起兵反朕？"朱奕微微一皱眉，很快又变回冷漠的表情。可他感觉很不可思议，自他当政以来，没有做过什么逆行倒施之事，玄武、白虎和青龙族都在各自封国中相安无事，即便是发生洪涝灾祸，他每次都妥善安置灾民。内阁百官多是饱学能干之人，偶尔出几个贪官污吏也被他收拾干净了，五军统领更是能征善战的名将，世代效忠朱雀。

他想不出自己哪里做得不周全，竟冥冥中埋下亡国之祸。

玄灵均不看他，兀自伸手触摸着星躔之中最亮的那颗星。他多希望自己看到的都是假象，可他还是忧心忡忡地对朱奕说了实话："紫微变轨，十年之内，朱雀灭国，你亦不能幸免于难。"这话如果是任何一个普通臣子对朱奕说，都会被朱奕一挥手拉下去打板子，就算朱奕不杀，群臣也要将之定罪下狱。

朱奕一动不动地看着紫微星，那是他的命星，运行轨道原本向南，现在却折向了西边。

"如果陛下想知道是谁，我可以舍了这条命占卜出天机，让陛下扭转乾坤！"玄灵均说这句话的时候丝毫不紧张，仿佛在说一件没什么大不了的事情一样。他看到星象的时候，也觉得命运是那么不公平。朱奕继位以来，治理国家兢兢业业，百姓生活富庶安康，这国家太平得像永远不会出事。

晚风从天顶灌入星躔台内，吹拂起朱奕绣着金纹的黑袍，夜凉如水，随风寒骨。久违的怒气和不甘在朱奕心里渐渐发酵，再有一句话就足以点燃，他沉默地看着玄灵均，最终转身走出了星躔台。这偌大皇宫里，若有算得上知己的人，只有玄灵均一个人，他是玄武族觉醒神脉的巫祝，普天之下的预言，只要他占出，就必定成真。从前任大巫祝去世后，玄灵均便入主星躔台，从未说过如此严重的预言。这几百年里，兴许也没有哪个大巫祝说出来过。

朱奕第一次怀疑灵均的预言，会不会他观察星象时看错了，或者星躔损坏，没有同步天上的星辰。可七天前薲莱皆枯的事情还历历在目，这又让他不得不认真审视自己这些年治国是否真的犯下什么不可挽回的错误，以至于微末之失可撼动朱雀近千年的统治基业。

灵均曾对他说，掌握万民生死的他，其命运也掌握在星躔之中。

莫非，真的有人要起兵反他？

他不能允许这样的事情发生！

"陛下，留步！"玄灵均走出门，仿佛下定了决心一般。

"朕累了，你早点休息。"朱奕回头看着他漆黑的瞳仁，拍拍他的肩膀。

玄灵均轻轻叹了口气，正色道："明日辰时，到星躔台来取锦囊。另外，给我做一副好棺木，要金丝楠，送我回沉悲沼，望陛下成全。"

朱奕听到他这句话就知道他想干什么，不悦地说："你亲自把结果送到朕面前，否则管你什么天机，朕都不看，任你烂在星躔台！"他眼睛像豹子盯住猎物那般凶恶，仿佛玄灵均下一秒敢违逆，他就会杀了他似的。

朱奕与玄灵均相识四十年，他知道对于玄武族的人来说，回沉悲沼意味着什么，就像朱雀族常说倦鸟归巢一样，人若老去，死亡都得有个归宿。东北边十方森林深处的沉悲沼，既生活着大多数普通的玄武族人，也葬着无数玄武族人。对于他们而言，生死皆是同样的幸运，死亡不值得避讳，只需敬畏。

玄灵均摇摇头，说："陛下，你知道我做不到的。"风吹拂他鬓边的发，清秀俊逸的他从来淡漠如水，这一次却没了往日的高傲自信。

"那就别占，留着命。朕自己的天下，朕自己能守住！"朱奕不屑一顾地说。

"生死有命，时间到了，谁都留不住。"玄灵均淡淡地说。他是玄武族人，从来将生死置之度外，他没有告诉朱奕，正关煞星已经落入自己的命格，七天之内他必死无疑。既然要死，他情愿用这条命换一个对朱奕有利的天机。在来到鹊山之前，他还是沉悲沼中被遗弃的孩子，那时他就知道，自己会改变一个王朝的命运，会死在这座远离十方森林的高山上。

七天前的晚风，和今夜一样凉入肺腑。

朱奕出神了好久，大殿之中仿佛群臣都不存在，玄灵均那句"紫微变轨，十年之内，朱雀灭国，你亦不能幸免于难"的预言不断在他耳边回荡，回荡，回荡……他甚至捏住赤鹊的脖子，浑然不觉地紧紧捏着，就像扼断命运的咽喉一般。赤鹊拼命扑扇翅膀，发出嘶哑的悲鸣声，过不了多久就停止了挣扎。臣子们更是屏息凝神，不敢出大气。

当他回过神来，赤鹊已经死在他掌中。他随便一手，拍了拍沾着鸟羽的手。赤鹊落在右相许廉徵面前，尸身登时腾起火焰，熊熊燃烧后化为乌有，火光把许廉徵的脸映得通红。

许廉徵认得这只赤鹊，是他昔日跟随朱奕在鹊山猎得十只幼鸟中最大的那只，在宫中训练五年后，送往江陵郡郡守的府衙中饲养，唯有重大要事，才能将讯息系在鸟爪上放飞。赤鹊是飞得最快的鸟，一日可飞三千里，终生只认鹊山为归巢，无论被带到天涯海角都能飞回鹊山。因此蓬莱任何一个角落的大事，一天之内地方官必能让帝君知晓。

"江陵爆发地震，下辖四县均受灾严重。许相，有什么好的赈灾之策？"朱奕站起来，居高临下地看着黑压压跪了一大片的臣子。

朱奕是真的没料到江陵郡会爆发地震，莫说是江陵郡，整个蓬莱四千年载入史书的地震也是屈指可数。因为蓬莱乃海上一片广阔大陆，不与其他陆地相连。四千年前为了防止魔族再入侵，远古的五族领袖们设下结界，令蓬莱隐没在无边海洋上。只有发生巨型风暴掀起海啸，或者涅槃火山爆发，才有可能导致地震。但是江陵郡位于蓬莱最中心的位置，在扶摇山脉中段，牧野崖之下，金陵江以东，离海有千里之遥，涅槃火山更没有爆发过，居然就发生地震了！

"禀陛下，江陵郡南邻辰归郡，辰归郡为我朱雀粮仓，去年冬季存粮丰厚，且有铁鹰军驻扎。臣以为，可调拨三千铁鹰军护卫粮草入江陵赈灾，一来参与救援，二来防止流民生变，三来也彰显君恩浩荡。"许廉徵抬起头，不卑不亢地说。

丛戎联想起七天前蓂荚皆枯的事情，还在惴惴不安中，并没有思考朱奕的问题，被许廉徵抢答后，才开始想应对计策。他上前一步补充道："今年凤麓山刚开始融冰下水，金陵江水位不高，可先关闭碧水堰，春潮将来，以免汛期将至让救灾雪上加霜。"

"准！"朱奕听到这个建议，正合心意。

"此外，可先命檀渊郡调拨部分衣被送往辰归郡，与粮草一同由铁鹰军押送过去。再则，明冲郡位于金陵江上游，郡中盛产药材，名医又多，陛下不妨将医药从水路送往江陵郡，事后再给郎中们一些报酬。想来地震灾民，除了外伤较多，也须防瘟疫盛行，此番可保他们顺利渡过难关。"许廉徵不甘示弱地说。

"这事，你负责。要钱要人，跟朕说便是。另外通知初云郡、西姜郡郡守，不得阻拦灾民入城，务必安顿妥当。"朱奕听到许廉徵想得这么周全，觉得这次地震虽然灾情严重，但也没有那么可怕，心里稍微放松了一些。

"谢陛下，臣这就去着手安排。"许廉徵叩头道。

朱奕见亥时三刻将过，便让诸臣退去，该忙的忙，该回家的回家。他回到飞霜殿准备安寝，侍女刚服侍他摘下冕旒，就听到宦官来报："星躔台大巫祝玄灵均求见。"

节选自长篇小说《斩君泽》，迷鹿文学网2018年5月首发，尚未完结

作者

曼卿，吾里文化签约作者，代表作《丹青剑》《亡者代言人》《斩君泽》等。妙笔生花，备受读者喜爱。

评鉴与感悟

近几年，玄幻仙侠题材热销市场，点击率高居各大榜单。放眼国际影视舞台，奇幻题材也一直是热门题材，如《哈利·波特》《纳尼亚传奇》等，它们以西方所熟知的魔法为故事根基，构建了一个个奇幻有趣的世界，讲述了一个个传奇的故事。小说《斩君泽》便是借鉴了奇幻题材小说的特点，同时加入了大量中国元素，在此基础上进行加工创造，最终形成了一篇带有浓郁中国风的奇幻小说。

《斩君泽》讲述了一段发生在蓬莱神州的荡气回肠的故事。江陵发生地震，源于一个少年体内的麒麟神脉觉醒。而朱雀族皇帝朱奕得到了天机，世上唯一一个麒麟神脉少年——楚天遥将会推翻他的统治，于是他派人将少年丢入无出结界。少年在无出结界遇见前代朱雀及玄武的帝君，在他们不死不休的争斗中习得法术，最后结界崩塌，他阴差阳错救出了朱奕的妹妹青鸾公主。青龙族起义攻打鹊山帝都，相持不

下间，朱奕运筹帷幄，死守肃羽城，天降神兵击败青龙起义军，楚天遥等人西逃而去。此后天下大乱，蓬莱结界破裂，魔军入侵，楚天遥集齐圣器，最终魔军灭，天下合。

该小说中的世界划分详细，功能齐全。天下分为麒麟、朱雀、玄武、青龙、白虎五族，分别拥有各自的地盘，其中朱雀一族疆域最广。五族各自拥有不同的神力，可掌控不同元素，但代代相传，常人早已没有神力，皇族、神族和生有神脉者才有神力。单单从世界的设定就已经能看出其故事中强烈的戏剧冲突，这足以见出作者塑造故事的强大能力。

小说在一开头就具有强烈冲击感。少年原本平和宁静的人生突逢变故，神脉觉醒引发地震，接着父母俱亡，还来不及伤心和埋葬父母，少年便遭到杀手伏击，生死悬于一线。平行叙事的讲述方式，让读者在阅读时更加容易理解和构建完整的世界观。

其次，文中引入了大量的中国传统文化元素，构思巧妙，考究严谨。朱雀、玄武等为上古神兽，作者借助上古神兽代表各个族群，突出五族的特点和他们之间的关系；用阴阳五行预测未来，解释蓬莱神州的奇幻和五族能力的神奇，更方便观众带入理解，更快融入剧情，感受故事之精彩。

最后，要讲述这样一个宏大规模的故事，需要作者有很强的文字功底。本文作者从十二岁开始创作，拥有多年创作经验，现任广东省网络作家协会理事，创作小说众多，驾驭文字的能力极强。《斩君泽》这部作品在全局设计上恢宏大气，在人物心态转变上笔锋细腻。在情绪方面其渲染之能力也十分了得，无论是悲还是哀，都入木三分。

相信当这幅新大陆的画卷完整展现在你面前时，你定会大呼过瘾。

（张琳）

江湖小香风

/一度君华

　　蓝小翅的无色翼，形同半翼，在阳光之下，闪烁着绮丽的光华。温谜有一种想要走近她的冲动，他们流着相同的血。他说："你不该出战。"

　　蓝小翅说："我玩玩呗，反正要是输了也是温阁主您以大欺小。我想没人会笑我吧？"

　　温谜说："小翅……"眼神里有深可见骨的悲哀。蓝小翅说："不用这样，你又不是要杀我，对吧？"

　　温谜当然不会杀她，他说："你在帮助你的仇人。你的爷爷、师公都死在他手上。仙心阁与他有不共戴天之仇。"

　　慕流苏站起身来，说："温谜，此时不是顾及儿女私情的时候！"他是担心蓝小翅拿住温谜的七寸，如果这一局蓝小翅赢了，不止寻找昊天赤血药方的事情会受阻，蓝小翅在羽族的威望也一定会更上一层楼。

　　而在诸人的注视中，蓝小翅说："我知道啊。"她嘴角有一抹笑，没有杀气，也没有仇恨，语气平静，"虽然我流几滴眼泪，可能会博得一些你的同情，但是我还是觉得没这必要。温阁主，我大约知道一些旧事，但是我没能见到我的师公和爷爷。我没有你们的任何记忆与情感，我也不想负担这些。我有自己的决定，于是就照着自己的路往前走，别人的恨不能成为我的负累，爱也不能。"

温谜突然发觉，这个孩子跟自己以往认识的那些女孩真的很不一样。他所认识的女孩，也有舞刀弄枪的，也有乖顺温柔的。而蓝小翅，是一种罕见的独立与冷静。

如她所言，仇恨影响不了她，爱也不能。温谜开始相信，她是真的不恨他，那些年的旧事对她而言只是旧事，无论是别人的还是自己的，没有区别。

他苦笑，自己统领仙心阁多年，竟然还没有一个丫头冷静。他宝剑出鞘，说："以前一直没有教过你什么，也不知道你的实力，今天就当我们父女二人切磋武艺吧。"

蓝小翅立刻追着问："那输了能算我赢吗？"

她这张嘴向来不饶人，温谜哭笑不得，但终于还是稳住心神，说："不能。"

蓝小翅说："那你说那么多，到底有什么用？"

温谜真的就不再多说了。是啊，有什么用？每次都是口上言爱，然后该放弃的时候还是会放弃。突然有那么一刻，他觉得自己矛盾得虚伪。慕流苏发现了，说："温谜！小心她动摇你的心神！"

温谜横剑于前，说："来吧。"

蓝小翅手中无色翼光芒乍起，锋刃破风而来。温谜挡过几招，起初都是以守为攻，但是慢慢地，蓝小翅的无色翼越来越透明。

他脸色慢慢凝重——这个丫头功力居然不弱！

水一般透明的锋刃，纸一般轻薄的剑身，干净利落的招式竟然让他闪避得很狼狈，他只有出招！周围，除了五位证人神情专注，其他人都慢慢变了脸色，原本还有的低声谈话都停了下去，连慕流苏也一脸严肃地注视场中。

温谜渐渐发现，眼前不是一个可以轻视的小女孩儿，她的武功招式宛如行云流水。身为仙心阁阁主，其实他对羽族的功法招式都有所涉猎，但是蓝小翅在基本招式中的变化还是令人始料未及。

他突然有些心惊，蓝小翅却是一剑快似一剑，内力催到极致，无色翼只见光影。

温谜也渐渐催加了内力，功力由原来的三成提至五成，但是蓝小翅步步紧逼，他不得不将功力催至六成。这才勉强跟蓝小翅打个平手。

他心中的惊异难以言喻。旁边微生歧的脸色已经很难看了，他瞪了一眼微生瓷："你怎么搞的?! 不知道她怀着身孕吗，还出战，这是作死啊!"

微生瓷小声说："我教了她一套幻色凌虚。"

微生歧大怒，不过也放下心来。难怪这丫头敢出战，哼，竟然还是从自己儿子这里讨得的便宜。心里虽有点愤愤不平，但是想想，好歹也是一家人了，帮一下就帮一下吧。

温谜与蓝小翅已经交手近百招了，先前他是有意相让，但是后来，所有人都看得出来，这个丫头会是一匹黑马! 当温谜被迫将功力提至七成时，蓝小翅终于觉得有点吃力了，她"咦"了一声，虚晃几招之后又换了一种进攻方式。

温谜突然发现，无法在不伤到她的情况下赢她。但是如今再与她纠缠下去，就要给仙心阁丢脸了。

他咬咬牙，全力以赴。正值盛年的江湖霸主，论实力，真不是一个丫头能够碾压的。蓝小翅混乱之中受剑伤三处，而温谜肩头竟然也有一处见红。围观的人群中就连柳风巢都倒吸了一口凉气。

温谜没有管自己的伤，第一时间去扶蓝小翅，但是他指尖还没触到她的衣袖，微生歧已经闪身过去将蓝小翅扶了起来。他脸色青黑，"小瓷不是教了你幻色凌虚吗? 你为什么不用?!"

蓝小翅脸上带着灿烂的笑，"我堂堂羽族大小姐，用微生世家的武功比武，胜之不武。"

微生歧想抽她，但是那一刻又有一股别样的敬意。他这一生，从未想过有朝一日会对一个女子心生敬意。温谜站在身边也是暗惊，如果蓝小翅在刚一出手他有意相让时，出其不意使出一套幻色凌虚，很难想象后果如何。

蓝小翅站稳了，身上三处伤口还在流血，但是温谜对她毕竟手下留情，血虽然浸出来，伤势却并不严重。微生歧为她止了血。温谜说："你是个很了不起的孩子。"

称赞发自内心。蓝小翅说："谢谢，能得温阁主一声称赞，晚辈深感荣幸。"说完欠了欠身，转身下场，回到蓝翡身边。

五位证人宣布她战败，但是比胜利更令人意外。十六岁的她，能敌温谜七成功力，这几乎是能匹敌森罗的实力。

温谜回到座中，慕流苏说："这丫头……谁教出来的?"

温谜笑了一下，发现自己是真的老了，他说："慕相一直以来对羽族了解得似乎比我多。"

慕流苏惊了一下，说："她小时候应该是郁罗在教。但是功法招式又和郁罗有极大不同。"他回头看了一眼微生歧——不是你们九微山教出来的吧?

微生歧目光中有一抹得色，傲然道："她虽然是个女娃，但是其风骨品性，更胜男儿。"

慕流苏说："看样子，微生家主是对她很有好感啊。"

微生歧说："亲君子而远小人，微生世家的天性。"

慕流苏气极——全天下找不出一个这么不会说话的！但是生气之余，他心里还是有点堵，这丫头实力如斯，可真是让人担心。他突然有一种奇怪的想法——羽人……到最后不会同意让一个女人来出任羽尊吧?

但他很快打消了这种顾虑。女孩终究是要嫁人的，只要她嫁了人，不管是嫁给谁，都是别家的人。再说了，嫁人之后就会怀孕生子，然后带孩子，哪来那么多时间和精力管江湖上的事?

想到蓝小翅最终也会跟其他女孩子一样，有一天抱着自己的孩子柔声低哄，唱一些温柔却幼稚的童谣，他有点放心，又有点惋惜。

这丫头啊，可惜错生了女儿身。也幸好是生了个女儿身，这样起码不至于影响他的一家幸福。毕竟蓝小翅是青琐的女儿，他还是希望她有个好归宿，然后像别的女孩一样安安分分地生活。如果这样的话，有任何人敢欺负她，他都不介意为她出头。

蓝小翅的失败因为在意料之中，所以并没有打击羽人的士气。相反，因为她败得非常漂亮，羽人反而觉得面上有光。蓝翡轻摇羽毛扇，说：

255

"宝贝儿，你开始让爹觉得害怕了。"

蓝小翅说："那你让我去羽藤崖下看看。"

蓝翡说："这两者之间有什么关系吗宝贝儿?"

蓝小翅歪了歪头，理所当然地说："你怕我，难道不该听我的话吗?"

蓝翡笑出声来，他笑的时候，也是声如珠玉，风华绝代。笑完之后，他说："让郁罗陪着你去吧。"

蓝小翅反而不敢相信自己的耳朵了，迟疑着说："真的啊?"

蓝翡说："嗯。"

蓝小翅说："下一场不知道来的是什么人，爹有把握吗?"

蓝翡说："怎么，宝贝儿你有什么好的建议吗?"

蓝小翅从怀里掏出几页纸递过去。蓝翡接过来，发现竟然是几页剑谱。他有些莫名其妙，"这是什么?"

蓝小翅说："以前在九微山，我看见过小瓷和微生歧练功，这三式是我从他们的剑招中化用而来的，如果来人用的是仙心阁的招数，这三式一定可以破掉仙心阁的五行仙心剑。我看仙心阁很多人在招式空隙，都喜欢用五行仙心剑过渡。老天保佑，希望来的这位高人也保持这种良好的习惯。"

蓝翡伸手接过来，说："那爹就跟你一起祈祷了。"

说罢，两个人都笑。

眼见蓝小翅跟着蓝翡一起离开，微生歧瞪了自己儿子一眼，说："还不快跟过去!"

微生瓷看了一眼他爹，觉得爹现在挺支持自己，所以他问："你还反不反对我和小翅膀在一起?"

微生歧说："都到了这个地步了，我还反对什么?"

微生瓷"哦"了一声，知道爹这是不反对了，于是一转身跟蓝小翅去了。微生歧轻叹了一口气，突然就对自己这个儿媳妇很满意了。然后想想马上就要有孙子了，不由心情愉悦。

而他旁边，慕流苏心情就差多了。

柳冰岩上前查看温谜的伤势，温谜挡开他，说："一点皮外伤，微不足道。"

柳冰岩说:"那丫头真的那么厉害?"说罢,瞪了一眼柳风巢。柳风巢低下头,知道自己又被爹鄙视了,不由苦笑。

温谜说:"很有悟性,天资聪颖。"

柳冰岩说:"这丫头,唉!"又瞪了一眼柳风巢,突然用商量的口气对温谜说:"她这样的武艺,留在羽族真是令人担心。阁主,风巢和她的婚约还算数吧?"

温谜立刻愣住。旁边微生歧黑了脸,这里还有一个打着如意算盘的呢!他说:"蓝小翅与吾儿早就有了夫妻之实,你还说这些是什么意思?"

此话一出,温谜、柳冰岩、慕流苏都愣了。温谜说:"微生家主,事关女儿家名节,不可胡言!"

微生歧脖子一梗,"胡言?!如今她腹中已有我儿骨肉。事实俱在,有甚可辩?!"

"骨肉?!"温谜简直是要受不住惊吓了,"什么时候的事?"

旁边慕流苏气道:"微生家主,你看看方才她活蹦乱跳的样子,哪里像是有了身孕的!"再看看你儿子,哪里像是占得了她的便宜的样子!后面这句没敢说。

温谜到底理智一些,问:"这消息,微生家主是何处得来的?"

微生歧立刻将自己赶到方壶拥翠想要杀死蓝翡等事都说了,旁边慕流苏气得咬牙,"微生家主,拜托你想一想,真的你想一想,就算你想不明白,你也应该先问一下你的儿子!"

微生歧说:"你们是说,蓝小翅在说谎?!可是我把过她的脉,她的脉确实就是喜脉!"

慕流苏深吸了一口气,才保持住自己的冷静。他说:"方壶拥翠住着木冰砚,他有起码一百种方法可以让蓝小翅的脉象看起来像喜脉,蒙住不是大夫的你。"

微生歧怒道:"岂有此理!我要亲自问她!"说罢,起身就往方壶拥翠走。慕流苏在背后又叹了两口气——唉,你儿子要是真的那么有本事让她怀孕就好了啊!继女真是一个让人喜欢不起来的物种啊!

257

慕流苏转头对自己的贴身侍卫丁强打了个手势，丁强瞬间明白，转身离开。慕流苏对着夕阳，真心是觉得心累——暗族，还是需要暗族动手啊，再这样下去我会老得很快的啊！他无语向天。

温谜等人返回营帐，羽人也已经清理了战场。有几十具暗族人尸体已经被抬到不老坑，由木冰砚研究处理。血迹也已经清理干净。

血腥味散去，方壶拥翠的风带着丝丝羽藤的甜香，干净得令人迷醉。蓝翡等人也倦了，各自歇下。

蓝小翅睡在她的小窝里。在羽族，有地位的羽人都在树冠上建造单独的住所，只有普通羽人才睡这种小窝，地方小，桌椅床都固定在窝里，偶尔风大一点，小窝就会摇来荡去。因为小窝通常是建在两棵树中间，摇摆幅度不会很大。蓝小翅也有自己在树冠上的居所，可是她更喜欢睡在这个以前她的"幼崽房"里，地方小一点，反而更容易入睡。

可是这会儿，她刚刚换好衣服钻进被窝里，小窝的门就被推开了。蓝小翅睁开眼睛，看见微生瓷进来站在床边。她说："你不睡觉啊？"

微生瓷说："不知道暗族人会不会再来，我看着你睡。"

蓝小翅"喔"了一声，他就真的在她床边盘腿坐下来，开始打坐练功。月光从小窗上照进来，他鲜红的衣袂变成了浓紫。蓝小翅睁着眼睛看他，许久，往墙边靠了靠，说："来。"

微生瓷也不客气，直接就脱鞋上榻。那榻很小，周围都缀满了羽毛装饰，还挂了一串月牙状的贝壳风铃。微生瓷看了看，榻上都是布老虎和不知道用什么皮毛做成的大狗娃娃。他只好坐到床尾。蓝小翅的脚伸过来，正好搁在他大腿上。

蓝小翅觉得好玩，用脚尖去搔他的手。他躲了几次，发现她是故意使坏，就伸手去搔她脚底板。蓝小翅最是怕痒的，立刻乱躲乱缩，双脚乱踢。微生瓷抱住她的脚，拍了拍，示意她安静睡觉。

蓝小翅长叹了一口气，微生世家的人真是奇葩，花前月下，美人在榻，别人感叹良宵一刻值千金，只有他们搔人脚底板。

……但是双脚在微生瓷怀里倒是十分暖和，她闭上眼睛，不一会儿便悄然入梦。

微生瓷知道她睡着了，这样夜深人静，没有什么打扰，他本可以心无杂念地练功，可是他不想练功。他摸摸蓝小翅的脚，然后是足踝。她的呼吸声恬静安稳，有风过，小巢轻轻摇晃，他就觉得很宁静很满足。

第二天，第三场比武即将开始。温谜从仙心阁召来一个人，是他师叔，算是前辈。仙心阁隐退的高手不少，但是阁主有令还是会奉命而来的。二人见面，温谜拱手，别看是阁主，见了长辈照样还是得礼数周全，"陆师叔。"

他师叔陆铅也赶紧回礼，"阁主。"

温谜说："此次比武出了一点变故，只得有劳师叔了。"

陆铅说："听说了，我身为仙心阁弟子，自当尽力而为。"

二人再行礼，陆铅走到场中。

蓝翡终于也下了场，五位证人列席。蓝小翅在思考另一个问题——如果这场比武结束，微生歧一定会找蓝翡报仇。她转头对凤翯说："通知银雕，备战。"

凤翯有些吃惊，但见蓝小翅神色凝重，还是应道："是。"

羽人的备战，当然是充分利用自己的飞行优势了。一时之间，毒箭、毒药、毒网什么的，都开始备下。

蓝翡不是第一次跟仙心阁的高手交手，他这样老辣圆滑的高手，经验极其丰富，无形之中就能为自己添加不少战力。陆铅当然也知道对手难缠。比武开始，二人起初都有所保留，互相试探。

温谜对蓝翡的实力很清楚，而这位师叔也不是他随意请来的。羽人的武功以轻灵飘逸为主，而陆铅则招式刚猛，蓝翡和他对敌是有些吃亏的。再说羽人羽翼宽大，平时不觉得，高手对决之时就会成为巨大的拖累。

所有人都注视着场中，这场比武将决定最终的胜负。如果仙心阁输了，毫无疑问会很没面子；如果羽人输了，那么羽藤崖就会被搜查，同样没面子。

慕流苏也是心思频转，再看看旁边的蓝小翅，见她也凝神注意场中，还时而对身边的羽人吩咐着什么，哪有点豆蔻少女的样子！

慕流苏更愁了。

场中，陆铅和蓝翡试探完对手的实力，交手渐渐激烈。蓝翡招招狠辣，不留余地；陆铅也是老成持重之人，一招一式力道均匀，只想稳中求胜。

但毕竟两个人都是不可多得的高手，一时之间胜负难分。

按照比武规定，不能使用暗器。蓝翡心中暗暗叹了口气，看来还真的只有沾一沾女儿的光了。他的临敌经验比蓝小翅丰富得多，蓝小翅是让他等待对方使出五行仙心剑，再以那三式应对，而蓝翡则是一阵猛攻，迫使对方快速换招。

五行仙心剑，并不是什么高明的剑法，四平八稳，正宗的仙心阁弟子几乎人人都会。之所以大多数人用它作为招式之间的过渡，乃是因为它变化灵活，攻防皆备。

也正因为如此，很多时候使用五行仙心剑都只不过用其中的一招半式，然后就会快速变化为其他招式。尤其是在招式变化迅速的时候，使用五行仙心剑便成为仙心阁弟子的一种习惯。果然，陆铅被蓝翡反复猛攻，在十几次变招之后，终于下意识地使用了五行仙心剑！

机会就在眨眼之间，如果不是早有企图，根本把握不住。蓝翡则不然，他有破招的"三剑式"，还有足够的应变能力，以及与对手相差无几的内力。

瞬时之间，他的蓝血之翼斜挑，准确抓住陆铅刹那之间的变招！然后只觉兵器微微一沉，是非常熟悉的入肉之感。中了！可他心中全无喜悦。自羽族崛起之后他就以杀伐为生，这样小小的胜利不值得他欣喜，而当下最紧要的事就是扩大自己的胜机！所以他下一招立刻接鹰击长空。

陆铅只觉得变招之中被蓝翡以巧力击中手腕，他心中一惊，蓝血之翼已经刺穿他的手腕。他立即想要变招自救，却已经来不及，蓝翡以鹰击长空猛然削断他的右手。

鲜血飞溅，然而锋刃却未停，直逼他的咽喉！

温谜见陆铅流血，马上抢出，一剑逼退蓝翡。此刻他心中也是惊讶不已——蓝翡对仙心阁弟子的招数了解得可真是细致入微！

而旁边，微生歧顿感这两招来历古怪。他无意救陆铅，只是瞪着蓝小翅——这是从九薇六意之中化用而来的招式，而且改得可称精妙。能得微生歧一声"精妙"，那真是有点惊人了。

场中，温谜怒道："你已得胜，难道非要取人性命不成？"

蓝翡吹了吹蓝血之翼的锋刃，说："呵，败于剑下和死于剑下，有何区别？"

温谜顾不上跟他争执，俯身查看自己师叔的伤势。右手断腕，不知道云采真能不能接上。他转头，吩咐身后弟子立刻送陆铅回太极垂光。

陆铅说："阁主，我真是无颜见你。"

温谜略一沉吟，说："师叔是为仙心阁断腕流血，不得作此想。"

旁边微生歧见状站起来说："蓝翡，既然比武之事已了，如今我取你性命便不算违约。微生世家向来守诺，当年你害我妻儿，如今就拿命来吧！"

他说话之间，蓝小翅已经示意羽人飞翔于头顶。蓝翡轻笑，"呵，你放马过来，蓝某何惧！"

微生歧握紧九微剑，一步一步向他走来。蓝小翅几步上前，站到蓝翡身边。微生瓷也跟过去，有点不明所以。蓝小翅向他微笑，说："小瓷，你走吧，到你爹那里去。"

微生瓷问："为什么？"

蓝小翅说："因为你爹要杀我爹，我们不可能在一起，你明白吗？"

微生瓷问："我爹为什么要杀你爹？"

蓝小翅说："因为，你爹怀疑我爹害死了你娘。"

微生瓷皱眉，看了一眼蓝翡，问："是你吗？"

蓝翡也愣住，怎么，微生歧要杀他，是因为怀疑他杀死了慕容绣？他眉头一皱，但也无意解释。蓝翡手上血债累累，怎会在乎多一项罪名。

蓝翡哼了一声，蓝小翅说："小瓷，到你爹那边去！"

微生瓷执着地问："是你吗？"蓝翡还是不答。微生歧厉声道："小瓷，你先过来！"

慕流苏心中暗喜，呵，总算这微生家主不是全无用处。他若出手，羽

261

人很难全身而退。温谜则颇为担心地说："小翅，大人之间的事你不要掺和。退开！"他是怕微生歧误伤到她。

旁边慕流苏也道："小翅，绣夫人是微生家主毕生至爱，杀妻之仇不是几句玩笑可以化解的。你让开。"这倒是真心话，毕竟如果蓝小翅伤了或死了，青琐恐怕终身不能释怀。

蓝小翅站在蓝翡前面，蓝翡手中的蓝血之翼未曾归鞘，犹自滴血。他面对的，是微生世家的微生歧和微生瓷，可是他依然面带笑意，十分从容。在他头顶上方，羽人手里所持的是五雷珠。五雷珠落地即爆，且里面藏有剧毒……他说："微生歧，十六年前你独闯方壶拥翠，杀我族人无数。今日也是到了该付出代价的时候了。纵然你微生世家有上天入地之能，我又何惧一战？"

他一语讲罢，一回身拉起蓝小翅。温谜面色一变，"小翅！"

微生瓷咬着唇，就算是困于石牢不能成长，他也没有办法原谅一个害他手染母亲鲜血的凶手。他爱蓝小翅，可是如果为了儿女之爱无视母仇，阻止父亲杀死仇人，他就算不太明白世事，也知道这样的自己恐怕没有资格快乐。

可是小翅膀需要帮助啊——这世上的事太复杂，并不是我们各自拦住自己的爹就可以解决的。蓝小翅看见他眼里的犹豫与挣扎，面露一丝苦笑——谢谢，即使是到了这个时候，你还是顾虑着我，这一眼犹豫，已经足够。

她说："不能跟微生歧硬拼。"

蓝翡说："微生歧若动手，仙心阁不会袖手旁观，慕流苏也一定会浑水摸鱼。我们无论是战还是逃，都必将损失惨重。"这话让蓝小翅感到很意外，以往蓝翡可不像是这样分析利弊的人。蓝翡微笑着说："其实你大可以离开。温谜是你亲爹，微生歧看在小瓷的分上也不会为难你。慕流苏虽然只是继父，但他对青琐还算有点真心，也会保护你。"

蓝小翅说："爹，你在说什么？"

蓝翡说："爹只是在说，你是最不应该跟羽族共存亡的人。"

蓝小翅说："呸，你是想抓我做人质又下不了手，然后就诱我逃走。

如果我要逃，你说不定就能下得去手了!"

蓝翡几乎笑出声来，说："是啊。以前我曾经想过，如果真有这么一天，我就抓你挡在面前，当着温谜的面一刀一刀……定能伤他一个痛彻心扉，然后看他为了虚伪的大义再次泪流满面。"

蓝小翅叹气，"妈的，你可真坏啊!"

蓝翡双肩轻抖，羽毛扇半掩面容，笑声清悦。微生歧已经走到两个人身边，蓝小翅挡在蓝翡面前说："你的计策，说不定是可行的。"

蓝翡说："可是你不走啊。你这样通透，爹如果这么做就显得太卑鄙了，宝贝儿。"

蓝小翅说："那不是你的座右铭吗?"

蓝翡说："不，我的原则是，自己不觉得自己卑鄙就行。"

微生歧怒哼："死到临头，你还有这么多话说!"

蓝翡正在估量他与天上羽人之间的角度，右手正要示意羽人投掷五雷珠，蓝小翅连忙拦住他，转身对微生歧说："微生叔叔，我还是觉得当年的事情存疑。如果凶手是我爹，他不可能用幻绮罗。而且幻绮罗的毒性只能引发人的幻觉，令人状若疯狂，到底最后会产生什么后果并不可知。我想求您给我一点时间，让我们查清楚此事。"

微生歧说："事实俱在，连蓝翡自己也不否认，还有什么需要查问!"

蓝小翅叹了一口气，缓慢抽出无色翼。微生歧怒哼："你以为偷学了几招微生世家的招式，就可以螳臂挡车了吗?"

蓝小翅说："我当然知道不能，不过能或不能，有些事也必须应该尽力一试。"

温谜说："小翅，你知不知道你在做什么?! 蓝翡杀人如麻，罪大恶极，甚至连他养育你也是别有居心! 你为什么始终要站在他那边呢?"说着话，他眼眶通红，忍不住落下泪来。失去了十几年的珍宝，现在彻底变成了仇人之物。

蓝小翅说："因为在我不会走路的时候，是他扶着我走路; 在我不会说话的时候，是他教会我说话; 在我自己不会吃饭的时候，是他一口一口

263

喂养的。对不起，我不能为了求取你们的认同，做出大义灭亲的事。我不惧一死，但每个人都有自己的正义。如果他错了，我有机会，就极力帮他纠正。如果确实没有机会，那我只能以我手中兵刃，流最后一滴血，尽我忠义。"

她话语中的淡然与坚决令人震惊。微生歧停下脚步，突然间很喜爱这孩子了。不明是非也好，全无礼数也好，但是她值得任何人尊敬。

他突然问："如果我给你时间，你查出当年之事确实是他所为呢？"

蓝小翅说："我会感激您。为了这份感激，不使其他诡计，不伤微生世家任何人。但我会护他到最后。"

微生歧沉默。蓝翡也沉默。

许久之后，蓝翡说："不是我。"

所有人都惊住，温谜甚至怀疑自己的耳朵——蓝翡什么时候为了一件事跟人解释过？！他问："什么？"

蓝翡微笑着，淡淡地说："我没有杀害慕容绣。"

他回头，看了蓝小翅一眼。人老了，本是最要面子的时候，不过如果为了女儿，一点尊严又算什么。

温谜等人并不信任蓝翡，都知道他是个凶残狡诈之徒，可是不知道为什么，这句话大家都信了。他除了凶残，也是个骄傲的人，谁都明白他为什么突然退让解释。

微生歧说："不是你，那会是谁？"

温谜看一眼慕流苏，慕流苏立刻给了他一记凌厉的眼神——没有证据你可不要乱说！温谜当然也没有开口，他清楚这一开口的后果是什么，而且确实没有证据。

蓝小翅说："可惜连镜跑了。"

微生歧说："这个畜生，我放他一条生路，他竟然还有所保留。他既然跟迦夜在一起，那我就去一趟暗族。"

慕流苏几乎跟蓝小翅同时道："不可！"

微生歧看看二人，慕流苏说："微生家主，如今事实未明，他若再随口胡说，难道你又要找另一个被牵连的人报仇吗？"

蓝小翅说："微生叔叔，落日城多年以来少有外族进入过，暗族化雾之后行进速度很快，而且迦夜不知道服用了什么东西，伤口恢复得非常快。"

微生歧说："难道我就放任不管不成？"

蓝小翅说："怎么可能?! 您身边不是站着仙心阁阁主和慕丞相吗？他们本就是为了追查当年的真凶而来，如今既然真凶不是羽族，而知情人在暗族，他们当然也应该与您一同去暗族啊。"

温谜细想，也是这个道理。此时慕流苏心里都苦出了汁——谁来把这小丫头娶回家去，让她生一堆孩子，天天奶娃，没有时间出来做妖啊！

而偏偏温谜回头对他说："看来，我们也应该去一趟落日城。迦夜必须为袭击羽族的事做出解释。而连镜现在在暗族，他是当年之事的唯一知情人，必须抓来一问。"

慕流苏说："可是连镜毕竟出自九薇山门下，武功高强。我们前去，伤亡会很大，恐怕还是离不开微生家主的帮助。"

微生歧怒道："我当然也会一起前往！"

温谜说："如此，我们就去一趟落日城吧。"说完，转头看了一眼蓝小翅，"但是羽族买入孩童之事，不能就此罢了。我们可以不搜查羽藤崖，但必须见到这些孩子。并且羽族需要做出承诺，不得以活人试验药物。"

蓝小翅说："我们会出新的解决方案，容后再谈。"

温谜点头，总算这也是个交代。他不再多说，带着一众弟子与微生歧、慕流苏等人赶往落日城。刚要出发，蓝小翅说："小瓷，你去帮你爹。"

微生瓷正欲回应，微生歧说："对付一个连镜，还用不着你。你给我留在羽族。"其他几个人俱是一愣，微生歧一向仇视蓝翡，连带对羽族也没有什么好感，要不怎么老称羽人为羽族妖人呢！可是今天他却公然这么说。一则肯定是担心微生瓷有疾，不利于打斗；二则，他对蓝小翅应是真的放心了。微生瓷是听自己爹的话的，答应了声"哦"，又回到蓝小翅身边。蓝翡斜睨了一眼微生歧，心说你这是要把儿子倒插门啊！

等众人都走了个干净，蓝翡才说："你为什么支走他们？宝贝儿。"

蓝小翅说："爹，什么叫支走，我这是为了微生叔叔好啊。"

蓝翡说："宝贝儿，如果不是支走，你早就自己跟着去了。"

蓝小翅惊愕："你怎么知道？"蓝翡轻笑了一声，"这还需要知道？你这哪热闹往哪凑的性子，比狗都好奇。"

蓝小翅终于说："好吧，我去一趟侠都。"

蓝翡挑眉："朝廷与江湖势力向来井水不犯河水，既然慕流苏已经离开，我们再去宫中寻衅，不好吧？"

蓝小翅说："慕爹爹既然是寻衅而来，我们当然也应该有所回礼啊。"

蓝翡说："娄子不要捅太大。"

蓝小翅说："嗯，我只拿根绣花针小小地捅一下。"只是针尖抹点毒而已。

节选自长篇小说《江湖小香风》，百花洲文艺出版社2018年10月版

作者

一度君华，"85后"作者，川蜀人士，语文老师。作品风格大多为爆笑虐恋小说。代表作有《一度君华》《妖孽传说》《天下第贰》《胭脂债》《情人泪》《放长线，钓大神》等。

评鉴与感悟

《江湖小香风》是一度君华2018年的又一部力作。其题材为架空古代言情，沿袭了作者一贯的爆笑虐恋风格。

很多网络文学作者在撰写古代言情题材作品时，都很青睐架空朝代。架空朝代其最主要的一大优势就是给作者很大的发挥空间，不会受到真实历史的束缚，也无须查阅太多史料，从而让作者不拘泥于历史本身，而是把言情写到淋漓尽致，每一处情节的处理都为言情服务。这也是为什么架空古代言情小说故事感染力强，有大开大合的呈现的原因。

无疑《江湖小香风》是一部成功的佳作，这与作者一度君华妙笔横生

的文笔是分不开的。就这段节选章节而言，作为一场武斗情节，一招一式间的你来我往，都是以绝妙的文笔来刻画的。一度君华在这里处理得很到位，即不炫技，以佶屈聱牙的生僻词来营造文风华丽之盛。但每一个字写下去又是那样精彩绝伦，让这一场打斗戏跃然纸上。

特别是作者将原本激烈的对战场面写得张弛有度，既有紧张的快节奏描述性语言，又有欢萌的人物对话等穿插其中，笑料百出。这样便让读者既被紧凑的情节所吸引，又偶尔被欢脱的语言所感染，是很棒的阅读体验，让娱乐性更强。

而更显其熟练的是，在对战中寥寥几笔就交代出故事的缘由，每个人物的出场从形象到举手投足，都有其鲜明的个人特点，这也使得出场人物众多却不杂乱，谁是什么样的设定和作用一目了然。而这些人物又将整个故事脉络串起，将女主蓝小翅的很多"爹"的安排剖开来给读者看。

作者在小说中构想出的世界会涉及"羽族"等概念，这些常理之外的设定如何能让读者分辨得清且记住，往往是架空朝代类作品的症结所在。好在一度君华是一名成熟的网络文学作者，以其熟练的文笔将这一难题成功化解。这也是同类型作品值得学习之处，引入一个新的概念名词时不要急于求成，而是一点一点渗透进作品里，给读者一个接受的过程。

在情节安排上，《江湖小香风》的有趣之处在于，并非是以男女主人公感情线为唯一主线，更加入了"认爹"的设定。这就和著名歌剧《妈妈咪呀》有异曲同工之妙，多个爹本身的设定就容易引起人们的猜想，从而加强作品的黏性，也通过这一条线让整个故事串在一起，不会有零散之感。同时又别出心裁，让读者看到作品中的新意思。

（张芮涵）

声　明

　　本套"北岳·中国文学年选系列丛书"收录了2018年度众多优秀文学作品及文化时评类文章。在编选过程中,我们及各选本主编已尽力与大多数作者取得了联系,但仍有部分作者因故未能取得联系。见此声明,烦请来电,以便奉送薄酬及样书。

　　联系人:庞咏平

　　电　话:0351—5628691